La noche que sonaron las campanas

Carmen Macedo

La noche que sonaron las campanas

NdeNovela

NdeNovela, un sello editorial de Editorial Planeta S. A.
Av. Diagonal, 662-664, 08034 Barcelona
www.ndenovela.com
www.planetadelibros.com

Primera edición: junio de 2024
Depósito legal: B. 8.716-2024
ISBN: 978-84-10140-10-3
Composición: Realización Planeta
Impresión y encuadernación: Rotoprint by Domingo
Printed in Spain - Impreso en España

PEFC Certificado
Este libro procede de bosques gestionados de forma sostenible
PEFC
PEFC/14-38-00305
www.pefc.es

A mi padre

Hace falta que el tejo tenga heridas para que la savia aflore.

David Matarranz, *La savia del tejo*

He estado preso. He caído en trance.
He robado palabras. A la mía,
no he querido decirle que volvía
hasta no dormir y hacer balance.
He sumado años. Solo he sumado.
Ahora me toca restarlos. Y resto.

Juan Carlos Aragón, *La risa que me escondes*

El cuerpo había aparecido bajo un árbol milenario, el más antiguo de Asturias, junto a la puerta de una iglesia. Varón, cuarenta y tres años, concejal de Urbanismo y Vivienda del concejo de Trasgu. Aún no sabía, no había querido saberlo, el nombre del protagonista de la operación.

Iba a iniciar el caso que lo apartaría de su casa aquel verano de 2017, cuando peor le venía, cuando se sentía más viejo que nunca; y el destino era el que era. Algún día tenía que pasar.

Se apartó para que su mujer no lo oyese hablar por teléfono. La parafernalia de la escena, el perfil de la víctima y las conclusiones de los informes forenses requerían la incorporación de unidades especializadas a la investigación. Y eso significaba que el teniente Peña y los suyos hacían la maleta sin fecha de regreso y sin saber si ese año se irían de vacaciones.

Era todo lo que conocía del caso. No había tenido tiempo ni valor para saber más.

1

LA NOSTALGIA DEL CAIMÁN

Juan Peña está convencido de que la vejez es un estado mental. Dicen que a partir de los treinta el cuerpo entra en declive y pronto el individuo va siendo testigo de la involución de su organismo. Antes de los cuarenta, algunos ya han empezado a sufrir dolor de rodilla los días húmedos; otros se vuelven caseros o abandonan sus pachangas de pádel y cerveza con ridículas excusas domésticas. Luego están los de la segunda juventud, con frecuencia divorciados, los deportistas convencidos desde la adolescencia y, por supuesto, los de buena genética y madurez atractiva. A su entender, nada de eso te hace tan viejo como la sensación de haber llegado a conocer al ser humano y, ya sea por mayor o por vivido, que este pierda la capacidad de sorprenderte. Eso, y que uno deje de ser necesario, en el significado más básico de la palabra: el de la procreación, la alimentación de los vástagos y la supervivencia de la especie. O, en resumidas cuentas, que tus hijos dejen de necesitarte y te conviertas en un viejo rodeado de humanos de los que puedes esperar cualquier cosa.

Pensaba en ello en uno de esos momentos suyos de trance en los que miraba sin ver. Había llegado tarde, como de costumbre, al nacimiento de su primera nieta. Su mujer le había llamado tres veces, era una de sus formas de decirse: una para las cosas sin importancia; dos para que le devolviera la llamada cuando pudiese; tres cuando «tienes que estar aquí»; no más cuando «no tienes que dejar lo que estás haciendo porque sé que es fuerza mayor y esto va a ser, vengas o no, aunque te lo pierdas». Él ya sabía cuál era el motivo de sus tres llamadas.

Ser un padre ausente por obligación no significaba que no estuviera al tanto de las cosas de las mujeres de su vida. Sabía que su hija mayor estaba a punto de salir de cuentas, que llevaba días con contracciones, que era cuestión de que sonara el móvil; sabía que no habría fotos. En eso también lo respetaban por entonces; y todavía se resiste a que la tecnología lo prive de descubrir el mundo con sus propios ojos, a sus cincuenta y muchos.

Salió de la Sala, compró tabaco en un estanco cercano al juzgado y fue directo al materno de Vallecas. Desde el coche, le devolvió la llamada en manos libres.

—Ha ido todo bien, tranquilo. La niña está bien y tu nieta es preciosa. Aún no las han subido, pero Jorge ya las ha visto. Ven cuando puedas y no corras. —Clara siempre se lo ponía así de fácil. Tenía o había cultivado esa capacidad suya para pronunciar las palabras precisas que daban la información justa. Entre ellos, a esas alturas, no hacía falta más.

—Voy de camino, abuela —respondió Juan, y colgó. Él también sabía respetar sus prioridades.

Estuvo un buen rato mirando a su hija tumbada en la cama del hospital desde el pasillo. Recostado en el dintel de la puerta, veía la sonrisa exhausta y a la vez radiante de las mujeres que acaban de dar a la luz. Su nieta dormía con la paz de las primeras veces en una cuna junto a su cama; el padre, con cara de actor secundario que no ha tenido tiempo para estudiarse el guion, estaba a su lado. Fue ahí cuando se quedó embobado, hipnotizado, en trance.

No entró más que un instante en la habitación para darle un beso a su hija, decirle que estaba orgulloso de ella, que la quería, y que la niña era tan perfecta como su madre el día que nació. No le parecía oportuno estar cerca más tiempo. No cuando acababa de comparecer como testigo en el juicio por doble homicidio de uno de los casos más duros a los que se había enfrentado. Cosas del oficio, que le dejaban el cuerpo cortado una temporada.

Su yerno era un buen tipo. Ya se había encargado de asegurarse de ello desde el mismo día en que su hija se lo presentó; ventajas de tener acceso a las fichas policiales. Pero, tras casi treinta años en esto y de haber visto a tantos buenos tipos que un día dejan de serlo, no podía quitarse esa idea de la cabeza. Y observando a Jorge —su hija estaba exenta de cualquiera de sus inoportunas cavilaciones— junto a su nieta, recién venida a la vida, y sin poder sacarse de la cabeza el mal trago de esa tarde en el juzgado, no pudo evitar el desasosiego que todavía le producía la imprevisibilidad del ser humano y su capacidad de, pudiendo hacer mucho bien, hacer tanto mal según la circunstancia, la situación, el árbol genealógico o simplemente la suerte.

—¡Pero, bueno, si está aquí el abuelo más molón de todo Madrid! —La pequeña de sus hijas entró exultante por el pasillo del hospital. Había cogido el primer AVE desde Sevilla en cuanto supo que su hermana estaba en el paritorio. La única madrileña de la familia y se había empeñado en vivir en el sur, provocando tanta admiración como envidia en su desfasado padre, a quien no dejaba de relacionar cada vez que podía en su verborrea con la ciudad que lo veía pasar los días, solo para molestarlo.

La energía de su hija Clara consiguió sacarlo del trance y alejarlo de aquella sensación que le estaba amargando el rato. Se despidieron de Paula, Jorge y la pequeña para que pudieran descansar; tarea en la que las dos Claras se demoraron más de lo que Juan Peña entendía como prudente. Los tres se fueron a cenar algo para celebrar el nacimiento, cosa que no hacían desde Navidad. Eligieron un restaurante en el extrarradio, el preferido de Clarita: La Gran Pulpería. Así de rara era su hija pequeña, que anteponía el buen comer al centro; otra cosa en la que salió al padre.

En aquella cena, Juan volvió a sentirse fuera de sus planes. Aprovechó que no contaban con él en su apasionante agenda de los próximos días para adelantarles la suya propia, como poco, para lo que quedaba de semana, y era lunes. No es que se muriese por hacer guardia en la puerta de la habitación como si fuera el escolta de su nieta, o por estar de charla y café con la consuegra en la cafetería del hospital hasta que dieran de alta a su heredera y al retoño. Pero de ahí a que prefiriese viajar quinientos kilómetros para enfrentarse a un caso que se presentaba feo, largo y duro, a ejercer de abuelo, tampoco. Y menos si el destino era el que era.

Clarita tenía razón. Hilar lo del pulpo con viajar a Asturias para tratar de esclarecer un crimen no había estado fino; la asociación, además de torpe, había sido poco más que circunstancial. Ni a su mujer ni a su hija se les había escapado su intento de quitarle importancia al escenario, estaba seguro, por más que ese no fuera un tema del que hablaran demasiado. Peña pensaba en ello mientras experimentaba otro de sus habituales episodios de trance mirando su reflejo en el retrovisor, mientras que su compañero y subordinado, el cabo Cava, lo ponía al día del caso que los llevaba al norte.

No era habitual ni propio del teniente Juan Peña incorporarse a una investigación sin antes haberse empapado a fondo, pero la premura del encargo y el jaleo del día anterior no le habían dejado margen más que para ojear unos pocos detalles. O igual era que el ajetreo había sido la excusa perfecta para no reconocerse a sí mismo lo difícil que se le hacía encarar ese caso. Por suerte, ya tenían allí adelantando trabajo a dos compañeros que habían subido un par de días antes y habían estado informando a Cava, que trataba de hacer lo propio con su jefe, como le estaba mandado.

—Disfruta de la carretera, cabo Cava. Ya sabes que no me gustan las versiones; me enteraré de lo que me tenga que enterar cuando estemos en el terreno.

Cava era, en realidad, cabo primero. No era por hacerle de menos, solo que a Peña le gustaba cómo sonaba: cabo Cava. «Deberían prohibirte ascender, compañero. Hasta que seas capitán no habrá rango que le vaya mejor a tu apellido. Y a capitán no creo que llegues»; Cava tenía encaje para soportar la carga. Y sí, a poco que aprendiera a controlar su inoportuna lengua podría llegar a ser capitán, aunque por entonces se conformaba con ser cabo primero en público y el cabo Cava y chófer personal en privado para su teniente, que si para algo usaba las estrellas era para librarse de conducir siempre que podía.

—Como quieras. ¿Puedo contarte el plan o tampoco? —Peña asintió con la cabeza, sin quitar la vista del espejo—. Vamos directos a Oviedo. Rubio y León nos esperan en la comandancia con los que llevan el caso allí, pero antes podemos parar en el hotel a alojarnos, si te parece bien; está en Mieres, nos pilla de paso. Y ya, cuando veas oportuno, hoy mismo o mañana, vamos al puesto de Proaza, a hablar con los guardias que acudieron cuando encontraron el fiambre.

—Estoy seguro de que León y Rubio ya han hablado con todo el que tenían que hablar, Cava. Vamos directos a Oviedo y de ahí a Bermiego a ver el sitio; al hotel ya iremos a la hora de dormir. Total, no creo que la habitación tenga jacuzzi —respondió Peña, acomodándose en el asiento del copiloto mientras entrecerraba los ojos y pensando en que ojalá pudiera dormir, teniendo en cuenta que había tenido pesadillas las tres noches que habían pasado desde que supo adónde iban—. Y, por cierto, el fiambre tendrá un nombre. De momento me basta con que te refieras a él como «el cuerpo».

La guardia León y el sargento Rubio eran, junto con Cava —a pesar de su impertinencia—, sus preferidos. El teniente Peña no era de los que creen que esté mal tener favoritos; peor era no tener cerca gente que merezca tal consideración, y en ese trabajo, más. El sargento Juan Rubio era, además de tocayo, casi su paisano. Aunque era casi veinte años más joven que el teniente y llevaba bastante menos viviendo en Madrid, daba señales de que no llegaría a acostumbrarse nunca. «Con lo bien que estaría yo ahora pescando caballas en la Bahía, mi teniente», era su forma habitual, gaditana y cómplice de referirse sutilmente como un marrón a cualquier situación que lo fuera. «Te lo pagaré con langostinos en Bajo Guía, sargento».

Son muchos los platos de langostinos que Juan Peña cree deberle a Rubio por su fidelidad, casi más que a nadie. Con respecto a Teresa León, la más joven del equipo, ya apuntaba lo que podía aspirar a ser. Si Cava era su comodín del público y Rubio el más leal de lejos, León era sin duda la más brillante: inteligente, astuta, responsable, comprometida; podía llegar adonde quisiera, en la Empresa o fuera de ella.

Entraron en Asturias por la autopista de montaña, lo cual era una novedad para él. Nunca le habían gustado los túneles, le generaban más claustrofobia que a la media, pero le pareció que ese tenía la magia de las máquinas del tiempo, o de las máquinas del paisaje. Cava había alucinado con la estampa de los pueblos hundidos al paso del embalse de Barrios de Luna. Hasta de cinco localidades del pasado se dejaban ver los restos que habían naufragado bajo las aguas del pantano, que escaseaban en plena sequía ibérica. Cuando cruzaron las entrañas de la montaña y salieron del túnel, el paisaje marrón y seco del norte de Castilla se había transformado en un serpenteo de picos y valles cubiertos por una alfombra verde perfecta y húmeda. Y las nubes que no habían visto en todo el trayecto desde Madrid aparecieron agolpadas al otro lado del muro de piedra. Ese día fue para él como un viaje al pasado. Rememoró sus primeras escapadas con Clara, cuando iban a visitar a su hermano y entraban en el Principado con Víctor Manuel de banda sonora, aunque entonces lo hicieran por Pajares para evitar el peaje que no podían pagar. Juan Peña, como el de la canción, también es un hombre del sur, un puñetero hombre del sur atraído por el paisaje del norte. O quién sabe si por lo que el norte, en un tiempo, significó para él.

Cava no tenía viajes que recordar; era su primera vez en aquella tierra firme y, como buen apasionado de la conducción, estaba disfrutando de esa carretera como un crío en un circuito de *cars*.

—Esas zonas de frenada dan mal rollo, tienen marcas recientes.

—Procura no tener que usarlas, Cava.

—Sí, voy a aflojar. Estas vistas merecen la pena.

El motivo de su viaje no era tan apetecible como aquellas primeras vacaciones norteñas con su novia de reencuentro fraternal y alojamiento gratuito, pero sería poco honesto no reconocer que, a pesar de todo, su cabo primero y él estaban disfrutando de aquellas vistas, que eran gratis y que no entendían de informes de autopsias ni de cuerpos semienterrados.

Cuando llegaron a la comandancia, León y Rubio los recibieron en el aparcamiento y guiaron a Peña hasta la

Unidad de Policía Judicial, donde lo esperaba el brigada Soto, jefe de Homicidios, que había estado liderando la investigación antes de que el caso cayera en manos de la UCO.

Soto acogió al teniente con la hospitalidad propia local, de la que se había contagiado después de años de servicio en la zona, seguramente. Ya tendría tiempo Peña de comprobar hasta qué punto era sincera. En el primer encuentro le pareció que el brigada era amable con él, lo que no era poco.

—A sus órdenes, mi teniente. Es un placer tenerlos con nosotros. ¿Cómo ha ido el viaje?

Peña le devolvió el saludo, presentó a Cava y agradeció a los suyos con la mirada el trabajo previo, el de campo y el otro. Era una suerte, para un tipo no muy prolífero en el cultivo de las relaciones humanas como él, contar con gente que le facilitara el encaje en los sitios, más cuando uno viene de Madrid a meter las narices en las cosas que han empezado otros.

—Ya les hemos habilitado un despacho, teniente. Si le parece, se lo enseño y le ponemos al día —ofreció Soto.

—Te lo agradezco, pero creo que no necesitaremos hoy el despacho; prefiero ir a Bermiego directamente y ver el terreno antes de nada.

—Como prefiera. La carretera es farragosa, busco a alguien que los lleve.

—No es necesario, te lo agradezco de verdad. Iremos los cuatro en un solo coche. Si necesitamos algo, serás el primero a quien llame.

El brigada encajó lo mejor que pudo las renuncias de Peña a todo lo que le proponía. Hacer amigos nunca fue lo suyo, por eso tenía pocos y escogidos.

El cabo Cava, el sargento Rubio, la guardia León y él salieron hacia Bermiego. El primero se empeñó en conducir, no conforme con haberlo hecho desde Madrid. Atravesaron el concejo de Lena hacia el de Quirós, dos de los tres que, junto a Teverga, conformaban el Parque Natural de Las Ubiñas-La Mesa y que tenía la consideración de Reserva de la Biosfera de la Unesco, según les explicaba León.

La carretera no era tan mala como el brigada Soto les había anunciado, si bien las rampas eran bastante pronunciadas y las pendientes pronto dejaron a los guardias sobre un inmenso mar de nubes.

—¿Lo habéis visto? ¿La señal? ¡El alto de la Cobertoria! La de veces que he visto este sitio por la tele en la Vuelta. —La sorpresa de Cava sonó poco creíble—. ¿Paramos un momento a hacer una foto?

—Anda, Cava, qué casualidad. Claro, hombre, para, nos ponemos y la publicas. Que se entere todo el mundo de dónde estamos y, ya de paso, de a qué hemos venido. —Aunque se llevaban bien, León no toleraba la improcedencia de su compañero.

—Oye, mona, que yo no sabía que esto quedaba aquí, solo que soy aficionado al ciclismo y me ha hecho ilusión. ¿Tú sabes lo duro que es este tramo a final de etapa? ¡Qué vas a saber tú! Seguro que a la hora que lo ponían estabas en inglés o en clase de piano. —Las salidas de Cava, en el fondo, divertían a Peña, y casi prefería que pelearan como críos a que le martillearan la cabeza con el caso antes de ver la escena.

—No os peleéis. Déjalo que disfrute del viaje, bastante nos queda —le decía Rubio a su compañera, terciando—. No te preocupes, Cava, en cuanto tengamos un rato libre te acompaño yo a ver la Cobertoria de cerca, y el Angliru, que, por si no has mirado bien el mapa, queda también por aquí.

Rubio era casi siempre el que ponía fin a las discusiones, el que cedía para que todos se sintieran bien, el que cambiaba los turnos, el que cubría las cagadas. Cava y su falta de contención, el que se ofrecía para todo aquello que al resto, por pudor, le costaba; el que entraba en los sitios a preguntar lo que hiciera falta haciéndose el lerdo. Y León, mal que le pesara, la única mujer del equipo, por lo que le tocaba todo lo que requiriese de una de ellas; y, además, los tenía bien puestos. Por su parte, aunque ya entonces Juan Peña había dejado de fiarse del ser humano en sentido amplio, confiaba en ellos. No sabía cómo, pero lo habían conseguido.

Unos veinte minutos después vieron el desvío. Ahí estaba, el indicativo marrón característico de «lugar de interés»: monumentos naturales de El Roble y Teixu de Bermiego, cuatro kilómetros.

2
BERMIEGO

«¿Bermiego? ¿Dónde cojones está Bermiego?». Cuando leyó la referencia en el informe lamentó su ignorancia. Un tejo milenario, una iglesia en la montaña, apenas diez kilómetros cuadrados, ochenta y nueve habitantes. Había un paraíso llamado Bermiego ahí arriba y Juan Peña iba a descubrirlo llamado por un cadáver con las piernas semiamputadas.

—Aparca ahí, Cava, no es muy transitable esto y los vecinos están hasta los cojones de los nuestros —previno León al cabo primero. Tampoco era necesario. El cabo Cava se había transformado en el eficiente policía que era. Ya no se acordaba de la Cobertoria, de la bronca de su compañera ni del mismísimo Induráin. Estaba en alerta, con los cinco sentidos puestos en todo lo que se meneaba a su alrededor.

Bermiego era un pueblo de montaña con unas cuantas calles empedradas, empinadas y trazadas sin lógica aparente. Aquel lugar que jugaba a esconderse en la montaña, bañado por la niebla que se resistía a pesar de ser mediodía, tenía algo que cautivó a Peña desde el principio. No había restaurantes, ni ultramarinos, ni nada que se pareciera a un comercio. La vida podía ser de otra manera. Una o dos casas convertidas en alojamiento rural bien integradas con las viviendas de los autóctonos y poco más. El paraíso tenía hasta sitio donde quedarse a dormir. Algunas construcciones eran de piedra o estaban en semirruina, otras reformadas con fachadas de colores y, entre ellas, corrales que eran morada de rebaños de ovejas o de gallinas. Los seres vivos convivían casi como iguales sin importar su especie, o al menos sin que su presencia fuera una anormalidad. Ese día llegó a pensarlo: «Quizá yo también elegiría un sitio como este si decidiera cambiarme de bando».

La edad media de sus ocho decenas de vecinos rondaba la sesentena, aunque esos días había por allí algunos chavales, claramente pasando la temporada estival visitando a los abuelos. «Por aquí viene mucho senderista y mucho mochilero, según nos han contado, por los árboles, aunque el roble ya no existe». León siempre iba por delante y, así, le permitió entender a Peña la razón de la existencia de aquel *parking*. Para evitar que molestaran a los vecinos o que los forasteros acabaran con sus SUV atascados entre dos casas, el concejo había habilitado a la entrada del municipio la pequeña zona de aparcamiento en la que dejaron el coche, en un hueco entre dos furgonetas.

Ya a pie y, por supuesto, de paisano se adentraron en el pueblo. Siguieron el trayecto hacia el *teixu* que indicaban las discretas señales, unas dispuestas sobre árboles, otras sobre postes del tendido eléctrico, y que ayudaban a no perderse en las pocas pero serpenteantes calles de aquella villa que miraba al mundo desde sus setecientos metros de altitud. Un buen número de hórreos mejor o peor conservados completaban el complejo. Ellos no tardaron en recibir la bienvenida:

—¡A la orden! —No habían reparado en el anciano que tomaba el fresco, palillo en boca, sentado en un banco de piedra en la puerta de la que debía de ser su casa, junto al que debía de ser su perro.

Sorprendidos por aquella llamada de atención, se giraron a una para buscar el origen de la ocurrencia y lo vieron llevarse la mano a la sien, en señal de saludo.

—Para servirle —respondió Peña—. Buenos días, no le habíamos visto. ¿Todo bien por aquí?

—Bien, hombre, bien. Aquí, esperando al médico —dijo señalando al perro—. Hoy está la cosa tranquila, son los primeros. Ya parece que hay menos curiosos. Una semana hizo ayer.

Exactamente una semana y un día desde que la vecina que hacía voluntariamente las veces de capellana encontró el cuerpo cuando bajó a la iglesia a encender las velas, como hacía cada mañana; dato que Peña entonces aún no conocía, hasta que el abuelo se lo reveló sin necesidad de preguntarle.

Por las caras de sus compañeros, Peña supo que estaban pensando lo mismo que él escuchando hablar al viejo. Respetaba, valoraba y confiaba en la experiencia vital, pero sabía de eso que los psicólogos llaman «confabulación». No era tan habitual encontrar en la España profunda a gente dispuesta a hablar con otros guardias que no fueran los de su pueblo. Tampoco parecía que, en realidad, le molestasen las visitas de los curiosos, ni menos que no disfrutara contando las batallitas del que probablemente había sido el hecho más extraordinario ocurrido en Bermiego en una buena pila de años. Y por la forma en que les contó, de corrido, que la Lucía había bajado a las siete a la iglesia a encender las velas, que conforme iba para allá llevaba un mal presentimiento y que cuando torció para el camino del cementerio ya advirtió desde lejos que allí pasaba algo, que no era la primera vez que veía una cosa así, y que al muerto no se le había visto por allí antes, Peña supo, y estuvo seguro de que el resto también, que no era ni la primera ni la segunda ocasión en que el buen hombre contaba la historia sin necesidad de que le preguntaran. Y que aquello podía ser el relato de los hechos, del mismo modo que podía ser el resultado del juego del teléfono del abuelo consigo mismo, o con el perro. Así que optó por dejarlo hablar para no contaminar su discurso con preguntas en las que el anciano pudiera apoyar sus lagunas mentales. Eso, y que le pareció que necesitaba conversación.

—Nos ha sido de mucha ayuda, caballero —le agradeció Peña, al tiempo que hacía un gesto a León con la cabeza.

—Gracias. Llámenos si recuerda o se entera de algo más que crea que puede ser importante, por favor —dijo la guardia, tendiéndole una tarjeta al señor, que sonrió orgulloso y la guardó en el bolsillo de su impoluta camisa blanca recién planchada.

—Descuide, joven, *ye* un placer servir a la autoridad. Los guiaría, pero a este le toca vacuna por fin. El gañán del veterinario lleva días poniendo excusas. Sigan por ahí —dijo señalando el único camino—, no tiene pérdida.

Los cuatro guardias continuaron hasta los límites del pueblo. Cava, que iba unos metros por delante, se paró a esperar al resto y, cuando lo hubieron alcanzado, anunció:

—Hay que subir y bajar por ahí. Buenas cuestas, ¿cómo lo ves? —A Peña no le hizo ni puñetera gracia el comentario velado sobre sus evidentes limitaciones físicas. Aunque se conservaba bien y su agradecido metabolismo le había permitido llegar a abuelo sin barriga, no tenía ni había tenido nunca el físico de sus hombres; siempre había sido un esmirriado.

—Lo veo lejos, Cava, y quiero verlo de cerca. Después, ya veremos si me tienes que traer a cuestas, por bocazas. Vamos, detrás de mí —respondió cogiendo un palo que seleccionó entre un montón de maderas apiladas sobre un muro.

La capilla de piedra estaba situada en el borde de una ladera desde la que se ofrecía una vista amplia de la sierra, protegida por una pequeña valla de madera. Aunque los de Criminalística habían terminado el trabajo en la escena hacía días, la zona seguía acordonada. El cuerpo lo habían descubierto bajo las ramas del enorme árbol que se hallaba junto al templo, donde las maniobras del levantamiento habían dejado un socavón importante.

Peña estuvo un buen rato en silencio empapándose del lugar, sin llegar a entrar en su estado de trance, cosa que solo le ocurría cuando estaba relajado o pensativo y no concentrado, que era como se encontraba en ese momento. Cava, León y Rubio permanecían callados a unos metros de distancia, esperando instrucciones. La niebla, agarrada a la montaña, era tan espesa a nivel del suelo que apenas se intuían los pies del teniente moverse lento dentro del perímetro.

—¿Qué sabemos del sitio, León? —preguntó a su alumna aventajada, seguro de que la historiadora que era había hecho los deberes.

—Iglesia de Santa María de Bermiego, mi teniente, del siglo XV nada menos, aunque fue restaurada. —La guardia acompañó la afirmación con un gesto de obviedad, que no era tal para sus compañeros—. Se cree que antes fue un castro celta y que fueron ellos quienes plantaron aquí el árbol. Al parecer la iglesia no se abre al público y, como ya le han dicho, es una vecina quien se encarga de ventilarla y encender las velas cada día. La sierra que ve es la del Áramo, espectacular, pero lo que trae aquí a la gente es el tejo. Nombre científico, *Taxus baccata* —ilustró León ante la mirada atenta de Peña y los otros, señalando el cartel explicativo—; considerado monumento natural. Denominado Tejo de Bermiego o Tejo de la Iglesia. Como puede ver, los autóctonos han rectificado la inscripción: *Teixu* de Bermiego. —La guardia señaló la corrección a rotulador, frecuente en tantas señales de Asturias—. Trece metros de alto y quince de diámetro de copa; es decir, en total con el ramaje. Su tronco es hueco y, digamos, se regenera, de ahí que puedan vivir hasta cinco mil años. El que veis parece que supera con creces el milenio; está considerado uno de los más antiguos de Asturias, si no el qué más. Y ahora viene lo mejor, teniente.

Peña se sacó del bolsillo la cajetilla de tabaco y encendió un cigarro ante la mirada desconcertada de León, que interrumpió la lección.

—Pero ¿no lo habías dejado del todo? —se entrometió Cava.

—Sí, para conocer a mi nieta. Y ya lo he hecho. Ahora venía lo mejor, León.

—El veneno, teniente. Se trata, casi en su totalidad, de un árbol altamente tóxico. Mire el cartel: ya lo usaban en la Antigüedad como método de suicidio, incluso Julio César habla de ello en *La guerra de las Galias*. —Ninguno dudó de que lo hubiera leído—. Ahí dice que el fruto es venenoso. Hablamos de una sustancia que puede ser letal. Rubio se ha estudiado la autopsia y el estudio toxicológico.

Peña se alejó del árbol, extrajo de su bolsillo el viejo pastillero que usaba como cenicero y que durante años le había acompañado, y apagó el cigarrillo. Había vuelto al vicio después de casi tres años y pronto había recuperado las buenas costumbres. No le hacía falta ser criminólogo, aunque lo era, para saber que no convenía ir dejando por ahí material genético.

—¿Qué dicen esos informes, Rubio?

—En resumen, parada cardiorrespiratoria, compatible con una intoxicación por taxina o taxol. Al parecer, detiene el corazón en dosis elevadas. La autopsia confirmó la etiología homicida, algo que ya cantaba la escena; en el laboratorio han determinado lo del tóxico. —Rubio se movió unos metros para acercarse al lugar donde apareció el cadáver—. Según la inspección ocular, el cuerpo fue hallado en posición más o menos erguida, con las antepiernas amputadas por debajo de las rodillas, de forma bastante salvaje, seguramente con un hacha. Lo que le quedaba de las piernas, enterradas hasta la mitad del muslo; siguen buscando sus pies, que no han aparecido. Las manos también parcialmente enterradas, con los dedos clavados en la tierra, de ahí el tamaño de la cuadrícula que tuvieron que hacer para sacarlo.

—Los ecologistas se han quejado, al parecer el árbol es muy sensible a la compactación del suelo —apuntó León.

—Qué se le va a hacer, fuerza mayor —opinó Rubio—. Total, que por la postura en que lo dispusieron, apoyado en sus propias manos, se mantenía, más o menos, así. —Rubio escenificaba la pose con los brazos ligeramente en jarras, levemente inclinado hacia adelante, las manos abiertas como si agarrara una pelota grande con los dedos—. Eso y que, según la autopsia, ya estaba muerto cuando le hicieron la carnicería; la propia rigidez que aún presentaba el cadáver cuando lo vieron por primera vez contribuyó a que se mantuviera erguido.

—¿Data? —preguntó Peña.

—Lo descubrieron en torno a las siete de la mañana del lunes pasado, datándose la muerte entre veintidós y veintiséis horas antes. Las livideces, bastante indefinidas, indican que lo mataron en otro lugar y después lo trasladaron. Eso dijo el forense.

—O sea, que alguien trajo el cuerpo ya sin vida y rígido hasta aquí —señaló Peña, para confirmar la tesis del sargento.

—Y, casi seguro, a cuestas. En coche, ya ves, no se puede bajar. Los compañeros han descartado el uso de cualquier vehículo en este último tramo, aunque recogieron huellas de pisadas y rodaduras de neumáticos de más arriba. Las están analizando, pero no pinta fácil. El fin de semana hubo bastante movimiento —dijo Rubio.

—¿Se sabe cuánto pesaba? —La pregunta de Peña cogió al sargento fuera de juego.

—Unos ochenta y cinco. La viuda ha confirmado el cálculo del forense —respondió León, echando el guante a Rubio.

Había llegado el momento de hacer la pregunta más difícil para él. Por duras que fueran las circunstancias de una muerte violenta, nada era tan arduo como ponerle nombre y cara a la víctima, por eso Peña siempre lo retrasaba todo lo que podía. Aunque lo disfrazaba de su propio método deductivo, en realidad, solo aplazaba la hora de cogerle cariño. No podía evitar empatizar con la víctima, y eso que había tenido víctimas de las que a más de uno le habría costado compadecerse. Nadie merecía que otro pusiera fin a sus días, y menos con ensañamiento de por medio; lo consideraba innecesario e incomprensible a partes iguales. Peña había aprendido a vivir con eso, pero no a distanciarse lo suficiente como para que no le afectara, no al menos sin volverse un insensible.

—¿Qué sabemos de él?

—Amador Braña —comenzó León—. Varón, cuarenta y tres años. Casado hace siete. Tenía un hijo pequeño y su mujer, que es algo más joven, está embarazada. Su madre vive; su padre murió el año pasado. Dos hermanos, varón y hembra, ambos mayores que él. En cuanto a su actividad, digamos que pluriempleado. Regentaba junto a su hermano una pequeña producción de sidra local y era el concejal de Urbanismo y Vivienda de Trasgu, un *conceyu* de la costa oriental, de donde es autóctono, por eso el caso está en televisión, aunque por suerte aún no se han aireado los detalles.

—Los compañeros de la comandancia ya han tomado declaración a la familia y a los compañeros del partido, Por Asturies —apuntó Rubio.

—¿Y? ¿Tienen algo? —preguntó Peña.

—Por ahora, poca cosa. Un buen puñado de órdenes cursadas y nada concluyente. Por eso estamos nosotros aquí.

—Por eso y por las coincidencias —intervino Cava, que había estado esperando su turno—, ¿te cuento?

—Adelante —le respondió Peña.

—Hace casi veinte años, en Cantabria, hubo un caso que presenta algunas similitudes. —El cabo primero se acercó al árbol y señaló una rama—. Un cuerpo colgado de una rama de tejo. La familia insistía en que la muerte no fue voluntaria. Se determinó que había restos del mismo veneno en el organismo, pero descartaron que esa fuera la causa de la muerte. Según el informe de la autopsia, murió por asfixia mecánica y estuvieron varios meses investigando sin llegar a nada. El caso se cerró en blanco: suicidio.

—¿Y bien? —A Peña no se le escapó la extrañeza de que hubieran relacionado en solo una semana el caso con otro cerrado, catalogado de suicidio.

Ninguno de los guardias, ahora, quería ser portador de información.

—El brigada Soto estuvo en la investigación. —Fue Rubio quien lo dijo—. Uno de sus primeros casos, pidió el traslado después de aquello. Es él quien insiste en tirar de ese hilo. Al parecer, nunca le cuadró lo del suicidio. Ha convencido a la jueza de que hay que mirar al tejo.

Al teniente Peña le molestaba encarar una investigación con agentes que la enfrentaran con un pálpito, un presentimiento o una idea preconcebida, más cuando no era uno de los suyos y no tenía la certeza de que estuviera entrenado para abstraerse de ellos. En realidad, a Peña lo importunaba profundamente tener que incorporar a sus métodos de trabajo a personas que no conocía; no confiaba en los investigadores «con traumas, heridas o estrés postraumático», como solía decir para burlarse de cualquiera que tuviera el valor de reconocer lo que más o menos sufrían todos. Él llevaba a cuestas más heridas que nadie y, las cosas como son, ya no se fiaba ni de su sombra.

El teniente guardó silencio sin dejar de mirar a Rubio, su tocayo, su casi paisano, que era de los tres guardias el único que podía llegar a tener cierta capacidad de hacerle cambiar de opinión; sabiendo el teniente que la decisión era suya, que era desde esa mañana el responsable policial de la investigación, que podía decidir quién sí y quién no, y que el propio interés del brigada Soto y su tara le daban argumentos más que suficientes para apartarlo, para no dejarlo entrar.

—¿Has dicho que tenía un hijo pequeño? —preguntó Juan Peña sobre la víctima, dirigiéndose a León.

—Y otro en camino —respondió Rubio, sin dar opción a su compañera. «Como tú», pensó Peña.

—Habla con Soto —aceptó—. Pídele que nos encontremos mañana a las ocho, a ver el despacho ese que nos ha preparado. Que reúna todo lo que tienen. Y el tema de Cantabria, lo sacamos cuando yo lo saque. De momento, nos centramos en lo que tenemos aquí. León, prepara una lista de todas las personas del entorno de Amador Braña —hablaba cada vez más rápido, había cogido el ritmo—, y olvídate de lo que ya hayan contado; empezamos de cero.

—Mañana a primera hora la tiene —acató la guardia, con la energía de su jefe contagiada.

—Tú, Cava, estás liberado de la reunión. Te vuelves temprano a Bermiego, a hablar con la capellana. ¿No dice que baja todos los días a abrir la iglesia? Apuesto a que se salta el perímetro. Antes de las siete te quiero aquí, esperándola. Aprovecha que la iglesia no se puede visitar y así la conoces por dentro. Vendrás tú solo para no intimidarla. Y, ojo, que no te vea de lejos.

—Eso está hecho —respondió Cava con sorna al encargo.

—Ahora, vamos a que nos den algo de almorzar; no hay que perder la oportunidad de comer en esta tierra, y esta tarde tengo una cita —dijo burlón Peña, que subió como pudo la cuesta de regreso al pueblo y lamentó haber vuelto a fumar justo antes de iniciar una investigación de montaña, si es que se podía calificar así a la tontería de haber encendido ese cigarro.

3
MUJERES

Les dieron de comer, y bien. Almorzaron en el restaurante de un hotel de Proaza, en el corazón de la Senda del Oso. La comida no fue como las que Juan Peña recordaba de sus primeros viajes recorriendo Asturias con Clara y su hermano: sopa y carne; menús que estaba convencido habían debido de inspirar a los actuales bufés libres de las pizzerías de Madrid, salvando las distancias del buen gusto y la calidad del producto, por supuesto. Ahora era más comedida, había varias opciones entre las que elegir y se habían adaptado al tamaño del estómago de sus congéneres y suavizado a la medida de lo delicado de sus paladares. Pero mantenía el sabor, el buen hacer y la autenticidad culinaria del tercio norte del país.

No pudo recrearse todo lo que en otras circunstancias le hubiera gustado. Si bien en días como esos el apetito siempre se le resentía, lo que se sumaba al nudo en el estómago que lo acompañaba desde que supo a dónde lo llevaba el caso, para él alimentarse debidamente era tan importante como dormir un mínimo de seis horas, cosa que cada vez le resultaba más difícil. Además, allí ya estaban recogiendo cuando llegaron, aunque no les hizo falta sacar la placa para que les vistieran una mesa en la sombra. Apestaban a picoletos, claro. Y Peña, que durante sus primeros años en el Cuerpo se había esforzado lo suyo en disimularlo, ya fuera por necesidad, por miedo, por no avergonzar a su hermano o por simple timidez, y hasta lo había conseguido, hacía ya bastante que había entendido que hacerse el civil no siempre era lo que más convenía.

Era tarde y todavía tenían que pasarse por el puesto a hablar con los primeros guardias que acudieron a la escena, antes del encuentro de Peña con la jueza de instrucción del caso, su cita. Juan Peña no había hecho esperar a una mujer en su vida; no iba a ser esa la primera vez, por su propio bien.

Al puesto de Proaza, que quedaba cerca del hotel restaurante, decidieron ir caminando. Pasaron frente a la puerta del edificio que albergaba la Casa del Oso y que era también sede de la fundación que vela por la supervivencia de la especie. Peña sabía por oídas que también quedaban cerca los cercados oseros. No es que los hubiera visto ni que hubiera estado justo allí antes, pero en una ocasión en que permaneció unos días por un caso en los Ancares leoneses trató bastante con un tipo que se pasaba las horas muertas mirando a la montaña esperando a ver si los veía. Fue él quien le habló entonces de esos cercados, una especie de zona acotada en la que vivían en cautividad dos hembras de oso pardo cantábrico que fueron rescatadas de los furtivos. Claro que aquel hombre no estaba de acuerdo con aquello; prefería verlos en libertad. Peña les contaba la anécdota a sus compañeros durante el paseo que dieron entre el restaurante y el puesto. Rubio lo sabía porque también había estado en aquel caso, y León porque lo sabía casi todo. Cava, por su parte, se estaba enterando de que hubiera osos en Asturias, por no decir en España, con lo cual tuvo que soportar la carga del resto. El leonés que le había hablado de los osos a Peña era un minero jubilado cuya mujer regentaba otro hotel restaurante en la falda del puerto de Ancares. Según contaba, se había visto de tú a tú con el oso una noche que salió a tirar la basura, y no tenía ya otra cosa con la que matar el tiempo que quedarse a ver si lo veía aparecer en la ladera de la montaña que quedaba frente a su casa. Peña recordaba haber comentado con él que la espera del oso le recordaba a la pesca. Él nunca había sido un gran aficionado, pero quién siendo de un pueblo con mar no sabía del arte de mantenerse horas mirando al horizonte antes de que picara algo. A Peña jamás le había llamado especialmente la atención el mundo animal, pero, a fuerza de conocer al ser humano, de unos años a entonces había comenzado a empatizar con los que sí tenían esa sensibilidad.

Cuando solo unos minutos después llegaron al puesto, probablemente ya informados de su presencia en el pueblo, los dos guardias que acudieron desde Proaza al aviso en Bermiego los estaban esperando.

—A sus órdenes, mi teniente, cabo primero Salas; mi compañero, el guardia Martín. Nosotros fuimos los primeros en llegar a Bermiego cuando llamaron los vecinos. —A Peña le pareció que lo decía orgulloso.

Salas era bastante más mayor, y más gordo, y más calvo, de lo que alguien que no conociera la Empresa podría esperar en un cabo primero, detalle que a Peña, que la conocía algo, no lo sorprendió. Era habitual en los guardias que no quieren moverse de su casa optar por quedarse como están, evitar el cambio de destino que siempre lleva aparejado un ascenso. Peña no le discutiría el gusto de no querer moverse de aquel paraíso. En realidad, envidiaba un poco a ese tipo de personas que le parecían mucho más listas de lo que él había sido. «Lo bien que estaría yo ahora en Sanlúcar, mi teniente», solía decirse a sí mismo, parafraseando a su compañero Rubio.

—¿Eres de la zona? —La pregunta podía resultar lo mismo trascendente que innecesaria; esperaba no haber quedado de chismoso a los ojos de sus hombres y de aquellos guardias, pero quería confirmar su teoría. Sus hijas lo habrían tachado de cotilla en ese momento. Y después de machista, cuando las hubiera culpado a ellas y a su entorno femenino para excusarse.

—Sí, mi teniente, me crie aquí mismo, en Proaza —respondió Salas.

—Entonces no tengo ninguna duda de que conoces bien el terreno. —La aclaración seguía siendo innecesaria, pero le valía para justificarse. En su extraño sentido del humor, disfrutaba de sus juegos mentales.

—Algo —rio el guardia—. Ya ha visto cómo es el entorno. Por aquí las carreteras son mejores, pero hasta Bermiego el camino se complica, no mucho, los hay peores, pero claro, tardamos un rato en llegar desde que entró el aviso. —Ahora, era el cabo primero quien se justificaba.

—Me hago cargo. ¿Quién lo dio? —preguntó el teniente.

Cava, León, Rubio y el otro guardia de Proaza, Martín, se mantenían callados, en segundo plano.

—El nieto de la capellana. La pobre mujer bajó a la iglesia como de costumbre y se encontró el cuerpo. Tuvo que volver a subir para avisarnos. No es mucho trecho, pero las cuestas se las traen y la señora ya tiene una edad. —«Habría que ver si tú las subirías cada día», pensó Peña, que aguantó la risa—. Total, que despertó al nieto para que nos llamara. El muchacho todavía estaba zombi a esas horas y no terminaba de explicarse. La verdad es que fuimos allí sin saber muy bien lo que había pasado. Y vaya lo que nos encontramos.

—¿Qué fue lo que encontrasteis?

—Una carnicería, teniente. ¿No ha visto las fotos? —Lo cierto era que aún no las había visto.

—Prefiero que describas lo que recuerdes.

—¿Lo que recuerdo? Grabado en la memoria lo tengo. No me lo voy a poder quitar de la cabeza mientras viva.

Peña se mantuvo en silencio para que el cabo primero continuara con su relato.

—Aquello parecía un pueblo fantasma, más que de costumbre. No hizo falta ni apartar a los curiosos, parecía que hubiera sonado la matraca. Los pocos que hacían corrillo se metían en sus casas al vernos llegar. —A Peña le pareció que le costaba verbalizarlo y sintió, ahora, cierta empatía hacia el cabo primero—. Fue un señor mayor el que nos indicó que el motivo del aviso estaba en la iglesia, según decía la gente —dijo.

El cabo primero Salas continuó hablando, pero Peña había dejado de prestarle atención; ya solo podía pensar en lo que dijo el anciano que les había dado la bienvenida esa misma mañana en Bermiego y en lo que apuntó, refiriéndose a la capellana, «que no era la primera vez que veía una cosa así». No lo había pasado por alto.

Si había una relación que el teniente Juan Peña sí se preocupaba por cuidar, esa era la que tenía que mantener, necesariamente, con el juez instructor del caso. No escatimaba en esfuerzos por conseguir la confianza y el beneplácito del que le tocara en suerte. Ante el juez, Peña siempre volvía a sentirse como un adolescente al que no le queda más remedio que pedir permiso al padre para hacer lo que quiere, lo que le dice el instinto o lo que entiende mejor por estar más en contacto con el mundo, con los malos y con los tiempos. O, al menos, así era en su época, cuando los chavales aún respetaban. Él, como correspondía a su función, era quien ponía las ideas, quien apuntaba y defendía las líneas de investigación, quien amparaba las tesis de su equipo bajo su propia responsabilidad, quien sugería; pero era, sin duda, el juez de instrucción quien tenía la última palabra.

Peña había conocido a bastantes jueces a lo largo de su carrera y a lo ancho de España; con algunos se había cruzado más de una vez. Su unidad operaba en casi todo el territorio, allí donde se producía una muerte en circunstancias que encerraran cierta peculiaridad, que trascendiera de los límites geográficos de las unidades territoriales en la estructura de la Empresa, o que presentara condiciones compatibles con cualquier tipo de organización criminal, o simplemente atisbos de generar alarma social; era frecuente que se los reclamara, siempre y cuando el territorio no quedara al amparo de las competencias de otra fuerza de seguridad del Estado, con las que en ocasiones también tenía la suerte, buena o mala según el caso, de colaborar.

De modo que, en más de veinte años en la Unidad, había participado en investigaciones en casi todas las comunidades, incluidas las insulares, como uno más del equipo los primeros años y como jefe del Grupo desde que ascendió a teniente. Un ascenso que se había tomado con calma y al que había otorgado la misma prioridad que a otras cuestiones, como al hecho de finalizar sus estudios universitarios en Criminología y especializarse en perfiles, detalle este último que le venía muy bien esa tarde para determinar de qué tipo era la jueza que les había tocado, si de esas que allanan el terreno o, más bien, de las que tienen dificultades para delegar y confiar en los investigadores. Evidentemente, prefería la primera opción, pero no era algo que le preocupara en exceso; tenía que lidiar con la que fuera. Si para algo le urgía clasificarla era para trazar la estrategia que le permitiera ganarse su favor lo antes posible.

Como iban los cuatro en un mismo coche, los suyos no tuvieron más remedio que acompañar al teniente hasta los juzgados a su encuentro con la jueza. Peña telefoneó a su señoría antes de salir de Proaza para confirmar que le viniera bien encontrarse con él, a lo que la jueza accedió. Casi hubiera preferido que su respuesta hubiese sido: «Mejor lo dejamos para mañana, teniente». Habría ganado tiempo para ampliar lo que sabía de los siete primeros días de investigación, pero no tuvo suerte. De manera que le pidió a Rubio que condujera hasta Oviedo para liberar a Cava del volante. Necesitaba del descaro del cabo primero para enterarse, al menos, de las órdenes que se habían cursado o que estaban solicitadas esperando el visto bueno de la jueza.

Cava llamó por teléfono desde el coche al brigada Soto:

—A la orden, mi brigada. Le habla el cabo primero Cava, ¿tiene usted un momento para hacerle un par de preguntas?

Peña, sentado a su lado en el asiento trasero, le iba anotando instrucciones en la libreta.

—Estamos haciendo acopio de todo lo que tienen hasta ahora. Las pesquisas de los primeros días de investigación son claves y no queremos dejarnos nada atrás. —Cava miró al teniente cómplice, mientras le doraba la píldora al brigada—. Para empezar, me gustaría confirmar con usted la relación de órdenes judiciales que se han solicitado, tanto las que su señoría ya ha cursado como las que están a la espera de que lo haga.

Aunque Peña no alcanzaba a distinguir lo que decía Soto al otro lado del auricular, se iba haciendo una idea por las respuestas de Cava.

—Cualquiera de las opciones me vale, casi mejor lo segundo y así voy punteando.

Cava dio por finalizada la llamada con el objetivo cumplido. Tenía una buena lista de diligencias que los compañeros de la Unidad Territorial ya habían cursado y que para el teniente suponía un *background* más que decente en el que apoyar la conversación con su señoría. Peña tuvo que reconocer que los de provincias habían hecho un buen trabajo o que, como poco, se lo estaban tomando en serio. Esperaba que al brigada no se le hubiera pasado por alto ningún detalle relevante que él debiera conocer y que pudiera hacerle quedar mal con la jueza.

—Pase, teniente. Adela Amaya, es un placer conocerlo.

—El placer es mío, señoría.

La jueza no lo había hecho esperar, lo recibió en cuanto le anunciaron que el teniente Peña, de la UCO, había llegado.

Era bastante más joven de lo que esperaba. Y eso, casi con seguridad, significaba poca experiencia, y también que era lo suficientemente lista como para ostentar ya una plaza en la judicatura.

—Me han dicho que llegó esta mañana temprano a Asturias.

«Empezamos mal», pensó Peña. Su señoría había usado un pasado muy lejano para referirse al tiempo que llevaba en el Principado antes de ir a verla.

—Así es, señoría. El pasado sábado nos comunicaron que le habían asignado el caso a nuestra unidad y el mismo domingo dos miembros de nuestro equipo ya se desplazaron hasta aquí. Yo lo he hecho tan rápido como he podido —justificó Peña—. Ayer mismo estaba citado en la vista oral de un caso anterior, afortunadamente resuelto. —Mientras se excusaba con la jueza, Peña pensó en su nieta, recién venida al mundo, y en su hija aún en el hospital, y estuvo tentado a decirle: «Acabo de ser abuelo por primera vez; demasiado que estoy aquí, justificándome». La jueza, que vendría a tener la misma edad de su hija mayor, seguramente lo habría entendido, pero no lo dijo. Peña se guardó el comentario, porque además no era verdad. «¿A quién quieres engañar, Juan? De no ser por esa vista, el parto te habría pillado en Asturias», se corrigió mentalmente.

—Comprendo, teniente, no tiene por qué darme explicaciones. Sé que es usted un profesional comprometido y experimentado. No le voy a ocultar que me he tomado la molestia de informarme de en qué manos queda la investigación y no tengo duda de que está en las mejores. Por su parte, solo espero la misma sinceridad y confianza que yo le estoy ofreciendo. —La jueza interrumpió el discurso, como esperando la confirmación del teniente.

—Se lo agradezco, señoría. Cuenta usted con mi absoluta entrega y confianza, como no puede ser de otra forma.

—Estupendo, me alegra que estemos en sintonía. Supongo que está más o menos al tanto de los avances. —Peña asentía como respuesta—. Es importante que se definan cuanto antes las posibles líneas de investigación, hemos estado dando pasos sin saber hacia dónde vamos. Y no me gusta caminar sin rumbo.

—Estoy de acuerdo, señoría, los primeros días son difíciles, pero contamos con material y hay mucho trabajo por delante. A poco que lo ordenemos todo dispondrá de sus líneas de investigación —dijo Peña, para dejarle claro que respetaba su papel de directora de orquesta—. Lo que me preocupa es el tiempo, ya sabe cómo es esto. La víctima ostenta un cargo público, es político; de un pueblo pequeño, sí, pero político.

—De un *conceyu*, teniente, o concejo, si prefiere el castellano —corrigió la jueza.

—*Conceyu*, concejal del *conceyu* de Trasgu, Urbanismo y Vivienda —respondió Peña a su corrección—. De momento, los medios no se están cebando con el tema, pero el mes de agosto acaba de empezar, en dos o tres semanas no tendrán de qué hablar y a la mínima peculiaridad correremos el riesgo de estar hasta en la sopa. Y entonces, llegarán las presiones, las prisas por cerrar el caso, y ahí es donde deberemos mantenernos firmes, porque esta investigación, ya le digo, no parece fácil.

—Habrá que hacer lo que esté en nuestra mano para que eso no suceda, teniente, empezando por asegurarnos de que no habrá filtraciones. El caso está, naturalmente, bajo secreto de sumario. Siempre que la investigación avance a buen ritmo, contará con mi absoluto apoyo. Tiene mi palabra.

A Peña le resultaba entrañable. La mujer que le estaba dando con tal firmeza su palabra podría ser su hija, incluso la pequeña. Su determinación y su seguridad le parecían abrumadoras. Ni mucho menos le hacía sentir incómodo, sabía que si estaba ahí era porque lo merecía y se lo había ganado. Lo único que lamentaba era que no le quedaran más que unos pocos años de servicio y que no iba a tener la oportunidad de volver a cruzarse con ella, pasados veinte, para ver lo que quedaba de su arrojo y su honestidad. El tiempo tiene eso de bueno, que no siempre es el suficiente como para poner en su sitio según qué cosas; decepciones que uno se ahorra.

Salió bastante satisfecho de su encuentro con la jueza, convencido de haberse ganado el favor o, como poco, la colaboración de su señoría, aunque también seguro de que aquella mujer no iba a ser una marioneta que se limitara a rubricar sus deseos. Tampoco lo quería. Un juez que ponga las cosas demasiado fáciles lleva a un investigador a cometer errores. Lo sabía por experiencia.

Se lo transmitió a los suyos para que estuvieran tranquilos: la jueza no iba a ser un problema, siempre y cuando fueran rigurosos y no dieran palos de ciego.

—Genial —dijo Cava, de nuevo sentado al volante. Ninguno pidió más explicaciones—. ¿Dónde vamos?

—Al hotel, a descansar. Ya está bien por hoy.

—Como quieras, pero nos debes una, abuelo.

—Cuenta con ello, pero otro día. Mañana empieza el trabajo duro y este abuelo necesita dormir para dar el callo.

El encuentro con la jueza que le recordaba a su hija le había despertado el deseo de saber de su familia y, ya más relajado de camino al hotel, conectó a internet su móvil personal. La animadversión que sentía por ese aparato no le quitaba de recurrir a él cuando sentía la necesidad de hablar con ellas, aunque seguía empeñado en negarse a que el cacharro trabajara a jornada completa. Comenzaron a llegarle de golpe todas las fotos que le habían enviado de su nieta, que parecía una niña distinta en cada una. Así, distraído con las fotos y en silencio, se mantuvo todo el trayecto que separaba Oviedo de Mieres, pensando en la pequeña cambiando por momentos en sus primeras horas de vida; en si de mayor sería una mujer con la determinación y la seguridad de la jueza Amaya, o con la brillantez y el sentido del deber de la guardia Teresa León, que iba sentada detrás de él, con la personalidad de su tía o con la dulzura de su hija Paula, su madre, que posaba en la última fotografía con su bebé, flanqueada por su hermana y por Clara, su mujer. Se detuvo en ella, la abuela, y la recordó con muchos años menos. Se sintió mal por no estar allí, haciendo esa foto en la que posaban casi todas las mujeres de su vida.

No pudo evitar acordarse de la que faltaba, su propia madre, a quien no había sido capaz ni de llamar por teléfono más que para soltarle la noticia del nacimiento de forma apresurada y colgarle de forma más apresurada aún, desde que supo que viajaba al norte; o muy cerca de lo que ella llamaba «el norte», por no darle tiempo a hacer preguntas que él no quería responder.

Cuando su madre decía «el norte» no se refería a la parte superior del mapa. Ni siquiera cuando él entró en el

Cuerpo y a ella la invadió el miedo de que lo mandaran destinado al País Vasco lo llamaba así: el norte. Su madre había salido lo justo de Sanlúcar. Poco más que para ir al médico, a Jerez o a Cádiz, lo imprescindible; dos veces que fue a Sevilla a ver a la Macarena, y una vez que pasó con ellos una temporada en Madrid, poco después del accidente de Andrés. Y aquella experiencia a la mujer le gustó tan poco, quizá por la situación que atravesaba, que le dijo que si quería verla ya podía bajar él, que para eso era el hijo. Quizá si su madre no hubiera estado tantos años al cuidado de su abuela enferma hubiera sido distinto, porque desde luego no era ni una ignorante ni una analfabeta. Y si no hubiera pasado lo que pasó, claro. Pero pasó. Y, para su madre, el norte se reducía a un punto que ni siquiera salía en todos los mapas, pegado al Cantábrico, al que un día se fue su hijo el mayor por quitarse de las amistades del pueblo, medio huyendo medio a buscarse la vida haciendo lo único que sabía hacer. Y, como mucho, a la cercana playa de cantos rodados en la que un amanecer apareció su cuerpo y a la que Juan desde entonces no había tenido valor para regresar. Ni falta que le hacía para llevar grabado en su mente el ruido de la fuerza del agua sobre las piedras cuando se retiraba la ola. Llegaba a ser angustioso.

Clara y él se alojaban apretados en la casa en la que vivía su hermano en Cudillero las veces que iban a visitarlo. Aquel sitio era de cuento. Las calles empinadas salían de la montaña, las casas colgaban de la ladera y todo iba a confluir al mar. Al mar y a la rampa del puerto en la que en aquella época aún atracaban algunas barcas de pesca mientras terminaban de construir el nuevo puerto pesquero. Desde allí partían cada día las excursiones de la pareja, siguiendo las sugerencias que Andrés les daba de que fueran a visitar este o aquel lugar los días que él salía a faenar y no podía acompañarlos, que eran la mayoría. Como aquel día que fueron por primera vez a la playa de la Concha de Artedo. «Tenéis que ir con marea llena, que es cuando se escuchan las piedras», les había dicho. Aquella fue la única vez que los oídos de Juan habían escuchado en realidad el sonido del agua retirándose sobre los minerales. Después no había sido capaz de volver; como siempre regresaba a él el ruido en pleamar de aquella playa en la que el Cantábrico escupió el cuerpo de su hermano mayor.

—¿Has estado allí? —le preguntó su madre una vez se hubieron puesto al día de que los dos estaban bien, cuando por fin se atrevió, casi se obligó, a levantar el teléfono.

—No, mamá. No llevo ni veinticuatro horas aquí. Queda lejos de donde estamos y no he podido. Estamos muy ocupados con el trabajo, ya sabes a lo que me dedico —se excusó.

—Lo sé, hijo, lo sé. Pero tienes que ir, hijo. Tienes que ir.

—No te preocupes, mamá. Si encuentro el momento, iré.

—Ve también a la capilla. Y tráeme una foto del Cristo, que quiero sacarla y ponerla aquí al lado de su retrato.

No quiso prometérselo, porque no sabía si sería capaz. Hacía años que no tenía pesadillas con aquello, y ahí estaban de nuevo. Eran como al principio, después de que pasara. Su hermano tratando de mantenerse a flote, ahogándose sin sentido en un remolino en la misma orilla. Él trataba de alcanzarlo, pero no podía andar sobre las piedras con el fuerte viento en su contra. Y, cuando al fin lograba llegar al agua, se quedaba allí, mirándolo paralizado sin poder hacer nada, anulado por el miedo a meterse, aturdido por el ruido del mar en aquella playa.

Puede que su madre tuviera razón. Igual no era mala idea.

4
TRAUMAS Y LEYENDAS

La mañana del miércoles nueve de agosto ponía el comienzo práctico a la investigación para el teniente Juan Peña y su equipo. Ya se había hecho una composición del lugar, había iniciado los contactos más urgentes y había tomado el pálpito al terreno. Adaptarse al medio había sido más fácil de lo que esperaba. Había olvidado lo cómodo que le había resultado siempre habituarse a esa tierra que, siendo tan lejana a la suya, le era tan familiar. Casi se sentía mal por encontrarse animado esa mañana, pero levantarse y salir del runrún de las piedras y de las pesadillas que lo habían acompañado de nuevo durante la noche, después de hablar con su madre, le había sentado bien.

Quien no parecía haberse levantado con buen pie era Rubio. Antes de las ocho salió con él y con León camino de la comandancia. Lo hicieron en el mismo coche, porque Cava se había llevado el otro a Bermiego. El sargento, que compartía habitación con el cabo primero, les contó que Cava apenas había pegado ojo, nervioso por el encargo de volver a Bermiego a sorprender a la capellana, y que no eran ni las seis de la mañana cuando se marchó, impaciente y harto de hacer tiempo en la habitación, con lo cual habían empezado la jornada demasiado temprano y discutiendo por haberlo despertado con el trajín.

En un despiste en un cruce, entretenido quejándose todavía del madrugón de Cava, Rubio confundió la indicación y se salió de la autovía. León, que estuvo rápida con el GPS, le indicó que siguiera por la secundaria, que era poco desvío y así veían el paisaje. La confusión les vino bien para tomar un café en un bar de carretera. Rubio casi lo había rebasado, pero dio un volantazo a tiempo para entrar en el pequeño espacio de aparcamiento que el bar compartía con la gasolinera aledaña.

Era el típico bar de carretera asturiano con dos o tres mesas pegadas a la fachada y casi metidas en la curva. «Un peligro», pensó Juan Peña. Uno de esos sitios en los que siempre tenían la sensación de entrar con un cartel que anunciaba «Picoletos»; supieron que había sido así porque, a pesar de que insistieron, el chico, con el que casi no habían cruzado palabra, no quiso cobrarles los tres cafés y las dos magdalenas con las que se habían conformado Rubio y él, en ausencia de las tostadas que no había forma de encontrar en los bares de la tierra. León, que era seguramente la más lista del grupo, nunca desayunaba dulce.

—El Pitu; apúntalo, León. No hay que olvidar los sitios en los que nos tratan bien. Habrá que volver —bromeaba Rubio al salir del bar y volver a sentarse al volante.

—Lo grabaré en la mente. Ojalá hagas tú lo mismo y la próxima vez no estemos a punto de volcar para tomar un café —respondió a la broma la guardia, montándose también en el coche.

—Ya sabes cómo somos los tíos. Nos da por conducir mal cuando tenemos un mal día.

—Y que lo digas, pero no te va nada.

—Se me habrá pegado de la gente de Madrid, chica —dijo Rubio retomando la marcha ya sí con destino directo: Oviedo, comandancia.

—¿Sabes eso que dicen de que los asturianos son los andaluces del norte, Rubio? —Peña rompió el silencio que se había hecho con la intención de sacar del bucle al sargento, que conducía ahora callado mientras la guardia León repasaba sus notas por enésima vez en el asiento trasero.

—¿Eso dicen? No tenía ni idea. Cualquier sitio es mejor que Madrid, desde luego. Mira: Gijón, cuatro kilómetros —dijo Rubio, refiriéndose a la indicación de la señal que rebasaban—, y ya se respira de otra manera. No sé cómo podemos vivir a cinco horas del mar. ¡Las ganas que tengo de ir a pescar, coño!

—¿Has dicho a pescar? —interrumpió la charla León, sin dejar de mirar sus papeles—. Curioso —prosiguió la guardia—. Según la declaración de la viuda, Amador Braña había salido de pesca con un amigo el día de su desaparición.

—¿Desaparición? —preguntó Peña volviéndose a buscar la respuesta de la guardia.

—Así es, teniente. Recuerde que el cuerpo apareció a primera hora del lunes y que, según la autopsia, murió entre veintidós y veintiséis horas antes. La mujer denunció su desaparición al mediodía del domingo, pero en la denuncia no refirió nada de la pesca (la he revisado varias veces), solo que su marido no había vuelto a casa desde el día anterior por la mañana ni había podido localizarlo en su círculo. Fue posteriormente, una vez que lo encontraron, cuando dijo que había salido de pesca en el barco de un amigo.

—¿En barco? —A Juan Peña se le erizó el vello, pero fue Rubio quien hizo la pregunta—. ¿Salió en barco y no lo mencionó? Ya tienes la primera pregunta para ella. ¿Cómo es posible que no pensara que a su marido se lo había tragado el mar? Raro.

A Peña también se lo parecía, cómo no se lo iba a parecer. No solo él mismo, sino cualquiera en el lugar de la viuda habría pensado en un fatídico golpe de mar. Que la mujer de Amador Braña no hubiera mencionado que la última vez que su marido salió de casa lo hizo para pasar una jornada de pesca en el Cantábrico era, como poco, raro. Tan extraño era el hecho que Peña estaba convencido de que no era relevante, pero le servía. Le valía como punto de partida que lo llevaría a otros, también de difícil explicación con mucha seguridad, y desde esos otros puntos llegarían a uno que, más o menos anómalo, sería el bueno; la verdadera razón por la que el concejal de Urbanismo y Vivienda del *conceyu* de Trasgu terminó con las piernas amputadas y clavado como un espantapájaros bajo un árbol milenario en la puerta de una iglesia.

Peña no podía presumir de haber resuelto todas las investigaciones que había dirigido ni todas en las que había participado antes de ser jefe de la unidad, pero nadie podía acusarlo de comenzar un caso sin el convencimiento de que lo esclarecerían. Ni mucho menos de no dejarse la piel y el alma en el intento, aunque eso supusiera una nueva herida en su ideal roussoniano, del que cada vez tenía más dudas. Aunque eso supusiera tener que enfrentarse a sus propios fantasmas y derribar muros que creía infranqueables. Se lo había prometido a su hermano cuando ni siquiera había entrado aún en el Cuerpo. «Si vas a ser picoleto, júrame por lo menos que vas a ser de los buenos». Y él se lo había jurado. No sabía si era bueno, pero no había dejado de intentarlo ni un solo día.

Antes de llegar a la comandancia, donde habían quedado con el brigada Soto, Peña recibió la llamada de Cava.

—Dime que se ha saltado el perímetro para ventilar el templo —le dijo por saludo.

—Más que saltarlo, ha pasado por debajo, pero en esencia, sí. Con mucho cuidado de no pisar cerca del agujero, todo hay que decirlo.

—Hombre, un detalle por su parte —respondió el teniente—. ¿Y bien?

—La pobre mujer ha entrado en la iglesia sin mirar casi al hoyo, era evidente que no quería verlo, seguramente para no rememorar lo que presenció allí. Ha abierto la iglesia y ha encendido las velas. Y, al volverse, se ha llevado un buen susto al encontrarme plantado en la puerta —relató Cava.

—Estás seguro de que no te había visto antes ni sabía que estabas allí, ¿verdad? —interpeló el teniente.

—Y tanto, ¿no te digo que casi se cae para atrás?

—¿Qué más?

—Me he identificado del tirón como guardia, con placa y todo, porque me estaba dando pena la mujer, entiéndeme —se justificó el cabo primero—. Que lleva más de cincuenta años bajando cada mañana a la misma hora, invierno y verano, a ventilar la iglesia, y que piensa seguir haciéndolo hasta el día que se muera mientras las piernas y el corazón le permitan subir las cuestas.

Por esa determinación que dejaba ver la señora que Cava le estaba retratando podía hacerse una idea de la madera de la que estaba hecha la capellana. La experimentada rebeldía de la tercera edad era una condición del ser humano que a Peña le resultaba, cuando menos, sugerente. Ya fuera porque habían perdido el miedo o porque se habían liberado de la vergüenza, los viejos solían actuar así, con esa libertad autoproclamada para hacer lo que les viniese en gana sin importarles mucho qué consecuencias acarrease sobre su nombre o su reputación. Quizá alcanzarla fuera una de las pocas cosas por las que no le importaba estar haciéndose viejo. Ese era el tipo de cosas que solo pensaba y no verbalizaba, salvo con Clara, su mujer, probablemente la única persona con quien no se sentía en la obligación de ser ejemplo de nada.

—Y de lo que vio, ¿qué cuenta? —le preguntó al cabo primero.

—Que ese día, antes de torcer para el camino de la iglesia, tuvo una sensación muy extraña, una cosa muy mala, algo así como un *déjà vu* debió de ser. Dice que al principio no le dio miedo, porque ya no le da miedo de casi nada, pero que sabía que pasaba algo y que olía a muerto. Y que fue cuando lo vio más de cerca cuando le empezó a temblar todo. —Cava ponía al día al teniente alternando sus apreciaciones con el testimonio de la capellana—. Aun así, abrió la capilla y encendió las velas antes de subir para avisar.

—¿Se detuvo a abrir la iglesia y encender las velas?

—Le he insistido. Y a eso ha dicho que ese día precisamente había que encender las velas y encomendarse a la Virgen.

—Cava, estamos a cinco minutos de la comandancia. ¿Tú crees que sería posible que me contaras lo que te estás guardando antes de que me baje del puto coche? —Peña lo conocía bien, sabía que tenía algo bueno y se estaba haciendo el interesante.

—¡Eres pájaro viejo, caimán! —bromeó el cabo primero usando el apelativo con el que acostumbran a referirse entre ellos a los guardias mayores de cincuenta—. Ahí va. Que hacía muchos años que no veía algo así. Que era muy pequeña, pero que lo recuerda, y que su abuela se lo contó muchas veces. Al parecer, circula por la zona la leyenda de gente muerta en circunstancias similares. Según la señora, la gente ya no cree en esas cosas, pero esto viene a confirmar que era verdad, y que a ver quién duda ahora. Y que no tiene nada más que decir del asunto, que si la llevan delante de un juez o a una comisaría dirá que no se acuerda. Me lo ha contado porque le he caído bien —presumió Cava.

—No lo dudo. Por eso te he mandado allí. ¿Algo más?

—Que me ha invitado a un café de puchero que te habría gustado.

—¿Has estado en su casa?

—En la cocina. Nada reseñable.

—Buen trabajo, Cava. Vente para la comandancia.

—¡A tus órdenes!

El encuentro de Cava con la capellana le había confirmado un segundo hilo del que tirar, y este al teniente le gustaba de poco a nada, incluso menos que la función pública de su víctima. Antes de bajarse del coche, se detuvo a ponerle un mensaje al cabo primero por escrito:

Ni una palabra de las leyendas de
la capellana de momento.

El brigada Soto recibió a Peña y a los demás en la comandancia y los guio hasta la oficina que les habían habilitado. En la sala habían dispuesto todo el material relativo a la investigación que Soto había liderado como jefe de Homicidios durante los primeros días. Lo acompañaban cuatro miembros de su unidad, a los que el brigada presentó: el sargento Perla, la cabo primero Sanchís y otros dos guardias.

—Son los agentes que, junto con un servidor, han trabajado en el caso desde que apareció el cuerpo. Nadie más ha tenido acceso a los detalles de la investigación, a excepción de su señoría. Tienen toda la documentación en este despacho —dijo Soto, entregando a Peña la llave de la oficina—. Quedamos a sus órdenes para lo que requiera.

Peña tuvo que reconocer que Soto sabía estar en su sitio. El brigada le pareció un tipo listo y a él le gustaban los tipos listos que sabían comportarse. Lástima que tuviera una tara. Había llegado la hora de averiguar cómo de profunda era.

De modo que Peña tenía la ardua tarea de ponerse al día de los avances al tiempo que tanteaba a los agentes. Tenía que decidir si contaba con ellos o no, evaluar las implicaciones personales que pudieran tener esos guardias de provincia, en qué medida podían serle útiles o hasta dónde podían llegar a suponerle un problema. Y lo primero que vio fue un defecto de número: eran mayoría, y él, y sus tres mosqueteros insuficientes para cubrir una investigación que, por lo pronto, abarcaba desde el centro al noreste de Asturias y amenazaba con trascender la comunidad. Así que Peña presentó a los suyos y adelantó que previsiblemente se incorporarían otros compañeros de Madrid en las próximas horas. Miró a León, que no necesitó más indicaciones para salir discretamente de la sala y llamar a la central.

—Sentaos, por favor. Antes de nada, quiero que sepáis que contáis con mi absoluta confianza —mintió— y que en este equipo todas las piezas son importantes. Todos tienen voz. No hay tesis absurdas ni planteamientos imposibles, siempre y cuando estén fundamentados y se planteen en el momento y lugar oportunos. Y el lugar oportuno es este. En mi equipo no hay preferidos ni aventajados; no destaca nadie. Para vosotros, soy Peña; aquí estamos todos en el mismo bando y perseguimos el mismo objetivo. Dicho esto, también os pido confianza en la dirección de esta investigación. —Era su forma sutil de dejarles claro quién estaba al mando—. Como sabéis, el caso está bajo secreto de sumario. Ayer tuve el primer encuentro con su señoría y me transmitió que la preocupa especialmente la confidencialidad de los avances de las pesquisas. Ni que decir tiene que si se produjera cualquier filtración seríamos los primeros en ser acusados del soplo —usó, por diplomacia, la primera persona del plural, aunque habría sido más sincero decir que serían ellos, los que no eran los suyos, esos guardias a los que acababa de conocer, los únicos sospechosos de irse de la lengua.

En realidad, era a él a quien le inquietaba todo eso, aunque había tenido la suficiente habilidad de hacer a la jueza cómplice de sus preocupaciones. Y ahora, en una suerte de advertencia velada, los estaba avisando, dejándoles sentir la sombra de la duda sobre sus cabezas. Por esa manera suya de iniciar relaciones era seguramente por lo que tenía pocos amigos, dentro y fuera de la Empresa, y por lo que, con toda seguridad, se estaba perdiendo la suerte del disfrute de gente que merecía la pena. Se trataba del precio de la desconfianza para Juan Peña.

—¿Quieres revisar tú mismo la documentación o prefieres que te demos cuenta? —La pregunta de Soto, que había empezado a tutearlo, vino a traer la conversación al plano de lo práctico y le sirvió a Peña para confirmar que el brigada había captado el mensaje.

—Por supuesto, somos todo oídos —le dio la palabra, sin injerencias, como tenía por costumbre.

—La viuda de Amador Braña denunció hace dos domingos la desaparición de su marido en el puesto de Trasgu. No te mentiré —adelantó Soto—, no es que se activara un dispositivo de búsqueda como si se tratara de un menor, pero los compañeros se pusieron en marcha; era un concejal conocido en la zona. Aun así, la cosa fue discreta, por expresa petición de la mujer, y los nuestros no hicieron mucho ruido. Aquí tienes la denuncia. —Le tendió a Peña la copia impresa de la diligencia.

—León me ha puesto al día de su contenido. Pero dime, Soto, ¿qué os contó después, una vez que supo que su marido había aparecido muerto? ¿Algo distinto a lo que había dicho antes?

—La verdad es que todo. Cuando fue al puesto a comunicar la desaparición dijo que su marido había salido de casa el sábado por la mañana y no había vuelto. Poco más. No supo indicar qué ropa llevaba, o al menos no constaba en la denuncia. Después, cuando nosotros hablamos con ella el día que apareció el cuerpo, dijo que su marido había salido de pesca en el barco de un amigo. Le preguntamos cómo iba vestido y afirmó entonces que, en realidad, su marido se había marchado antes de que ella se levantara esa mañana, que no lo había visto salir ni podía asegurar la hora a la que se había marchado, aunque sabía que aún era de noche porque lo sintió levantarse y notó que no había amanecido —explicó el brigada.

—¿Y el compañero de pesca, qué ha dicho? —intervino Rubio por primera vez desde el comienzo de la reunión, sabedor como era de los secretos que guarda un amigo de pesca.

—Fue la segunda persona con la que hablamos —explicó el sargento Perla—. Lo encontramos en el puerto de Trasgu, trasteando en su barco. No sabía que Amador Braña había muerto, pareció sincero y se mostró afectado cuando le dimos la noticia. Corroboró que habían planeado salir a pescar, pero que Braña no se presentó, a pesar de que le había enviado un mensaje la tarde antes confirmando la salida, que finalmente salió solo y que estuvo hasta tarde en el mar.

—¿No se había enterado de nada? —preguntó Peña, sorprendido.

—Según dijo, había sabido que lo estaban buscando, pero a esa hora, eran como las cuatro de la tarde del lunes cuando hablamos con él —aclaró de nuevo el brigada—, aún no había trascendido en Trasgu la noticia de la aparición del cuerpo de Braña. Bermiego queda retirado y el del barco es un tipo solitario, ¿verdad, Sanchís? —Soto concedió la palabra a la cabo primero.

—Así es. Lo hemos investigado. Vive solo desde que falleció su madre, no tiene más familia conocida, al menos cercana. Dijo que el domingo había llamado a Braña para contarle sobre las capturas, pero que le saltó el contestador y no volvió a intentarlo. Me fijé en su móvil. Usa uno de esos teléfonos antiguos, sin WhatsApp. Aún se comunica a base de llamadas.

—¿Sin WhatsApp? Mi ídolo —reconoció Peña—. ¿Y el mensaje que le envió Braña? —hizo la pregunta que Sanchís parecía estar esperando, a juzgar por la sonrisa con que la recibió.

—Un mensaje de texto, teniente. Nos lo enseñó, por eso vimos el teléfono. Bastante escueto, por cierto, decía: «A las ocho en el puerto, Golondru. Compra el cebo». Sin más. Su señoría ya ha cursado la orden para la compañía de teléfonos; estamos a la espera, ya sabe que eso va lento.

—¿Qué hay del teléfono de Amador Braña? —preguntó Rubio.

—Por ahora tenemos su ordenador, los de Informática están con él. El móvil no ha aparecido —retomó la palabra el brigada Soto—. El cuerpo no tenía más pertenencias que el DNI. Lo llevaba en el bolsillo del pecho de la camisa, bastante visible. Eso hizo muy fácil su identificación, teniendo en cuenta, además, que su desaparición había sido denunciada.

—Facilitándonos el trabajo, por lo que veo —ironizó Peña—. Supongo que se ha cursado la orden para rastrear el teléfono de Braña, pero ¿y el de su mujer?

—La del móvil de Braña sí que está cursada; la de la viuda la solicitamos a su señoría, así como su intervención, basándonos en las contradicciones de su declaración con la denuncia, pero la jueza no considera que haya argumentos suficientes para intervenir sus comunicaciones, de momento —matizó el brigada Soto.

—Efectivamente, de momento. Por eso debemos volver

a hablar con ella y ver si encontramos algo que justifique que podamos, como poco, reconstruir sus movimientos ese fin de semana. León —se dirigió Peña a la guardia—, es la primera de nuestra lista de visitas, ¿verdad?

—Así es.

—Llámala y avísala de que vamos esta tarde a su casa, que te diga a qué hora le viene bien. Que no le queden dudas de que no es sospechosa de nada, recuerda que está embarazada.

—Descuide, con su permiso. —La guardia salió de la sala por segunda vez para cumplir el encargo del teniente. Cuando volvió, lo hizo acompañada de Cava.

—Justo a tiempo —dijo Peña al ver entrar al cabo primero—. Hablemos del hallazgo del cadáver. Cava viene de Bermiego, de tener una conversación con la señora que lo encontró, la capellana.

—Entonces ya sabéis que fue la anciana quien lo descubrió cuando bajó a la iglesia que se encarga de cuidar. Al aviso acudieron los compañeros del puesto de Proaza con los que hablasteis ayer tarde —dijo Soto, dejando ver que él también era respetado en la zona—. Por las características de la escena, los compañeros detectaron que había indicios claros de criminalidad y dieron el aviso a la comandancia. Y, por los datos que facilitaron, no dudamos en movilizar efectivos. Fui el primero en llegar a Bermiego con ellos. Al ser lunes, y temprano, estábamos todos aquí.

—¿Y qué te pareció lo que encontrasteis? —Peña hizo la pregunta escrutando los ojos de Soto, que temblaron.

—No te mentiré, me esperaba algo así desde que recibí el aviso. No me refiero a los detalles, de eso evidentemente no podía tener idea, pero sí algo anormal, inaudito, desde el instante en que supe dónde había aparecido el cuerpo —confesó Soto, con la vista perdida ahora en el ventanal que tenía frente a él.

—¿Y eso?, ¿conocías la zona? —Fue Rubio quien hizo la pregunta ante el silencio de Peña, que miraba casi en trance al brigada.

—Me gusta salir en bicicleta, por allí hay buenas rutas. Y también me gusta visitar los tejos —dijo Soto, pausado. Perla, Sanchís y los otros dos guardias miraban hacia abajo.

—¿Qué tienen los tejos de especial? —Entonces sí, fue Peña quien hizo la pregunta.

—Suelen estar en lugares que merece la pena conocer. Y, además, son una especie bastante curiosa. Ya estás al corriente de que en el estudio toxicológico se ha hallado veneno de tejo en el organismo, ¿verdad? ¿Y que los niveles de taxina hallados son compatibles con la causa de la muerte? —preguntó Soto, muy técnico.

—Así es. Un dato que me gustaría contrastar de primera mano con el forense y con los técnicos. León, ¿a qué hora has quedado con la viuda?

—A las ocho. Lo siento, no he podido fijarlo más temprano, al parecer no tenía con quien dejar al crío antes y no quiere que esté en casa cuando vayamos —justificó la guardia.

—A las ocho está bien, así aprovechamos el día. Espero que nos dé tiempo a pasarnos por el Instituto de Medicina Legal y a darnos una vuelta por Trasgu. Me gustaría ir a la bodega de la víctima y al puesto, quiero hablar con la gente de allí.

—Tenemos entendido que el hermano está de viaje. Hablamos con él al principio, pero no nos consta que haya vuelto —informó Soto.

—¿Se sabe el motivo del viaje?

—Trabajo, al parecer. No solo se dedica a la empresa familiar; es directivo de una metalúrgica.

—Vaya, qué oportuno. Nos pasaremos igualmente. Alguien habrá trabajando allí que nos pueda atender, digo yo. Al amigo de pesca sabes dónde encontrarlo, ¿verdad? —preguntó Peña, ahora a Sanchís.

—Suele estar en el puerto, cuando no está en el mar, claro. Así ha sido durante estos días —respondió la cabo primero.

—Muy bien, te vienes con nosotros; así nos guías —le dijo Peña.

—Gracias, teniente, será un placer acompañarlos —respondió Sanchís, con evidente ilusión en su cara de niña—, a pesar de las circunstancias, claro.

—¿Quieres que avise a Medicina Legal? —intervino Soto, como reclamando su sitio—. En esta fecha están de intensiva si no tienen nada urgente.

—Te lo agradeceré mucho —concedió Peña—. Avísame en cuanto concretes con ellos. Mientras, voy a revisar esto —dijo acercándose el montón de carpetas.

—Estaremos por aquí por si nos necesitas.

Soto, Perla, Sanchís y los dos guardias que no habían abierto la boca no precisaron más indicaciones para salir del despacho, en el que sabían bien que no debían volver a entrar si no eran expresamente invitados a hacerlo.

Liberados de los formalismos que imponía la presencia de guardias extraños —por más que fueran compañeros eran personas que acababa de conocer—, Peña y los suyos se relajaron.

—¿Qué? ¿Cómo lo ves? —A Peña no le costó entender la pregunta de Rubio. Se refería a Soto.

—Es prudente, y no es poco. Ya veremos.

El brigada había pasado la primera prueba. Peña lo había tanteado, le había puesto en bandeja contar lo de Cantabria, lo de su pasado de guardia traumatizado por cuerpos colgando de ramas de tejos. Pero Soto había tenido la suficiente inteligencia como para mantener la boca cerrada e intentar ganarse la confianza del teniente, mostrándose respetuoso y colaborador. Era, desde luego, lo que le correspondía, aunque no era así como ocurría siempre, cuando llegaban a un sitio a arrebatarles el caso a los que habían empezado el trabajo, y menos cuando allí tenían un pálpito. El brigada Soto no había dicho nada de aquello, lo que hizo que Peña comenzara a creer que podía tener un tercer hilo del que tirar. No podía obviar que la víctima ocupaba un cargo con responsabilidad política, pero el interés velado del brigada y su empeño aún contenido por rascar en la historia del árbol era una tesis que no podía pasar por alto y que le gustaba casi tan poco como el cuento de la capellana.

—Con ella tienes menos dudas, ¿eh? —bromeó Rubio refiriéndose a la cabo primero Sanchís, a quien el teniente había invitado a la excursión de esa tarde.

De no haber sido porque en ese momento sonó su teléfono, Peña le habría respondido algo como «ya sabes, soy un viejo verde»; aunque la verdad era que el teniente tenía mucha más facilidad para confiar en las mujeres, habituado como estaba a vivir rodeado de ellas. Pero la llamada entrante puso fin a la conversación. Había estado rápido en guardar el número para identificar que era la jueza Amaya quien lo estaba reclamando. Para su desdicha, antes de lo que él esperaba.

5
ALCALOIDES

La primera parada fue en el Instituto de Medicina Legal de Asturias. Eran poco más de las doce cuando el teniente Peña y el sargento Rubio llegaron acompañados de Sanchís, la cabo primero local que les había amenizado el trayecto desde la comandancia con dotes y entusiasmo de guía turística.

Cava y León se habían quedado en el centro de operaciones siguiendo sus instrucciones: «Quiero que empecéis a tirar de archivo y que reviséis cualquier caso ocurrido en Asturias y regiones aledañas en circunstancias similares, por poca que sea la similitud, priorizando los más antiguos». El encargo se las traía. León, como historiadora apasionada que era, nunca ponía objeciones a un trabajo de esa índole, cosa que su sentido del deber tampoco le permitiría. Cava, más propicio a la pataleta, también encajó bien la tarea. Sabía a la perfección lo que tenía buscar; en concreto, cualquier cosa que se pareciera a lo que vio la capellana y que no era la primera vez que veía.

El forense que había practicado la autopsia y el director del Instituto recibieron al teniente en el despacho de este último. El edificio, que no era ya el mismo que Juan tuvo que visitar una ocasión y no por trabajo, y que albergaba también la sede del Servicio de Patología Forense, no le había causado a Peña la sensación que solían producirle esos sitios. Siempre se preguntaba cómo en espacios tan toscos y aparentemente desordenados podía mantenerse la cadena de custodia. Por eso se sorprendió al encontrar aquel día un lugar moderno, cuidado y ordenado, al igual que la oficina del director, que le pareció el reflejo de la personalidad de un hombre metódico y maniático, con la mesa y la silla de su dueño dando curiosamente la espalda a la entrada, lo que significaba que dejaba a los invitados mirando a la puerta. «Todo un detalle para recibir a los guardias», pensó Peña, que se sentía mucho más cómodo controlando el acceso.

Los anfitriones dejaron que el teniente hiciera las preguntas y este, después de agradecerles que accedieran a reunirse con ellos ese mismo día y por seguir el orden cronológico de las pesquisas, comenzó por el médico, con la firme esperanza de salir de allí con algo más concluyente y completar lo que sabían por los informes. A pesar de ser un tipo poco sociable, en la investigación cualquier conversación le resultaba de más utilidad que las montañas de papeles. Hacía tiempo que odiaba los formalismos con los que se redactan las diligencias, convencido de que la gente se olvida de escribir lo importante cuando lo hace sin libertad creativa.

El forense le explicó con detalle las circunstancias en las que se encontraba el cadáver, que él mismo examinó en la escena y al que posteriormente practicó la autopsia:

—El cuerpo presentaba signos que podían ser compatibles con una intoxicación. Ligera hinchazón facial, cierta temperatura interna que aún mantenía, a pesar del frío de la madrugada, y restos de vómito y heces sobre la piel y la ropa. No había manchas de sangre, señales de defensa ni marcas o lesiones significativas, más que una cicatriz antigua por apendicectomía; apendicitis —explicaba el médico ante la mirada atenta de Peña, Rubio y Sanchís—. Hasta ahí podríamos hablar de signos compatibles con una muerte de etiología suicida, pero las amputaciones en las piernas y los daños en los dedos, todas ellas heridas *post mortem*, así como la propia disposición del cadáver, dejaban poco lugar a dudas.

—¿Y la ropa? —Rubio ilustró la pregunta del teniente con fotografías impresas del cadáver de Amador Braña, que tendió a los facultativos.

—En el laboratorio. Iba vestido, los pantalones rasgados a la altura de las amputaciones; la camisa, que le iba pequeña, por cierto, me atrevo a afirmar que se la pusieron después de muerto —continuó el forense—, casi con total seguridad ya en la escena, o al menos un tiempo después del fallecimiento.

—¿Por qué lo dice?

—Las manchas de fluidos de la piel no habían traspasado ni apenas manchado el tejido. Una camisa de manga corta, tipo indumentaria de montaña, bastante limpia para las circunstancias, con un bolsillo sin solapa en el pecho en el que llevaba o le habían colocado el DNI. Aquí está —dijo señalando sin tocar una de las fotografías.

—Estamos investigando las huellas halladas en el documento, al parecer de al menos dos personas, además de las de su propietario —informó Peña—. El cadáver presentaba una importante rigidez, tanta que mantuvo el cuerpo erguido.

—Seguramente fue dispuesto en esa postura en las primeras horas después de la muerte y así fue como le llegó el *rigor mortis*. Las livideces atenuadas, tanto en el plano posterior del cuerpo como en el inferior, en las extremidades —ilustraba el forense la exposición con fotografías de la autopsia—, indican que la muerte se produjo en decúbito supino, ya saben, bocarriba, y después lo colocaron allí, erguido. Podía llevar fácilmente unas cuatro horas en el lugar, no menos de dos con seguridad. Y por la rigidez que dice, sabemos que no llevaba muerto más de veintiséis horas; un poco más y no se habría mantenido. Los hallazgos más significativos y que vienen a confirmar las tesis iniciales son los de laboratorio. En la autopsia también detectamos dos marcas compatibles con perforaciones de aguja en el deltoides izquierdo —dijo tocándose el brazo con la mano derecha—, aunque no podemos descartar que fueran provocadas por otra cosa. El mecanismo de la muerte sí es seguro: parada cardíaca en diástole.

—¿Por el veneno?

—Taxina, la sustancia tóxica del tejo, una mezcla de alcaloides —tomó la palabra el director del Instituto—, y taxol, otro compuesto que elabora el propio árbol y que se encuentra fundamentalmente en la corteza. Los niveles de sodio y calcio y la exploración de los órganos confirman la intoxicación. En la actualidad, los pocos casos que se presentan en humanos suelen ser accidentales, y no letales, por suerte, pero la simple ingesta de una dosis elevada puede ser fatal.

—¿Cuál es la sintomatología? —quiso saber Peña.

—Síntomas neurológicos: mareos, náuseas, astenia, debilidad muscular; y gastrointestinales: vómitos, diarrea... Con la evolución y si no se trata, en casos graves el paciente puede presentar taquicardia, arritmia, y llegar al coma. Y, como aquí, a la muerte, por la parada cardiorrespiratoria. Es un cardiotóxico muy potente; una vez que ha afectado al músculo cardíaco, el pronóstico es fatal. Pero hay algo más, teniente. Hace un rato han llegado nuevos resultados de Madrid, del Instituto Nacional de Toxicología.

—Cuénteme, por favor.

—Restos de hoja, casi microscópicos, pero sin lugar a duda. La víctima ingirió la hoja, seguramente triturada o en infusión. Entre cincuenta y cien gramos en cocción se considera una dosis letal.

—¿Entonces? —preguntó Rubio, desconcertado.

—Lo que podemos deducir de esto es que las sustancias pudieron ser ingeridas o administradas por más de una vía —retomó la palabra de nuevo el forense—. Bebida y, probablemente más tarde, inyectada. Es una posibilidad que no descartaría.

—Tuvieron que tener acceso a la sustancia —reflexionó el teniente.

—No es algo que se pueda comprar en una parafarmacia, desde luego, pero tenga en cuenta que se usa en medicina.

—Además de eso, no se han hallado otras sustancias tóxicas en el organismo —matizó el director—, salvo cannabis, pero no es vinculante.

—¿Había consumido? —se quiso asegurar Peña.

—O lo hacía habitualmente. Los niveles de THC podían ser compatibles con los de un consumidor habitual, sin ser demasiado elevados.

—No parece especialmente relevante, en todo caso, desde el punto de vista toxicológico —reafirmó el forense—. El contacto con los alcaloides en esa concentración lo habría matado igual sin haber fumado hierba en su vida.

—Joder con el tejo —murmuró Rubio.

—También cura —dijo el forense, con cierto tono de reprimenda—. Como les he dicho, el taxol se usa en tratamientos oncológicos. Una contradicción extraordinaria, como tantas tiene la naturaleza. Puede que por eso el tejo sea una especie tan longeva.

A Peña le habría gustado detenerse en ese comentario y profundizar en la teoría del médico acerca de la bipolaridad de las capacidades del árbol, pero se obligó a ignorarlo y centrarse en lo que les ocupaba:

—¿Y alguna patología previa? ¿Alguna predisposición a sufrir un accidente cardiovascular? —recondujo el teniente.

—Ni conocida ni hallada. Me atrevería a decir que hasta ese día era un hombre con buena salud. Su historial médico podrá corroborarlo, pero nada que viéramos en la mesa. Aparte de esa herida de guerra en su abdomen —dijo el forense refiriéndose a la cicatriz de la apendicitis—, no parecía que tuviera motivos para hacer mucho gasto a la Seguridad Social. Delgado, fuerte, buena piel, buen pelo. Una pena.

Peña se quedó embobado mirando sin ver las fotos de Amador Braña que seguían sobre la mesa del despacho.

—¿Tiene alguna otra pregunta, teniente? —No respondió al director—. ¿Podemos ayudarlo en algo más?

—Nada más —reaccionó—, muchas gracias por su ayuda. Les ruego que nos hagan llegar el último informe. Seguramente su señoría los llamará en los próximos días para que pasen por el juzgado. Me temo que tendrán que volver a explicar todo esto, ya saben.

—Nos hacemos cargo, estamos a su entera disposición —dijo el director, levantándose para despedir a los guardias.

Peña se sacó del bolsillo su taco engomillado de tarjetas amarillentas y entregó una a cada facultativo. Ya fuera por su tendencia a la obsesión reflexiva o por los comentarios del forense, salió del Instituto de Medicina Legal con una sensación de frustración de espíritu conocida para él y que no era tanto sobre el caso como sobre la existencia en general. No podía evitarlo. Los detalles, la terminología, la cercanía de la morgue que había cobijado el cuerpo sin vida de Amador Braña, seguramente también la de la morgue que ya no existía y en la que un día tuvo que reconocer el de su hermano, las contradicciones, las afirmaciones seguras o con tan poco margen de error sobre el cuándo y casi el cómo, en contraste con la absoluta ignorancia que aún se reconocía sobre el quién y, sobre todo, el porqué, eran a ratos más fuertes que su determinación. Y, además, eran su problema y su responsabilidad.

Todo ello le provocaba un efecto que debía superar con urgencia para enfrentar el resto de su agenda de esa tarde. Tenía que sobreponerse a la sensación de quiebra de moral y contaba con poco menos de una hora para poner en orden sus ideas y alinear su espíritu. Exactamente lo que se tardaba en recorrer el trayecto que separaba Oviedo de Trasgu.

6

FERMENTACIÓN

La plantación de manzanos de los Braña se ubicaba en el término municipal de Berbes, un pueblo que pertenecía al *conceyu* de Trasgu y que quedaba cerca de una de las mejores playas de la zona, la de Vega, donde los padres de Braña tenían una casa que usaron como segunda residencia hasta que el padre falleció. De todo eso los iba poniendo al día Sanchís, que, además de dominar la zona, parecía tener controlados todos los detalles de cuanto habían avanzado en la investigación antes de que Peña y su equipo llegaran.

—La hermana dijo que su madre no ha querido volver por aquí desde que enviudó. La pobre mujer sigue de luto por el marido. Y ahora lo del hijo, imagínense —se compadeció la cabo primero—. Esa es la salida, la siguiente, sargento. Cuidado no se la pase.

—Tranquila. No me la paso.

El entusiasmo de la joven guardia resultaba inspirador, inclinada hacia delante con la cara casi metida entre los reposacabezas de los dos asientos delanteros, con una mano apoyada en cada uno. Como conocía a Rubio, Peña notaba que a él le estaba resultando un poco intensa, lo que hacía la situación aún más divertida.

Tomaron la salida hacia la nacional que indicaba Berbes y Trasgu y enfilaron la carretera de doble sentido que discurría por varios kilómetros flanqueada de verde.

—Hay que cruzar el pueblo y después tomar un camino rural —informaba Sanchís mirando el móvil—, pero ya no sabría decirle cómo ir directo. Habrá que seguir el mapa. He metido las coordenadas.

—Menos mal que te hemos traído. —El sargento parecía haberse contagiado de su tendencia a soportar poco a los nuevos, a pesar de la paciencia y la lealtad que desplegaba con los propios—. ¿Va a entrar con nosotros? —le preguntó a Peña cuando se bajaron del coche que habían situado de mala forma junto al camino de acceso a la finca.

—Pues claro, Rubio. Tendrá que aprender, ¿no? Además, así te vas haciendo a la idea, por si la niña te sale tan charlatana como la chica mía —bromeó.

Un hombre de unos cuarenta años o poco más con la piel muy bronceada se les acercó en cuanto se aproximaron. Del portón de acceso colgaba un cartel que lucía una especie de logotipo actual con una letra be mayúscula.

—Buenas. ¿Son guardias?

—Lo somos —respondió Peña—. ¿Usted?

—Yo no —rio su propia gracia—. Soy el capataz, Rubén Piñero. Fernando me ha avisado de que ustedes podían venir por aquí y que los atendiera. Él está de viaje.

—Nos consta. Teniente Juan Peña, de la UCO. —Le estrechó la mano—. Mis compañeros: el sargento Rubio y la cabo primero Sanchís. ¿Podemos echar un vistazo?

—Claro, lo que quieran. Esto no está en su mejor momento. Lo de Amador ha sido un golpe duro.

—Nos hacemos cargo. Y le agradecemos su hospitalidad.

El manzanal de Braña estaba en un alto desde el que se veía el mar. La brisa llegaba cargada de aire salino, casi podían sentirse flotando minúsculas gotas por la humedad. Seguro que eso debía de tener impacto en el sabor de la sidra que daban aquellas manzanas como lo tenía en el vino de su pueblo, pensó Peña. Al fin y al cabo, si el caldo de su tierra se llamaba así no dejaba de ser por la similitud aromática de las uvas que empleaban con la planta de la manzanilla, y la de esta a su vez con la manzana.

—Casi parece un campo salvaje, más que de cultivo. —El comentario de Rubio le sirvió para salir del trance momentáneo.

—Aquí practicamos un cultivo tradicional. Los pomares no están en eje como en las fincas modernas. Los Braña siempre han querido mantener la esencia. Son de variedades distintas, pero todas autóctonas y todo el proceso es ecológico.

La finca no era demasiado grande. En efecto, los árboles, que eran de diferentes tamaños, estaban dispuestos de manera desordenada.

—Aún les queda, ¿verdad? —preguntó Peña.

—Claro, hasta el otoño. Ahora el fruto se está desarrollando.

Se cruzaron con una pareja de mujeres que identificaron como trabajadoras. Preguntaron algo que no terminaron de entender al capataz y este les indicó algo como que debían ir a los pomares de abajo.

—¿Y estos manzanos son suficientes para sacar adelante la producción?

—Estos pomares pueden llegar a dar hasta una tonelada cada uno, pero hay *otres*. Esta es solo una de las fincas, la primera y también la más pequeña. Fernando Braña padre la compró hace casi cuarenta años. Era una tierra para *vaques*, que es lo que tenía al principio, pero al poco empezó con esto de la sidra. Con los años fue haciéndose con otras parcelas. Cinco tenemos ahora —explicó el capataz—. Vengan, les enseñaré el *llagar*.

Lo siguieron hasta el interior del edificio que albergaba

la bodega. Era pequeño, de aspecto artesanal y con muros de piedra; parecía que se vendría abajo en cualquier instante. Junto a él había un enorme hórreo de madera restaurado. Llamaban la atención las modernas ventanas de doble cristal que le habían adosado, cosa que explicaba el cartel que indicaba en la puerta de acceso: «Oficina».

—Ahí están los despachos de Fernando y Amador —dijo refiriéndose al hórreo—. Si quieren verlos...

—No es necesario. Esto no es un registro —aclaró Peña y estuvo atento a su reacción.

—Como quiera, por falta de colaboración que no sea.

—Huele bastante fuerte. ¿Por la fermentación? —quiso confirmar Rubio.

—Sí, el olor es distinto al del vino. Esta es la más tardía, pero ya está a punto —dijo señalando las barricas—. ¿Quieren probarla?

—No se preocupe. —Peña entendió que debían declinar la invitación.

—Es una pena, porque está muy guapa esta sidra. Amador estaba deseando que saliera. Me parece mentira que esté muerto, es como si lo viera de niño ahí en la prensa.

—¿Se conocían desde pequeños?

—Como si fuéramos primos. Mi padre trabajaba aquí de capataz con el suyo desde siempre. Yo me he criado en esta *pumarada*.

—Rubén, está siendo muy amable. Esto es muy importante para hacernos mejor a la idea de cómo vivía y en qué se ocupaba Amador Braña. Y eso nos puede ayudar a averiguar qué fue lo que acabó con su vida. La verdad es que no podemos quedarnos mucho más, tenemos bastante trabajo aún por delante. —Peña lo estaba preparando para la parte fea—. Tendríamos que hacerle unas preguntas que quizá le resulten poco agradables. Lo comprende, ¿verdad?

—Pregunte lo que necesite. Salgamos.

Cogió unas botellas de agua de una nevera y los dirigió hasta una mesa tipo merendero con bancos de madera que quedaba a la sombra del hórreo.

—Acepten al menos el agua, hace calor.

—Sí que lo hace, sí —admitió Peña.

—Ya pensábamos que no íbamos a tener verano; hasta hace unos días parecía otoño. En el campo siempre estamos pendientes del tiempo. Pero bueno, dispare, teniente.

—Bien, le agradezco una vez más su buena disposición. Es mera rutina —aclaró—. ¿Sabe si Amador Braña tenía algún problema con alguien? ¿O si tenían problemas con la empresa?

—Si tenía problemas con alguien, yo no sabría decirle. Que yo sepa, no, pero desde que murió el padre yo a ellos los trataba como a mis jefes. Mi padre me lo dijo siempre, que por muy bien que se llevara con Fernando, el viejo, no era su amigo. Y que no había que equivocarse.

—Entiendo.

—Ahora, en las cosas de la empresa sí que estoy siempre enterado. Yo aquí estoy a todo. Fernando y Amador trabajan fuera, o, bueno, trabajaba. Ellos están siempre encima, pero yo soy el que está en el día a día.

—¿Y bien? ¿Sabe entonces si tenían algún problema o si quizá lo tenían entre ellos? ¿Algún desencuentro?

—Ellos siempre se han llevado bien. Hace años consiguieron la DOP y la cosa iba bastante bien. Los dos querían que esto creciera, pero sin perder la esencia artesanal.

—¿Y la hermana? ¿No forma parte de la empresa?

—Ella tiene su parte, pero no decide y tampoco le preguntan. El viejo estaba chapado a la antigua para eso y en el negocio solo metió a los varones.

—Pero entonces, ¿se llevaban bien? ¿Ningún problema? —insistió Rubio.

—Últimamente discutían a veces; desde que Amador se metió en política estaba más atareado y Fernando le decía que desatendía el negocio familiar. Es verdad que venía menos y estaba un poco descentrado, pero no dejaba de estar más o menos pendiente de sus obligaciones aquí.

—¿Cuáles eran esas obligaciones, Rubén? ¿Qué papel ocupaba Amador en la empresa?

—Amador estaba más a lo técnico; era ingeniero. Fernando es el que lleva las cuentas, las ventas, los impuestos y todo eso.

—La parte financiera —quiso ratificar Rubio.

—La parte fea, lo llama él. Eso también se lo decía a Amador cuando discutían. Que a él ya le tocaba la parte fea, como para tener que encargarse también de sus asuntos. Pero no creo que hubiera nada grave entre ellos.

—Y con otros trabajadores, competencia..., ¿algo reseñable?

—Nada de eso, teniente. Esta es una producción bastante pequeña. Fijo, fijo, estoy solo yo; al resto se los contrata por temporadas. El campo es así. Y ahora, con lo que ha pasado, nos hemos quedado un poco parados, pero bueno, seguiremos. Es lo que él querría. Y esta sidra es guapa, guapa. Una lástima que se vayan sin probarla.

—Sí. Quizá en otra ocasión más acorde. Bueno, nos marchamos ya y le dejamos seguir trabajando. Muchas gracias otra vez por su ayuda, de verdad.

El capataz los acompañó hasta la salida de la finca y les indicó cómo llegar de la forma más directa al centro de Trasgu, trayecto que Sanchís, que se había mantenido en silencio durante toda la estancia en la plantación, aprovechó para agradecer una vez más a Peña que la hubiera llevado con ellos y continuar, con la energía recuperada para desgracia de Rubio, monopolizando la conversación avisando a sus superiores de todo a lo que no debían dejar de prestar atención en su entorno.

Así llegaron hasta la capital del *conceyu*, pasada la hora del almuerzo, que ese día se limitó para ellos a un sándwich de gasolinera que tomaron en el mismo coche. Iban directos al puerto y no querían arriesgarse a no localizar al amigo de Braña.

Trasgu pueblo era la capital del concejo y tomaba el nombre del río homónimo que iba a parar al Cantábrico. Junto a él discurría el último tramo de carretera, una vez abandonada la autovía que separaba el litoral de la montaña, y que a Peña le parecía tan bien trazada que le daba la sensación de que todo el ecosistema hubiera sido dispuesto en torno a ella y no como consecuencia del Big Bang, de los movimientos de las placas tectónicas o de la obra del mismísimo Creador.

Peña, que sin albergar el amor por la conducción era un copiloto entusiasta, lamentó no llevar a su lado zurdo a Cava, cuya pasión por la carretera le resultaba mucho más inspiradora que las maneras mecánicas al volante de su paisano Rubio. Por eso estaba pensando en él cuando vio su nombre en la pantalla del teléfono, que sonaba:

—Justo estaba acordándome de ti, cariño.

—Vale, ya me contarás por qué. ¿Puedes hablar? —dijo Cava, apresurado.

—Voy en el coche con Rubio y Sanchís. ¿Y tú? —Con lo que Peña le estaba diciendo: «Habla, pero no muy alto, y mira antes a quién tienes cerca», conociendo la incontinencia del cabo Cava cuando algo le quemaba la lengua.

—Tranquilo, todo controlado. A lo que voy: me ha llamado la capellana.

—¿Y eso?

—Pues que se ha enamorado, ni veinticuatro horas ha

tardado en desear volver a verme —bromeó Cava, haciéndose el interesante.

—Cava, dispara y deja de decir gilipolleces, que podría ser tu abuela, coño.

—Dice que tiene algo que contarme, pero que solo me lo dirá a mí y que no va a repetirlo, que es algo que no se puede hablar por teléfono.

—Joder, va a ser verdad que has conquistado a la señora. ¿Cuándo has quedado con ella?

—Mañana, en el mismo sitio, a la misma hora.

—Perfecto, pues ya tienes plan; ve poniendo el despertador. Luego hablamos, tenemos que ponernos al día.

—Busco algo para cenar esta noche, si te parece. ¿Todo bien por ahí?

—Dentro de lo que cabe. Que os cunda también a vosotros —se despidió el teniente.

Cuando Peña colgó el teléfono, Rubio ya estaba aparcando en el puerto de Trasgu siguiendo las indicaciones de la cabo primero.

—Ahí está, ese es. —Sanchís identificó al amigo de Amador Braña en su barco antes de bajarse del coche.

7

LIBÉLULAS AZULES

Bien entrado en años, el hombre era bastante mayor que Braña, algo no poco habitual en las parejas de pescadores. Puede que a Peña la pesca nunca le hubiera interesado, ni el mar en general, pero se había criado jugando en la orilla de la playa en la que desemboca el Guadalquivir; sabía que los tándems de pescadores podían ser tan pintorescos e inexplicables como el equipo que el señor en cuestión parecía formar con su concejal, sin que eso fuera motivo de sospecha.

Aun de lejos, trasteando en su barco, le pareció el ejemplo perfecto de espécimen de mar. La corpulencia cansada, la postura lenta y experimentada moviéndose corto en los escasos dos metros de manga por seis de eslora que calculaba eran sus dominios. El hombre que no tenía internet en el móvil le resultaba tan familiar como si lo conociera o como si le recordara a alguien que podía conocer. A veces la imaginación le jugaba esas pasadas y cuando debía estar concentrado en los detalles se sorprendía fantaseando con pequeñeces. Mientras se acercaban a su posición, Peña imaginaba los tambuchos de su barco perfectamente ordenados, los anzuelos con sus hilos enrollados en tapones de corcho, la navaja oxidada con la que cortaría los cabos en su caja de herramientas corroída por el salitre, guardada en su compartimento como hecho a medida...

Al fin, los tres se aproximaron lenta pero decididamente a la embarcación con Rubio a la cabeza, que sacó al teniente del trance cuando rompió el hielo sinceramente entusiasmado por el entorno náutico, que a él sí le pirraba:

—Buenas tardes. Sí que es bonita, tiene sus años, pero está impoluta. Se ve que sabe cuidarla —dijo refiriéndose a la barca.

—Se hace lo que se puede. ¿Otra vez por aquí? —dijo el pescador al reconocer a Sanchís.

—Buenas tardes, me alegra verlo de nuevo. Estos son el teniente Peña y el sargento Rubio —los presentó ella.

—¡Buen rancho! —dijo de nuevo Rubio, refiriéndose a las capturas que veía en el cubo sobre la cubierta.

—No está mal. ¿Qué quieren preguntarme? Ando con prisas —respondió el hombre, que no parecía tener interés en hablar de pesca con el sargento.

—Queremos hacerle unas preguntas sobre Amador Braña. Sabemos que ya habló con los compañeros, pero hay detalles que necesitamos confirmar —tomó la palabra Peña, con toda la distancia que pudo y la concentración recuperada.

—Usted dirá, teniente.

—¿Desde cuándo conocía usted a Amador Braña?

—Esa es fácil, de siempre. Venía de pesca en la barca desde que era un guaje con el tío, muy amigo mío. Cuando él murió, el chico siguió viniendo, aunque últimamente ya menos. Desde que se metió en la política andaba siempre muy ocupado. Y, total, ¿de qué le ha servido? Mire cómo ha terminado el desgraciado —respondía desganado mientras recogía los aparejos.

—¿Le apetece acompañarnos a tomar un café y hablamos con más calma? —le ofreció Peña.

—¿Es obligatorio?

—Obligatorio no es, pero puede ser de mucha ayuda. —Tenía la corazonada de que podía ser así.

—Si quieren un café, que sea en mi casa. No soy de frecuentar tabernas, y menos con ustedes. No me gusta la *cosadiella*.

—Habladurías, es bable —aclaró Sanchís.

—¿Queda lejos? —preguntó Rubio.

—Donde el río, un poco más arriba de la rotonda; ya sabrán las señas. Vayan yendo, ahora los alcanzo.

—No irá a darnos plantón, ¿verdad, amigo? —se quiso asegurar el sargento.

—Buenos son ustedes para darles plantón. Vayan, no tardo.

Lo cierto es que llegaron a pensar que ya no aparecía. El pescador tardó un buen rato a su paso y sin prisas desde el puerto, que quedaba casi a un kilómetro de la casa en la que vivía. Como media hora estuvieron esperándolo metidos en el coche. Rubio, que parecía haberle tomado el relevo a Sanchís en lo de la intensidad, seguía con la cantinela de la pesca que a la cabo primero curiosa parecía interesarle; y Peña, más inquieto a cada minuto que pasaba con ese ruido de agua de fondo por la cercanía del río. Hasta que por fin lo vieron llegar.

La vivienda era bastante humilde y necesitaba una buena reforma, aunque no parecía que el buen hombre tuviera interés por revalorizarla. El café sí que era bueno; lo tomaron en un patio trasero que daba a la misma orilla del Trasgu, donde el ruido de la corriente era aún más estresante, o al menos lo era para Peña. No así para Rubio, que seguía entusiasmado, como si la visita al puerto hubiera despertado al pescador que el guardia guardaba dentro, cosa que el amigo de Braña había captado rápido:

—Desde aquí también se puede tirar la caña; truchas, más que nada. Está bien para echar el rato, pero prefiero el agua salada —le decía ahora más amigable al sargento.

—Cuéntenos, ¿por qué cree que Braña no se presentó a la cita con usted?, ¿no le extrañó? —comenzó Peña con las preguntas. No tuvo más remedio que hacerlo en el papel de poli malo, en vista de que Rubio ya se había posicionado en el lado fácil.

—No era la primera vez. Él decía que venía y luego venía o no. Yo espero media hora, más no espero a nadie.

—Era habitual entonces que quedara con usted para salir a pescar y no apareciera, ¿solía llamarle después para disculparse o darle alguna explicación?

—Teniente, usted no tiene costumbre de pescar, parece. Ya me extraña, con ese acento del sur que tiene, que no sepa cómo va esto.

—No lo sigo —reconoció Peña para que el hombre continuara hablando, cosa que no hizo de primeras, como si fuera él quien no lo siguiera ahora—. Le tengo respeto al mar —aclaró entonces.

—Eso es bueno, hay que tenérselo. En fin, que la pesca era la excusa. ¿Cómo lo llaman ustedes?, ¿coartada?

—¿Quiere decir que Braña decía que iban a pescar para cubrir sus verdaderos pasatiempos? ¿Es que tenía algo que ocultar? —preguntó Rubio en su papel, con tono cómplice.

—Mire, joven, yo no sé lo que hacía y tampoco me importaba. A veces venía y a veces no. Pero si la mujer o alguien me preguntaba si había estado conmigo, yo le decía que sí. Ese era el acuerdo.

—¿Tenían un acuerdo para protegerlo? —quiso concretar Peña.

—Dicho así, tampoco. Él me ponía un mensaje y yo ya sabía que había dicho que estaba conmigo.

—Entonces, ¿era habitual que le preguntaran por él?

—No mucho. A veces la mujer me preguntaba si lo había visto, o algún compañero de la política que me cruzaba.

—Pero usted les dijo a los compañeros que ese sábado no se había presentado. No lo protegió en esa ocasión.

—¡La hostia! Porque me olía algo raro. Una cosa es tapar los yerros de un amigo y otra engañar a la Guardia Civil. El domingo vino la mujer preguntando por él y yo le dije que sí, que había estado conmigo, pero me pareció que andaba asustada de verdad y me preocupé, por eso lo llamé.

—Entonces, ¿no es verdad que lo llamara para contarle cómo le había ido la jornada, como nos dijo? —intervino Sanchís.

—No, eso no. Ya me perdonará el feo. Lo llamé porque me dio mala espina. Pero lo que dije era verdad, yo no lo vi en todo el fin de semana. Ya le enseñé a la agente y a los otros compañeros de ustedes el mensaje que me mandó. —Sacó el móvil para que Peña y Rubio lo leyeran:

Compra el cebo.

Que podía venir a significar «Cúbreme».

—¿Cuándo fue la última vez que vio a Amador Braña? —preguntó directo Peña.

—Un par de semanas antes de desaparecer, tuvo que ser. Pasó por el puerto y paró a saludar.

—Entonces, solo cuando supo que a Amador Braña lo habían descubierto muerto dijo la verdad: que el sábado que desapareció no había estado con usted. —La de Peña era una afirmación.

—Yo recuerdo que eso me lo dijeron después, pero no sabría asegurarle; ella estaba presente. —Peña no quiso comprometer a Sanchís delante del hombre.

—Y, dígame, amigo —intervino Rubio—, ¿usted cree que Amador engañaba a su mujer o que era otra cosa?

—¿Ve esas libélulas? Fíjese —dijo siguiendo con el dedo

a un grupo de libélulas azules que pululaban en la ribera—, siempre con las alas desplegadas y luchando contra las moscas y sus larvas. Así andaba últimamente, riñendo o quejándose de alguno. Desde que entró en política andaba enfadado, siempre con el teléfono, discutiendo con unos y otros.

—¿Sabe con quién o por qué discutía? —preguntó Peña llevado por la insinuación.

—Ya le digo que no le preguntaba por sus cosas, teniente. Además, cuando venía a pescar le hacía dejar el teléfono. «Aquí se viene a pescar, no a espantar a los peces», le decía yo; eso lo respetaba. Bueno, eso y que donde lo llevaba se quedaba sin línea. —Rio, como satisfecho.

—Bien. La verdad es que ha sido de mucha ayuda. ¿Estará localizable por si necesitamos volver a hablar con usted? —iba concluyendo Peña, convencido de que no iba a contarles mucho más, sin ser poco lo que había dicho.

—No tengo intención de irme a ningún sitio, como no sea que me lleve una mala ola.

Aunque el comentario le revolvió las tripas, el pescador le había parecido sincero y también le había concedido mucho más de lo que esperaba de él. Sus juicios sobre el ser humano tenían esas contradicciones: no se fiaba de ellos como especie, pero, de uno en uno, podían llegar a resultarle entrañables. Este, en realidad, le pareció de los buenos desde que lo vio de lejos manteniendo el equilibrio en el puerto. Ya se vería, en todo caso.

Amador Braña, por su parte, parecía tener secretos, quién no los tiene, pero él había articulado todo un mecanismo de ocultación y despiste, aunque fuera a pequeña escala. Qué escondía y ante quién eran dos cuestiones a las que a Peña le urgía encontrar respuesta.

—Teniente, ¿me haría un favor? —lo interrogó el hombre cuando los guardias ya se marchaban.

—Si está en mi mano.

—¿Cómo murió? ¿Qué le hicieron? —preguntó como se preguntaría por alguien a quien se aprecia.

—No puedo darle esos detalles, aún tenemos mucho trabajo por delante. Lo comprende, ¿verdad?

En realidad, era casi lo único que sabía. Quién, por qué, para qué; aún tenía demasiadas uves por despejar. Pero también tenía ahora la sensación de conocer un poco mejor a Amador Braña gracias a su viejo amigo, como tenía la urgente necesidad de hablar con la viuda y descubrir hasta dónde llegaba la desconfianza en su marido a la que había apuntado el pescador.

8

EL TEJO Y EL MANZANO

La casa de aldea de la que Amador Braña salió la madrugada del sábado 29 de julio por última vez, y en la que hasta entonces había vivido con su mujer y su hijo, estaba ubicada a pocos kilómetros del corazón de Trasgu, en un pequeño núcleo de población que pertenecía al mismo *conceyu*. No tardaron ni diez minutos en llegar a la aldea, desde la que se podía ir caminando al pueblo por un sendero que discurría junto a la carretera comarcal de doble sentido.

Como la conversación con el amigo se había demorado más de lo previsto, Peña tuvo que posponer la visita a los guardias del puesto de Trasgu que recogieron la denuncia de la desaparición de Braña; no le parecía respetuoso llegar tarde a la cita con su viuda, para quien entendía que este cara a cara no debía de ser fácil. Eso, y que lo acuciaba hablar con ella con la esperanza de despejar las nuevas incógnitas que había generado el encuentro con el compañero de pesca de la víctima.

De inmediato, le pareció que debía de ser su hermana la mujer que los recibió y les anunció que Mela no se encontraba bien. Peña se hizo cargo de la situación y le aseguró que la importunarían lo menos posible. La esposa de Amador Braña irrumpió en el oscuro salón de la casa cuando el teniente aún no había terminado de expresar sus disculpas:

—Tranquila, tata, estoy bien —le dijo a quien era ya claramente su hermana mayor.

—Estaré fuera, llámame si me necesitas. —La hermana abrió las ventanas para que entrara luz, salió de la casa por una puerta trasera que parecía dar a un jardín y dejó a los tres guardias a solas con la viuda, que les ofreció tomar asiento en un moderno sofá rinconera junto a la chimenea.

Sabía que era más joven que Amador Braña, pero no tanto como le pareció entonces. Era realmente joven, a pesar de estar esperando su segundo hijo.

—Soy el teniente Juan Peña, de la Unidad Central Operativa, responsable de la investigación. En primer lugar, me gustaría transmitirle mis condolencias por la pérdida de su esposo. —La chica se lo agradeció con un gesto y un casi imperceptible «gracias»—. Le presento a mi compañero, el sargento Juan Rubio. A mi compañera creo que ya la conoce.

Ella no pronunció más palabra ante los formalismos de los guardias.

—Aunque no podemos ponernos en su lugar, nos hacemos una idea de lo difícil que es esto para usted. Debe de ser muy duro, más con un hijo en camino. ¿Puedo preguntarle de qué tiempo está? —Peña podía ponerse en su lugar. Había acompañado a tantas personas en situaciones parecidas que casi podía sentir su sufrimiento; sin embargo, entendía que respetar la distancia con el dolor de ellas era parte del respeto que merecían.

—De casi ocho meses, teniente. Ya me queda poco. Puede tutearme, si quiere.

—No se preocupe, es la costumbre. —Esa era otra técnica suya para distanciarse de ellas y de su dolor, también para evitar somatizar. Que la mujer de Braña fuera más joven de lo que esperaba no la hacía menos víctima, ni menos viuda ni menos respetable.

—¿Se siente con fuerzas para que le haga algunas preguntas sobre los días en los que desapareció su marido y el triste desenlace?

—Puedo hablar de ello, tranquilo. Lo malo no es hablar de que mi marido haya muerto; lo malo es que ha pasado. Pregúnteme lo que necesite.

A Peña le pareció que, a pesar de su juventud, era madura e inteligente. Y en aquella primera impresión, hasta de fiar; lo que no significaba que lo hiciera, fiarse. Era pronto para eso.

—Sé que se lo han preguntado antes, pero debo empezar por el principio. ¿Cuándo fue la última vez que vio a su esposo con vida? —comenzó el teniente con preguntas *a priori* fáciles.

—Verlo, lo que se dice verlo, el viernes antes. Llegó tarde a casa. Yo ya estaba en la cama con el peque, que estaba pachucho. A Amador no le gustaba que durmiera en nuestra habitación, temía que al nacer el hermano cogiera celos; ya saben —explicaba lentamente con la mirada perdida, sin fijar la vista en ninguno de ellos—. Lo llevó a su cuarto y después se metió en la cama. Esa fue la última vez que lo vi de verdad —lamentó—. Por la mañana, casi de madrugada, lo sentí marcharse, pero fue entre sueños. Creo que no llegué a verlo.

—¿Sabría decirnos qué hora era cuando se marchó?

—Era de noche, no noche cerrada, pero no había amanecido aún. A su pregunta, no. No sé qué hora era. —Miró al teniente, decidida—. Sí, mi marido llegó tarde el viernes y se marchó temprano el sábado, y yo no sé dónde estuvo la noche antes ni adónde fue esa mañana. Puede ahorrarse las siguientes preguntas, si van por ahí.

—Mela, mi labor no es juzgar a su marido y mucho menos juzgarla a usted, sino hacer lo posible por averiguar qué pasó. No tiene que justificarse por nada. Además, que no supiera todo lo que hacía su esposo no es tan raro. No es obligatorio saberlo todo de la pareja. —Peña intentaba ganarse su agrado.

—No es eso. Es que hasta que desapareció, casi hasta que murió, no lo había pensado. —Volvió a mirar al infinito de su salón—. No prestaba atención a sus movimientos, a lo que hacía o adónde iba. Entonces no me parecía que tuviera que estar pendiente de sus cosas, atenta. Quizá él tenía problemas, es evidente que los tenía, y yo ni siquiera sabía de la existencia de ellos.

—Está embarazada —intervino Rubio por primera vez—. Mi mujer también está esperando un bebé. Y tampoco es que se preocupe mucho por mí, ni yo creo que deba hacerlo. Bastante tiene con cuidarse y lidiar con el embarazo.

Era difícil no compadecerse de ella en esas circunstancias. La mujer de Amador Braña aparentaba tener poco más de treinta años. Peña pensó que tenía que comprobarlo, fuera o no importante. Era demasiado joven para pasar por eso: perder a su marido de forma violenta, embarazada de ocho meses y con otro hijo pequeño ya en el mundo. No pudo evitar acordarse de sus hijas, pensar que podía ser una de ellas. A esa chica que no desentonaría tomando cafés en el bar de cualquier facultad, o haciendo cola en un concierto con dos amigas, o yendo de compras para salir de fiesta; seguramente aquello le dejaría una tara de por vida que empezaría por hacerla diez años más vieja de un plumazo, la obligaría a tomar pastillas para conciliar el sueño y a mirar con pena a sus hijos sin padre, al menos durante una buena temporada. Era joven, muy joven. Seguramente podría rehacer su vida, sola o acompañada de otro hombre u otra mujer, daba igual; reciclarse, hacerse algún tatuaje que acompañara con sangre y el recuerdo del dolor físico al del alma. Pero seguro que iban a quedarle las secuelas de la mala suerte. «Cuando pasó aquello. Cuando murió Amador. Cuando papá se fue al cielo...». Peña pensaba cuántas veces comenzarían así sus frases en los próximos años. Y, con todo, tenía que seguir haciendo preguntas.

—Sin embargo, yo creo que usted sí que se preocupaba por su marido. Es normal cuestionarse, sentirse incluso un poco culpable, aunque no tenga ninguna responsabilidad ni habría estado en su mano evitar nada. Lo buscó como pudo cuando supo que había desaparecido. Dígame, ¿cuándo fue consciente de que ocurría algo raro? —Fue así como el teniente retomó el hilo, con delicadeza de padre.

—La noche del sábado. Cuando vi que no volvía y tampoco llamaba empecé a preocuparme. No era habitual en él pasar todo el día fuera y no llamar. A veces, cuando salía a pescar y no tenía cobertura, quizá, pero siempre había un rato en el que conseguía enviar alguna foto o algún mensaje, o llamar. —Sonrió tristemente—. Si se quedaba a tomar algo o de charla con el Golondru en el puerto, solía avisar para decirme que llegaría tarde, o para hablar con el peque antes de que se fuera a la cama.

—¿Quién es el...?, ¿cómo ha dicho? —preguntó Peña.

—Golondru. Es un pez. Amador llamaba por ese mote a su amigo, por los ronquidos. Sé que se lo decía con cariño, por eso yo también lo llamo así. La verdad es que no sabría decirle su verdadero nombre. A esto me refería. Hay tantas cosas que no sabía de él sin ser consciente... —Se quedó pensativa, triste.

Peña también se quedó atrapado en sus cavilaciones. El mote del pescador le resultó tan poco común como le había parecido su dueño un rato antes. «Golondru. Lo que ponía en el sms», concluyó para sí, y retomó la entrevista:

—¿Qué hizo entonces, cuando estuvo convencida de que a su marido podía haberle ocurrido algo?

—Nada, teniente; no hice nada. Esperar. Lo llamé varias veces y hubo un momento en que el móvil dejó de dar señal. Como a los dos o las tres de la madrugada le escribí a mi hermana, pero no vio el mensaje hasta por la mañana.

—¿Se había marchado en su coche? —preguntó Rubio, que iba alternando el papel con Peña; Sanchís permanecía atenta en segundo plano.

—No. El caso es que recuerdo oír el sonido del motor y di por hecho que se lo había llevado. Pero, cuando salí, el coche estaba ahí. Eso me extrañó. —Peña lo sabía por los informes, pero continuaban en el plano de las preguntas fáciles.

—Y después, ¿qué hizo? —Sutilmente le estaba preguntando por sus movimientos. No quería interrogarla abiertamente sobre dónde estaba entre veintidós y veintiséis horas antes de que apareciera el cuerpo de Amador Braña, que era adonde tenía que llegar.

—Llamé a los compañeros, a los del partido y a los del *llagar*. El *llagar* es la bodega —aclaró sin saber que ya habían estado allí—. Me costó hacerme a la terminología cuando me vine de Madrid —dijo Mela—. Amador era productor de sidra.

—¿Es usted de Madrid, Mela? —Rubio y su inquina con la capital hicieron la pregunta.

—Sí. Amador y yo nos conocimos en la universidad. Él es, era —se corrigió—, unos años mayor que yo, pero estudiamos juntos; empezó tarde la carrera. Allí nos hicimos novios y me vine con él. Ya se ocupaba de la pomarada, el campo —volvió a facilitar—, cuando lo conocí.

—Pero su nombre es asturiano —intervino la cabo primero, que también lo era.

—Es el nombre de mi madre, y de mi abuela, que sí era de aquí, de Luarca. Se marchó muy joven a trabajar a Madrid y se casó con mi abuelo. Ya ven, decidió su vida por un hombre, como yo, aunque intercambiamos el destino. —Sonrió ante la paradoja—. Antes de conocer a Amador, yo había subido a Asturias solo unas cuantas veces; algunos viajes de niña con mi familia y poco más.

—¿Qué estudiaron? —preguntó Peña.

—Ingeniería Civil. Él no tenía mucho donde elegir, yo era de las pocas chicas del grupo. Para mí fue fácil hacerlo, era un espectáculo de chico. Y lo seguía siendo ahora.

—¿Y cómo llevó usted venirse a vivir aquí, a un pueblo pequeño, acostumbrada a vivir en Madrid?

—Yo estaba muy enamorada de él, teniente. No me lo pensé. Hasta que nació mi hijo bajaba con mucha frecuencia. Trabajo en la empresa de mi padre y eso me permite flexibilidad. Llevo todos los asuntos del norte. Ahora estoy de baja, pero tenía intención de incorporarme. Con esto ya no sé qué pasará. —Se quedó pensativa, negando lentamente con la cabeza.

—No piense en eso ahora. Siga contándome sobre ese domingo, después de llamar a los compañeros de su marido, porque ninguno le dijo nada que le pareciera raro, ¿verdad? —Peña volvió a retomar el hilo.

—Fue como una pesadilla, no lo recuerdo bien. Nadie sabía nada, o se acababan de levantar, o no respondían. No lo sé...

—¿Y entonces fue a denunciar o hizo antes alguna otra cosa? —Había tenido que empezar a dirigir las preguntas para ayudarla a centrarse.

—Sí. Mi hermana me dijo que debía hacerlo. Aunque mi marido salía y entraba, no había hecho nunca algo así, faltar a casa sin dar señales.

—Fue al puesto de Trasgu a poner la denuncia antes de mediodía, ¿cómo la trataron? —Quería demostrarle que, entre los guardias y ella, estaba de su lado.

—Los guardias civiles de Trasgu nos conocen. Mi marido es concejal. No podían creer lo que les contaba. —Las lágrimas le caían, por primera vez—. Salieron a buscarlo de inmediato. Me trataron muy bien, nos trajeron a casa. Iba con mi hijo y me dijeron que era mejor que me quedara aquí y que ellos se encargarían. Yo solo les pedía que no formaran revuelo, Amador odiaba esas cosas. Pero no podía estar aquí de brazos cruzados y, cuando mi hermana llegó y se quedó con el niño, salí a buscarlo.

—¿Su hermana también vive en Madrid? —preguntó Rubio.

—Sí. Está conmigo desde entonces, pero pronto tendrá que regresar a su casa. Yo no tengo más familia aquí que la de mi marido —se lamentó—; si queda alguien de mi abuela, desde luego son lejanos y no los conozco.

—¿Tiene usted buena relación con la familia de su esposo? —siguió Peña.

—Muy buena. Mi suegra está destrozada, es mayor. Me es muy difícil hablar con ella o verla ahora con lo que ha pasado. Ha perdido a su hijo pequeño, no puedo imaginar lo que estará sufriendo —dijo generosa—. El mío está ahora con ella. Mi cuñada ha venido a recogerlo y lo ha llevado a estar un rato con la abuela, le viene bien.

—Seguro que sí. Entonces, cuando llegó su hermana salió a buscar a su esposo. ¿Dónde fue a buscarlo? —Volvió al domingo.

—Fui a la sede del partido, pero estaba cerrada. Di una vuelta sin saber muy bien dónde mirar por el pueblo. Y al puerto. El Golondru estaba en el barco y le pregunté por él. Me dijo que había salido a pescar con Amador el sábado. Pero ya era domingo.

—¿Le dijo alguna otra cosa?

—No le pregunté nada más. No quise decirle que estaba

desaparecido, ni a él ni a nadie; solo sus compañeros lo sabían —dijo refiriéndose a los guardias del pueblo.

—Y entonces, llamó a los compañeros para darles ese dato, ¿verdad? —Peña hizo la pregunta sabiendo que no había sido así. Que fue solo cuando supo que su marido había muerto cuando ella dijo lo de la pesca.

—No lo hice, teniente. Lo siento. Sé que hice mal, pero temía que dejaran de buscarlo. Siempre he oído que no buscan a nadie en serio antes de pasadas veinticuatro horas. —Lloró de nuevo, más fuerte—. Lo siento, lo siento mucho.

—Tranquilícese. Usted no tiene la culpa de nada.

—Seguí buscándolo. Llamé a los guardias por si sabían algo, pero no les conté lo que había hablado con el Golondru. No sé por qué lo hice. Yo me fiaba de él, ¿creen que ha tenido algo que ver? No puede ser...

—No lo creemos, tranquila. —Mela lloraba ya casi desconsolada. Peña hizo un gesto a Sanchís para que se sentara a su lado. Esta le tendió un pañuelo y le cogió las manos.

—Mela, voy a hacerle una última pregunta y la dejaremos descansar. —La chica lo miró de frente—. ¿Cree usted que su marido le ocultaba algo? ¿Algo serio, grave de verdad?

—No creo que me engañara, si es lo que insinúa. Aunque no soy una mujer desconfiada, últimamente lo había pensado, es verdad; ahora no creo que fuera eso. Pero había algo, teniente, ahora me encajan muchas cosas. Llamadas, pequeñas mentiras a las que no había dado importancia, retrasos...

—Cuénteme solo una de esas cosas con detalle, algo que recuerde. Es importante.

—No sabría decirle. Sabía que a veces me mentía, pero no suelo dar mucha importancia a esas pequeñeces. Decía que iba al campo o a pescar y volvía con la ropa limpia.

O llegaba diciendo que había tenido una cena de trabajo y al rato escuchaba que estaba comiendo en la cocina cuando ya me había ido a la cama. Me siento ridícula. —Se tapó la cara con las manos, nerviosa—. Lo siento.

—No es ridículo. Nada es ridículo si puede ayudarnos a saber qué pasó. Vamos a dejarlo por hoy, si le parece. Le voy a pedir que, en estos días, cuando se encuentre con fuerzas, me llame para que volvamos a hablar. ¿Lo hará? —le preguntó Peña, cariñoso.

—Sí, lo haré. Gracias por su comprensión, teniente. Es usted muy amable.

—No tiene que darme las gracias. Pero tiene que hablar conmigo y contarme todos los detalles que recuerde, por pequeños que sean. Prefiero que sea usted quien elija el momento. No me obligue a ponerme pesado, ¿de acuerdo? —Peña sonrió cómplice para suavizar la advertencia.

—Descuide, teniente, lo llamaré. Se lo prometo.

Peña puso fin a la conversación destrozado y por no destrozarla más a ella. Las caras de Rubio y Sanchís no decían otra cosa. No tenían nada y tenían mucho. Pocas respuestas y muchas preguntas.

Tenían la explicación a las contradicciones del testimonio de la viuda de Amador Braña y que esperaba poder corroborar con su registro telefónico, si la jueza al fin accedía. Tenían a una mujer que desconfiaba de todo y de nada en particular. Que no les había preguntado ni un solo detalle de la muerte de su marido; que parecía sentirse más culpable que otra cosa, lo cual no le resultaba extraordinario ni fuera de lo habitual. Tenían un puzle de grandes secretos y pequeñas mentiras. Ese era probablemente el mejor resumen del punto de la investigación en el que se encontraban. Un puzle que aún no podían ni empezar a ordenar, porque si de algo estaba seguro el teniente Peña era de que aún no tenían todas las piezas. Les faltaba una, esa que recoges bajo la mesa y en la que encuentras algo, un detalle, que hace al jugador elegirla como la primera en torno a la cual colocar todas las demás.

Y entonces lo vio. Cuando se levantó para marcharse y, al girarse para salir, su mirada se encontró con la vista del jardín trasero bien cuidado que dejaba ver la ventana abierta de la sala; lo distinguió, estratégicamente iluminado bajo la penumbra del anochecer que ya caía sobre ellos, protegido por una pequeña valla. Juraría que aquello era un perfecto bonsái gigante de tejo en miniatura. Tenía que confirmarlo, pero si aquello no era un tejo, lo parecía.

—Tiene un jardín muy bonito, Mela —dijo Peña.

—Era Amador quien lo cuidaba —respondió Mela.

9

AFTER WORK

Cava había cogido mesa en un bar de Mieres que le habían recomendado en la comandancia. Quedaba lo suficientemente cerca del hotel como para ir zombi de la última cerveza a la cama, como le gustaba a Peña. Tampoco es que acostumbraran a pasarse con el alcohol entre semana de trabajo intenso, pero esa noche estuvieron de acuerdo en que necesitaban despejarse y aclarar ideas.

León y el cabo primero estaban ya acomodados en la terraza dando cuenta de una botella de sidra cuando Peña y Rubio llegaron; a Sanchís la habían dejado en Oviedo de camino. La verdad era que no la habían invitado. La chica estaba dando la talla, pero Peña prefería cenar ese día en familia.

Les pusieron otras dos botellas, pidieron la comida y se concedieron unos minutos para atender las llamadas personales de cada uno. Peña, antes de llamar a su mujer, devolvió la perdida de su jefe, para lo que se apartó del grupo. Y, aunque era tarde, habló con la jueza Amaya para citarse con ella al día siguiente.

Una vez concluidas las gestiones, comenzaron a darse el parte del día, *grosso modo*; no era el sitio ni el momento para entrar en mucho detalle.

—¿Qué hay de los refuerzos, León?, ¿cuándo llegan? —inició la conversación Peña.

—Mañana a primera hora. Viene Velázquez.

—¿Solo?

—Es lo que me han dicho.

—¿No estaba con Trata? —preguntó Rubio.

Velázquez era un guardia del equipo que estaba de servicio provisional con la Sección de Trata de Seres Humanos.

—El jefe lo ha liberado, parece —explicó la guardia.

—Acabo de hablar con él y no me ha dicho nada de eso —dijo Peña, aludiendo a la conversación con su superior.

—¿Ya está cabreado el *boss*? Pronto empieza —refiriéndose Cava al coronel—. Y eso que no sabe que vais por ahí aceptando invitaciones del paisanaje —bromeó.

—¿Ya te has ido de la lengua, León? Mira que te gusta escucharlo —recriminó Rubio a su compañera, siguiendo la broma.

—Sí, seguro. Le pagaría yo el desayuno con tal de no oírlo, fíjate —respondió la guardia.

—Dios. No sé qué hago aquí rodeado de críos. No soporto vuestros dramas adolescentes... Es demasiado para mí —se sumó Peña a la broma, apoyando la cabeza sobre sus codos en la mesa, en un gesto de hastío—. Ahora en serio, está preocupado, me da la sensación de que ha comenzado a recibir presiones. —Había retomado la seriedad para referirse a su superior y no quiso ofrecer más detalles de la conversación con su jefe. No era partidario de delegar en su gente a la primera de cambio la carga que entendía que le tocaba soportar a él. Prefería que se centraran en el trabajo, aunque la verdad era que le había trasladado la urgencia de tener pronto encauzado el caso. El coronel había recibido toques de arriba y temía que la prensa empezara a hacer preguntas incómodas, por lo que le había hecho entender.

Miró a su alrededor para asegurarse de que no estuvieran demasiado expuestos y, tranquilizado por lo poco concurrida que estaba la terraza, les preguntó sobre las averiguaciones del día.

—Y bien, ¿cómo ha ido la jornada de biblioteca?

—Hay cositas —comenzó a explicar Cava—. Hemos tirado de archivos y de hemeroteca. Entenderás que no nos ha dado tiempo a mirarlo todo, pero ha cundido. Internet es un pozo de sabiduría, ¿a que sí, compañera?

—Te vas a reír de quien yo sé. —León tomó el relevo—. La biblioteca virtual del Principado de Asturias tiene registros desde 1843; hay saltos, como es lógico, pero es que hablamos del siglo XIX. Habrá más cosas en papel, pero lo que está digitalizado no es poco y buscar en bases de datos es mucho más rápido que hacerlo en la estantería. Los primeros documentos que hemos consultado que hablan del tejo como arma —continuó con su tono de historiadora— datan de finales del mismo siglo. Tratan sobre la resistencia que mostraron ante el Imperio romano, antes de Cristo, los astur-cántabros, para quienes el tejo era un árbol sagrado. Al parecer, lo usaban como medio de suicidio.

—¿Dice algo de cómo lo hacían? —le preguntó Peña.

—Jugo de ramas. La misma publicación menciona que la especie estaba destinada a la pronta desaparición, por su tardío crecimiento y difícil reproducción —dijo León recurriendo a la literalidad, consultando sus notas—. Ya veis que no ha desaparecido, solo en Asturias hay más de doscientos ejemplares junto a iglesias. En algunos casos, estaba el árbol antes que la propia iglesia. —Sonrió ante la paradoja—. Y en la sierra del Sueve, un bosque de ocho mil. He hablado con una amiga que trabaja en el Jardín Botánico de Madrid...

—Céntrate, que te pierdes —la cortó Cava—. No hemos encontrado ningún homicidio relacionado directamente con el árbol en nuestros archivos, pero sí alguna muerte cuya etiología no terminó de aclararse. La última fue no hace mucho, una chica; no llegó a esclarecerse si pretendía quitarse la vida o lo ingirió por accidente. Fue en una aldea no muy lejos de la nuestra —refiriéndose a Bermiego—. Y luego está lo de Soto, el ahorcado del árbol.

—¿Qué habéis averiguado de eso? —se interesó Peña.

—El mecanismo era claro: asfixia mecánica, pero antes hubo ingesta del veneno. Eso es lo que mosquea. Y, si te paras a fijarte en los detalles, era normal que a Soto no le cuadrara.

—¿Por? —preguntó Rubio.

—Aquel hombre, según la autopsia, también murió varias horas después de desaparecer, no pudieron reproducir con seguridad sus movimientos. No había dejado nota ni sus cosas resueltas. Cuando lo encontraron llevaba encima el DNI, solo el DNI.

Los cuatro se quedaron unos segundos callados. Peña, seguramente Rubio también, sabía que las coincidencias en lo que Cava contaba eran mucho mayores de lo que él mismo podía saber. El cabo primero no estaba todavía al tanto de lo que habían hablado con los forenses, pero el teniente y Rubio sí, lo que les permitía ir por delante en las conexiones.

—Hay que tirar de eso, Juan. —Fue Rubio quien rompió el silencio.

Volvieron a interrumpir la charla ante la presencia del camarero, que se acercaba con las dos primeras raciones: chorizo a la sidra y un variado de quesos asturianos.

—Mañana vamos a incorporar oficialmente a Soto al trabajo —anunció Peña cuando el chico se había retirado—, pero no bajéis la guardia con él. Si está obsesionado con eso, no quiero que nos contamine. Que anda como un pato, sí, pero que no podemos centrarnos en eso, también, como ya sabéis. Aquí hay varios caminos que nos toca recorrer y todavía no sabemos ni cómo es de largo el que parece más jodido: la vida pública de nuestro hombre —dijo Peña para referirse a su actividad política, sin querer pronunciar el nombre de la víctima en la terraza del bar, por si acaso.

—La verdad es que me extraña que no nos hayamos metido todavía en eso —afirmó y preguntó a medias Cava al hilo de ese último comentario, mientras se preparaba una especie de emparedado mezclando queso con chorizo.

—Ay, lo que te queda por aprender... —le dijo Peña con cariño—. Una vez que nos metamos ahí, será difícil salir. Y, además, habremos abierto la veda. Lo raro es que nos hayan dejado abstraernos de eso, más o menos, a estas alturas. No me cuadra que el caso no esté hasta en la sopa; eso sí que huele.

—Algo ha salido, pero no han mencionado nada de las peculiaridades que rodean el hecho. La verdad es que es extraño —apoyó León.

—No durará mucho la colaboración mediática, ya os lo digo. A ver cómo está el cabrales este; buena pinta tiene, desde luego —desvió el tema Peña por un momento para centrarse en degustar la comida—. Por cierto, León, esa amiga tuya del Botánico, ¿no tendrá algún colega por aquí que pueda echarnos una mano?

—Sí, teniente, intentaba decírselo cuando el compañero me ha interrumpido. Me han pasado un teléfono de una chica que quizá pueda ayudarnos —dijo, dedicando una mirada de sabionda a Cava—. Se llama Sara. Pertenece a un grupo ecologista amante de los tejos, o algo así. Según mi amiga, es de fiar.

—Bien, pues habrá que fiarse, qué remedio. Pásame el teléfono. La llamaré personalmente, por si acaso.

—Me ha dicho que es mejor escribirle; suele estar sin cobertura.

El resto de la comida transcurrió entre conversaciones sin

demasiada trascendencia, halagando las bondades de la carta y del producto y con las bromas habituales entre ellos, especialmente entre Cava y León, los dos más jóvenes e incompatibles del grupo. Peña y su punto cotilla albergaban la esperanza de que algún día se liaran y pusieran solución a la tensión sexual no resuelta que claramente veía entre ellos.

Cuando terminaron de cenar y pasaron al café, Cava volvió al tema:

—Y a vosotros, ¿cómo os ha ido? —se atrevió a preguntarlo sin mucha esperanza de obtener una respuesta satisfactoria.

No es que Peña tuviera intención de ocultarles información, era solo que le daba pereza. Si algo había tenido de bueno ascender a teniente y convertirse en el líder de la unidad era deshacerse de la obligación de dar explicaciones sin ganas. Disfrutaba realmente de la libertad de manejar los tiempos, la información y las respuestas que le otorgaba la autoridad, al menos ante sus compañeros, ya que no podía escaquearse de rendir cuentas a sus superiores y, por supuesto, a la jueza, con quien había quedado la tarde siguiente en los juzgados.

—Mañana a primera hora haremos resumen de lo que tenemos, no me hagas contarlo tantas veces. Pero te diré que hay cositas —respondió a Cava usando su propia jerga.

Necesitaba procesar lo que el día había dado de sí, y eso significaba que era preciso que mediaran seis o siete horas de ojos cerrados y cuerpo en horizontal.

—Vale, vale, pero recuerda que yo mañana tengo que volver a Bermiego. Esta vez podríais esperarme y no empezar sin mí —se conformó el cabo primero.

—No te preocupes. Ya que te vas a perder otra vez el bufé libre, la reunión será a las nueve, así todo el mundo puede prepararla y repasar lo que tenga. Ponle un mensaje a

Soto y dile que lo esperamos allí —le pidió Peña—. Y ahora, señores, me retiro. Ya estoy mayor.

Al poco de entrar en su habitación, oyó el jaleo de los otros por el pasillo. Habían alargado poco la sobremesa tras su retirada. Eso le gustaba, decía de ellos que eran responsables y daban al trabajo la importancia que merecía y, además, que no disfrutaban de los ratos de ausencia de su jefe para ponerlo a caldo, a pesar de su reticencia a intimar más de la cuenta. Por el contrario, recibía de ellos una sensación de respeto y afecto que agradecía, teniendo en cuenta el tiempo que pasaban juntos y fuera de sus casas. Peña les devolvía el trato con su reconocimiento. Algunos lo llamarían *feeling*; él prefería llamarlo «simbiosis». No podía permitirse verlos como amigos. Intimar demasiado con alguien le parecía arriesgado desde que perdió a la persona en quien más confiaba.

Con esa contradicción se metió en la cama con un compañero de lecho poco habitual: el teléfono móvil. No podía entender qué gracia le encontraba la gente a que ese aparato fuera lo primero y último que ven cada día, pero tenía que confirmar algo antes de compartirlo con los demás, aunque eso supusiera mermar aún más las posibilidades de descansar. No tenía muchas opciones, tampoco iba a poder hacerlo si afrontaba el desvelo con esa duda. Así que buscó el icono del sabelotodo e hizo la consulta lo mejor que pudo. Tres imágenes devueltas en menos de cinco segundos le bastaron: una del mismo tejo de Bermiego, uno de los más antiguos de Asturias, si no el que más; otra de un vivero que los vendía por internet y los enviaba a domicilio; y la tercera y definitiva de un blog de un friki japonés.

Sí, lo que tenía Mela en el jardín que cuidaba Amador era lo que parecía.

10
BRAINSTORMING

A las nueve exactas, Peña tenía a todos sus chicos puntuales en su improvisada oficina prestada. El guardia Velázquez había llegado, directo y estudiado, de Madrid; y Cava había vuelto de Bermiego con cara de traer material, o eso le parecía. Sanchís le había dispuesto una pizarra imantada de rotulador e impreso las fotos de todos los actores del reparto hasta el momento, incluida la del ahorcado del árbol, para sorpresa de Soto, que esa mañana lucía cara de estar pletórico.

Se obligó a mostrarse animado y convencido en esa reunión. Necesitaba que aquellos hombres y mujeres dieran lo mejor de sí y eso empezaba por que él les transmitiera su optimismo, para lo que había tenido que esforzarse después de la noche de perros que había pasado. El calor impropio y asfixiante que hacía ya a esa hora no ayudaba. No era tanto el calor como la humedad que había en el ambiente lo que él no llevaba nada bien. No era una humedad como a la que se había acostumbrado de pequeño, sino una más propia de un clima tropical. Casi no había podido pegar ojo por esa sensación de falta de aire. «Es por tanto verde, esto crea un efecto invernadero —ya lo decía su hermano al poco de vivir allí—: Echo de menos hasta el levante. Este calor es peor, no hay forma de secar la ropa». No estaba seguro de si esa sensación de no poder respirar era real o si, más bien, era fruto de la angustia que lo había acompañado durante la noche.

Había salido de la cama disparado por librarse de ella en cuanto le sonó el despertador a las seis en punto. La habitación del hotel en el que se alojaban no tenía aire acondicionado ni ventilador, como es habitual en esos lugares más concebidos para protegerse del frío. Era lo que le había explicado la recepcionista, casi riñéndolo, cuando bajó a las tantas con la esperanza de que tuvieran algo que moviera el aire: que hasta hace días habían tenido que dormir con edredón y que seguramente se habían traído ellos ese calor del sur. No era la primera vez que se lo decían por allí arriba: que si se subían el calor, que si cómo podían soportar abajo ponerse a más de cuarenta grados, que si ellos debían de estar acostumbrados... Se había tenido que volver a la habitación sin ventilador y sin entender muy bien esa cabezonería de la gente del norte de pensar que los de abajo eran inmunes al termómetro. Hubiera podido explicarle que él, en realidad, el sur no lo pisaba desde Navidad y que seguramente en su pueblo a esa hora estarían disfrutando con la ventana abierta de la fresca de la noche de verano; y que para calor el que hacía en Madrid, que era, en verdad, de donde él venía. Pero solo quería un ventilador, no enfrascarse en una absurda discusión nocturna. Así que se subió con las manos vacías e intentó conectar el único electrodoméstico a su alcance, algo que identificó como un deshumidificador, pero que no supo cómo hacer funcionar. No terminaba de tener claro si el depósito extraíble era para llenarlo de agua o para recoger agua. Se lamentó de ser tan torpe para las cosas cotidianas y deseó que Clara hubiera estado allí para solucionarlo. En su casa nunca habían tenido uno de esos; antes la humedad se combatía con alhucema, una cosa casi tan vieja como él. Y en Madrid, la humedad era el menor de los problemas.

Cuando por fin entendió que era una hora prudente para

levantarse, se dio una ducha y se entretuvo mirando las nuevas fotos que le habían enviado de su nieta, por lo cual también empezó el día mirando el móvil. Y ese sí que era un buen motivo para hacerlo. Ya que estaba, aprovechó para ponerle un mensaje a la ecologista que había localizado León y pedirle que se lo devolviera lo antes posible, y se bajó a estirar las piernas y esperar a sus compañeros.

Sin necesidad de ponerlo en común, como si todos lo hubieran dado por hecho, Rubio se salió por la secundaria. Iban con tiempo y hacía calor, así que esa mañana se sentaron en una de las mesas de la calle, con lo que se estaban jugando el tipo desayunando a la fresca en aquella curva. Habían tenido que aparcar de mala manera en el arcén porque el poco hueco que había estaba ocupado por una furgoneta. Peña no terminaba de relajarse. Nunca le habían gustado los abusos de poder, aunque fueran pequeños gestos, como dejar el coche encima de una acera o saltarse los límites de velocidad.

—¿Qué se debe? —preguntó el sargento al chico que el día antes no les había cobrado.

—No es nada. Invita la casa —respondió.

—No, hombre, no hace falta. Así no sale uno de pobre.

—¿Y quién te ha dicho que soy pobre? —Rubio se quedó cortado por la reacción. La broma no le había sentado bien.

—No te enfades —intercedió León—, es una forma de hablar. Anda, dime qué se debe, que pago yo. Y, si no te importa, indícame el baño.

—Seis euros. Y el baño está al fondo. Cuidado no te confundas de puerta, que no pone nada. La de la izquierda.

León se entretuvo un rato en el bar mirando las fotos y los recortes de periódico de todos los tiempos que decoraban las paredes, dejándose llevar por su curiosidad de historiadora. Peña vio desde la puerta como ella, seguramente para relajar la tensión del desencuentro anterior, le comentaba algo al respecto al chico del bar, lo que entendió como una muestra más de la inteligencia de su alumna aventajada. Rubio, desde fuera, la apremiaba con la mirada para que se diese prisa. Al sargento le estaba costando deshacerse de las secuelas de la vergüenza que había pasado. Si Cava los hubiera acompañado seguramente habría sido el que metiera la pata y seguramente hubiera sabido salir airoso. Pero esta vez había sido él quien había tenido que encajar el desplante y no estaba acostumbrado. Peña y León no hicieron sangre y desviaron la conversación al caso durante el resto del trayecto.

Cuando llegaron a la oficina, el teniente pidió a los presentes que tomaran asiento alrededor de la mesa alargada, dio la bienvenida al recién llegado de Madrid, el guardia Velázquez. Lo presentó y uno a uno los contó a todos, señalándolos descaradamente con el dedo índice de su mano derecha.

—Uno, dos, tres... —Así hasta seis—. Siete conmigo —dijo—. Estos son los siete guardias que van a resolver el homicidio, ya veremos si asesinato, de Amador Braña. Señores, señoras —prosiguió—, Amador Braña salió de su casa a una hora aún por determinar, antes del amanecer, del pasado sábado veintinueve de julio —afirmó colocando la fotografía de Braña, la única que tenían en tamaño A4 como correspondía al protagonista, en el centro de la pizarra valiéndose de un imán—. Dando por bueno el testimonio de la viuda, arrancó su coche, pero, por alguna razón que también desconocemos, finalmente salió de la aldea en otro vehículo, o a pie, o no se sabe cómo —iba exponiendo el teniente con tono didáctico—. La aldea en la que vivía Braña solo tiene tres caminos de salida, además del campo a través: una carretera trasera, por llamarla de forma generosa, que va a parar cerca del cauce del río Trasgu atravesando un pequeño polígono industrial; y la comarcal que enlaza Trasgu con el concejo de Llanes, y que naturalmente permite tomar cualquiera de las dos direcciones. Junto a ella discurre la tercera salida, el camino por el que puede llegarse a pie o en bicicleta desde la aldea hasta el centro del pueblo. Velázquez, quiero las imágenes de cualquier cámara de seguridad que pueda haber en esa zona.

—Si hay, aunque sea una *webcam* en la ventana de un friki, cuenta con ellas —respondió enérgico Velázquez.

—La tarde antes, Braña había enviado un sms al Golondru, el viejo con el que solía salir a pescar, para decirle que se veían a las ocho del día siguiente en el puerto y en el que le pedía que comprara el cebo, aparentemente. —Dibujó a rotulador una línea roja en la pizarra, que significaba «falso», trazada desde arriba hasta la cara de Braña. Sobre ella colocó la foto y escribió el mote del pescador y las siglas sms—. Soto, de la jueza me encargo yo, hoy conseguiré que me firme la orden para el teléfono del amigo; el de Braña es cosa tuya. ¿Qué hay de la telefónica y del ordenador?

—Del ordenador aún nada. Al parecer, era cuidadoso con la ciberseguridad y está poniéndolo difícil. El registro de llamadas sí ha llegado hace un rato, no me ha dado tiempo a decírtelo —se excusó el brigada.

—¿Has podido examinarlo? —preguntó Peña.

—Por encima. Después del mensaje enviado al amigo, al Golondru, una llamada al teléfono fijo de su madre y nada más hasta las seis y pico de la mañana del sábado, cuando le entraron otras dos del mismo número, que hay que investigar. Después de eso, nada, salvo que seguía conectado a la red 4G. Ten en cuenta que la compañía no controla los wasaps y que esos mensajes se guardan cifrados; para eso habría que disponer del teléfono o cursar una orden a la multinacional, que puede tardar meses en atenderla —aclaró Soto al teniente—. Pero hay algo. Los repetidores recogieron la última señal del móvil de Amador Braña la noche del sábado al domingo. La triangulación del aparato no la tenemos aún, pero con la orden que firmó la jueza contamos con el permiso para solicitarla.

—Ya estás tardando —dijo Peña—. Pídela, ya que empezaste el trámite. Y tengo otra cosa para ti, ahora te cuento —dejó en al aire—. Porque, por otro lado, también sabemos que Braña llevaba una temporada agitado por temas políticos. Esta es una vía en la que ya toca meterse y de la que me encargaré personalmente, con tu ayuda, Rubio —dijo escribiendo en la pizarra el nombre de la agrupación: Por Asturies—. Llama al presidente del partido y dile que nos reuniremos con él esta misma tarde, que venga a la comandancia, no tenemos tiempo de desplazarnos.

—Si hace falta, lo traigo por las orejas —respondió el sargento.

—Genial —dijo Peña levantando la vista del teléfono, que había reclamado su atención con un pitido—. Esto nos devuelve al punto en el que estábamos. El cuerpo de Amador Braña apareció el lunes siguiente en la puerta de la iglesia de Bermiego, cuando lo encontró la capellana, con la que hoy mismo ha estado de nuevo el cabo primero Cava. Cuéntanos. —Cava dudó, sin llegar a saber si quería que hablara delante de todos—. Cava, hay confianza. ¿Qué te ha contado? Dispara.

—La señora Lucía me llamó ayer tarde para pedirme que nos volviéramos a ver, ya que quería contarme alguna novedad. No sé si recordáis un comentario que nos hizo el compañero de Proaza —dijo mirando a sus compañeros más cercanos, que pusieron cara de no saber a qué se refería—. No, no os acordáis, normal, yo tampoco le había prestado atención hasta que ella me ha dicho hoy lo que me ha dicho. A ver...

—Cava —lo cortó Peña—, al grano.

—Va. El de Proaza dijo que cuando llegaron aquello parecía un pueblo fantasma, que parecía que hubiera sonado la matraca. ¿Lo recordáis ahora? —Rubio, León y el mismo Peña asintieron—. Pues que sonó. Lo que quería decirme la señora es que esa noche había sonado. Que no fue consciente de haberla oído, pero que seguramente lo hizo su mente en sueños y que esa fue la razón por la que ese día se levantó con mal cuerpo. Y que, según dice, una vecina le dijo ayer mismo que esa noche había sonado la matraca.

—¿Y qué cojones es la matraca? —preguntó Rubio.

—Un instrumento musical —intervino León.

—Sí. —Cava sacó su teléfono y les mostró una foto del objeto—. Según la señora Lucía, es un artilugio que se usa para espantar, normalmente al ganado, pero tradicionalmente también a las personas —explicó Cava, acelerado—. Al parecer, en la zona se usaba antaño para avisar a la gente de que se metiera en sus casas cuando iba a ocurrir algo que era mejor que no vieran, o al menos esa es la creencia del pueblo.

—¿Qué cojones? ¿Vosotros sabéis algo de esto? —Peña dirigió la pregunta a Soto y Sanchís, que conocían mejor las tradiciones de la zona. No parecían tener ni idea—. ¿Quieres decir que avisaron al pueblo de que iba a pasar algo?

—Eso es lo que ella ha venido a decir. Que tocaron la matraca para que se quedaran en sus casas y no vieran.

—Bien. Muy bueno, Cava. León, con él, investigad eso de la matraca —encargó Peña a la historiadora, que tomaba notas en su libreta—. Esto viene a sumar misterio al hecho de que el cuerpo de Braña apareciera a la sombra de un árbol también con cierto misterio. —Bajo la foto de Braña escribió: «Tejo de Bermiego, 31/07/2017, 07:00 a. m.»; el lugar, la fecha y la hora en que apreció el cadáver—. Según nos explicó el forense, tiene capacidades tanto mortales como curativas. Y no es el primer caso que los nuestros han investigado relacionado con el árbol, ¿verdad, Soto? —escrutó al brigada de forma retórica—. En Medicina Legal nos advirtieron que Amador Braña pudo consumir jugo o infusión de tejo antes de estar en contacto con la sustancia de otra manera, que pudo ser inyectada. Hay otro caso de muerte por ingesta de tejo de etiología confusa más o menos reciente en Asturias. Y luego está lo del tuyo en Cantabria, Soto. —Miró al brigada, ahora sí, para que hablara—. Es hora de ponerlo sobre la mesa.

—Fue hace casi veinte años, en Liébana. Se supo que había ingerido infusión de tejo muy poco antes de la muerte, pero Toxicología descartó que la dosis por sí sola pudiera haber sido letal. Fue la asfixia mecánica lo que lo mató, aunque la propia escena revelaba que era muy difícil que el hombre se hubiera colgado solo. La altura de la rama, la disposición del nudo...; no cuadraba. La familia afirmaba que era imposible que se hubiera quitado la vida, pero no nos dejaron seguir. Recibimos presión para cerrar el caso. —Soto negó mirando a la mesa—. Y el juez dio por bueno el suicidio. Mi jefe se rebeló contra aquello, tanto que casi le cuesta el puesto. Por eso pedí el traslado, no podía quedarme y seguir como si nada; estoy convencido de que ese hombre no se suicidó —dijo el brigada—. Cuando vi la escena de Amador Braña, a pesar de las diferencias, me recordó tanto a aquello que no pude evitar la asociación: el tejo, la iglesia, el DNI en el bolsillo, después el rastro de veneno. Joder, era mucha casualidad.

—No vamos a descartar nada, pero eso no significa que los casos tengan conexión, lo sabes, ¿verdad? —le dijo Peña. Soto se quedó mirándolo sin decir nada—. ¿Lo sabes?

—Lo sé, Peña, lo sé.

—Ni que esté reabierto. Vamos a tirar de ahí por si puede aportar a este y si encontramos algo, ya veremos. Rubio —se dirigió al sargento—, repásate la inspección ocular de aquello también. Cualquier cosa, le preguntas a Soto.

—Así lo haré —confirmó Rubio.

—De la escena también se recogieron huellas de neumáticos y pisadas, cuyos resultados están aún por llegar, así como los de la ropa de Braña. ¿Qué hay de eso, Soto? Está pendiente desde casi el primer día —apremió al brigada.

—También tomaron muestras del propio terreno y cabellos, pero aún no ha llegado nada —lamentó Soto.

—¿No está tardando mucho eso? —preguntó Rubio.

—Ya sabes, vacaciones se llama —explicó el brigada.

—Vacaciones..., no me lo recuerdes —respondió el sargento.

—Estate encima, Soto. Rubio, tírales tú también un poco de las orejas, nos urge. Si necesitáis que interceda o que llame al jefe, me avisáis —ofreció Peña.

—De acuerdo.

—Volviendo al tejo. El mensaje que me ha sonado antes era de una persona de una asociación ecologista o algo parecido. Quizá nos puedan ayudar a entender esto. —Subrayó doblemente el nombre del árbol bajo la foto de Braña—. Voy a intentar quedar con ella hoy o mañana. Si quieres, puedes acompañarme, Soto. —El brigada agradeció el ofrecimiento—. ¿Seguimos o habéis perdido el hilo?

—Seguimos —dijo Rubio.

—Pues resulta que cuando el lunes apareció el cuerpo de Amador Braña, hacía más de cuarenta y ocho horas que su mujer lo había visto por última vez y menos de veinticuatro desde que había denunciado su desaparición. Unas horas después, seguimos en la tarde del domingo —recordó—, salió a buscarlo. Se llegó al puerto y le preguntó al Golondru si lo había visto. Ahí fue cuando el amigo de pesca mintió por primera vez, que sepamos, cuando le dijo a la viuda que sí, que habían salido de pesca, pero en realidad solo había comprado el cebo. —Salvo Rubio y Sanchís, todos pusieron cara de no entender—. Braña y el Golondru tenían una especie de acuerdo: el primero le enviaba un mensaje al segundo cuando quería que le cubriese si alguien iba preguntando por él. Soto, esto es especialmente lo que hay que buscar en el teléfono del viejo cuando lo tengamos, ¿oído?

—Alto y claro.

—La viuda se creyó a pies juntillas que su marido había ido a pescar y regresado a puerto con el Golondru la noche del sábado, por lo que redujo el número de horas que para ella llevaba desaparecido. Tan pocas le parecieron entonces, que pensó que era mejor no decir nada de la pesca a los agentes que ya lo estaban buscando discretamente, temiendo ella que suspendieran la búsqueda. León, vete con Cava a hablar con los guardias del puesto de Trasgu. No los guieis, conocían a Braña; dejadlos que hablen. Me hubiera gustado hacerlo personalmente, pero no me ha dado tiempo. Confío en vosotros.

—Gracias, teniente. Descuide —respondió la guardia.

—La segunda mentira del Golondru os la coló a vosotros, compañeros, cuando os dijo que llamó a Braña para contarle sobre la pesca. En realidad, estaba preocupado por él. Nos dijo que Braña últimamente andaba alterado y discutiendo con gente, y me da que sabe algo más acerca de los problemas de nuestra víctima. ¿Tú que crees, Rubio?

—Que las horas de pesca dan para mucho. Si de verdad salían de vez en cuando, Braña le hablaría de sus cosas —reafirmó el sargento.

—Lo dejaremos estar unos días y después tú y yo volveremos a hacerle otra visita, a ver si ha recordado algo más —continuó Peña—. Y hablando de visitas. —Se volvió y dibujó algo en la pizarra. Si los demás identificaron el árbol debió de ser seguramente por el contexto, de mal trazado que estaba—. Ayer estuvimos hasta tarde en casa de Braña con su mujer. Ya más o menos os he contado, pero al irnos me fijé en algo que había en su jardín, solo lo vi a través de la ventana: Braña tenía un bonsái enorme de lo que yo, me jugaría el cuello, diría que es un tejo. Perfectamente iluminado, casi como objeto de culto. —Se sucedieron gestos y expresiones varias de sorpresa entre los miembros del equipo.

—¿Tienen un tejo en casa? ¿Con un crío? —preguntó Soto, sorprendido.

—Protegido por una valla. Aun así, es raro —respondió Peña. Rubio y Sanchís no añadieron nada. Peña pensó que se les había pasado el detalle y se sentían ridículos—. Lo vi de casualidad —dijo para no hacer sangre—, le hice un comentario sobre lo bonito que era el jardín y la viuda confirmó que era cosa de su marido.

—Joder, una matraca no tendría por allí, ¿no? —La ocurrencia fue de Cava. Los demás no pudieron evitar reírla.

—Lo que sabemos no es poco para seguir. Esta tarde noche me veré con la jueza y le adelantaré que hay abiertas dos líneas de investigación: una centrada en el árbol, el cuento de la capellana, Cantabria..., ya sabéis; otra relacionada con las preocupaciones políticas de Amador Braña. Sé que aún son peregrinas, seré prudente. Pero es lo que hay. ¿Algo que se me haya pasado o que queráis apuntar?

—Mi teniente —interrumpió la vocecita de Sanchís—, ¿yo qué hago?

—Tú te vienes conmigo. Y, en los ratos libres, quiero que ayudes a Velázquez con las cámaras.

—De acuerdo, estupendo.

—León, ¿quién queda de la lista del entorno con quien aún no se haya hablado?

—Con la hermana ya hablaron los compañeros. Queda la madre, si es que entra en sus planes; el presidente del partido, que ya está cerrado; y tenemos pendiente vernos con el hermano, que sigue de viaje. En otro escalafón empiezan los amigos y conocidos.

—A la madre no vamos a molestarla si no es estrictamente necesario. Hablaste tú personalmente con los hermanos, ¿verdad, Soto?

—Así es. El mismo día que apareció el cuerpo. Él fue el enlace con la familia y el que parecía estar más al día de la vida de su hermano. La hermana es la mayor, tiene a la madre viviendo con ella desde que enviudó y estaba muy afectada.

—El capataz nos dijo que no pinta mucho en la empresa familiar —apuntó Rubio.

—Puede ser. Los administradores son los dos hermanos varones.

—Puf, algunos siguen viviendo en la Edad de Piedra. Ellos a los negocios y ella a cuidar de la casa y los padres —dijo León—. Lo siento, teniente.

—Tranquila, no te disculpes. Llama de nuevo al hermano, a ver cuándo vuelve a casa. Y documéntate sobre la empresa, vaya que haya algo raro —pidió Peña a la guardia.

—Perfecto.

—Pues a trabajar. A partir de mañana nos vemos todos los días aquí a las nueve, los laborables; los otros, ya iremos viendo. Si a alguien le resulta incompatible, que me avise. Si alguien necesita algo, que me avise. Si alguien encuentra alguna cosa que lo cambie todo, que me avise. Para todo lo demás, buscaos la vida —bromeó—. Abrid bien los ojos y tened cuidado con los vivos, nunca se sabe con ellos.

11

UNA PARED DE NIEBLA

Terminado el *briefing*, cada uno se dispuso a hacer las gestiones necesarias para cumplir con los encargos de Peña. El teniente aprovechó que se quedaba solo en la oficina para llamar a Sara, la amiga de los tejos que había localizado León y que le había dicho que tenía el móvil operativo. Quería cerrar la cita y organizar su agenda del día, que incluía recibir al presidente de Por Asturies y visitar a la jueza. No había terminado de teclear el número de la ecologista cuando sufrió la primera interrupción. Quien llamaba a la puerta era el sargento Perla, uno de los agentes destacados del grupo de Soto que había visto como se quedaba fuera del caso al no ser invitado.

—Peña, ¿tienes un momento?

—Claro, siéntate si quieres. —No lo hizo.

—Solo quería decirte que estoy a tu disposición por si me necesitáis. Tenemos otros asuntos, pero he estado en el caso desde el principio con Soto y Sanchís y me gustaría participar. Si no puede ser, no pasa nada. Quería decírtelo. No te molesto más —se excusó el sargento.

—Lo tendré en cuenta, gracias por el ofrecimiento.

La verdad es que Peña se quedó un poco cortado. No sabía muy bien cómo interpretar ese gesto del sargento, que no era muy habitual en guardias que son apartados, si como un reflejo de humildad y verdadero interés, si como una pataleta o si, puestos a pensar mal, podría llegar a encerrar un interés personal más allá de la propia participación en la investigación. Tampoco tenía que darle explicaciones, pero cuando el sargento se volvió para salir del despacho, lo hizo:

—Perla. —Se volvió—. No es nada personal. Es más fácil si conozco bien a los integrantes del grupo, estar al tanto de sus cualidades para delegar con más facilidad cada tarea en la persona adecuada. Pero si necesitamos refuerzos, contaré contigo.

—De acuerdo; gracias, mi teniente.

A Peña aquello le dejó mal cuerpo. «Pero los refuerzos son ellos y no yo», algo así estuvo seguro de que debió de pensar Perla ante su explicación. Y podía entenderlo. En realidad, no le gustaba hacer feos de ese tipo, por eso no solía tomar la decisión que había tomado en este caso: quedarse solo con unos pocos del grupo de provincia. Si lo había hecho era porque realmente necesitaba mano de obra y ellos, sobre todo Sanchís, pero extrañamente también Soto, le gustaban; sin embargo, no era hombre de ver bien los agravios injustificados, ni mucho menos los vacíos. Otra cosa es que le costara fiarse, trabajar codo con codo con alguien que le transmitiera desconfianza u oscuridad, y la verdad era que Perla no le había caído bien. Seguramente se estaba equivocando, lo había tratado muy poco, y con el error le estaba haciendo una putada al chico. Y, además, le estaba mintiendo. Por lo pronto no tenía ninguna intención de contar con él, lo cual le hacía sentir aún peor. Estaba haciendo lo que le decía su intuición, pero no era un cínico ni un insensible, o al menos no se veía así.

Quedó con la ecologista esa misma mañana. Había anotado adónde tenía que ir; lejos, según le había dicho ella, pero le insistió en que le resultaría interesante desplazarse hasta allí. Estaba consultando el mapa en internet cuando lo interrumpieron por segunda vez.

—Peña, ¿puedo? He hablado con el presidente del partido. Viene a las cuatro, ¿va bien? —Era Rubio.

—Perfecto. Oye, tengo que irme. He quedado en un rato con la ecologista y el sitio está retirado. ¿Te importa avisarme a Soto y a Sanchís?

—¿Te vas a llevar a los dos? —preguntó el sargento.

—¿Te vas a poner celoso?

—No, es que me extraña.

—A mí también, será que estoy *chocheando*, Rubio —respondió Peña con guasa, un poco cansado de haber recibido en cinco minutos a dos hombres pidiendo explicaciones.

Era el tipo de cosas que Peña no recordaba que se permitieran en sus tiempos los agentes, y que había tenido que asumir como precio por contar con un equipo que pertenecía en su totalidad a otra generación, con sus cosas buenas y malas. Esta era de las malas.

Soto y Sanchís no necesitaban el GPS para llegar al Mirador del Fitu. Era un lugar bastante emblemático y, además, quedaba relativamente cerca de Trasgu, según le iba explicando el brigada. Lo pusieron en antecedentes de que la carretera era complicada y de que en días de niebla podía hacerse imposible subir hasta arriba.

—Por suerte hoy no tenemos niebla —dijo Peña.

—No te confíes. Aquí puede estar despejado y al girar una curva no verte los pies. Aquello está realmente alto, nos la podemos encontrar subiendo —advirtió Soto.

—Teniente, creo que lo ha citado allí por las tejedas —interrumpió Sanchís, que iba en el asiento trasero trasteando con el móvil—. En la sierra del Sueve hay más de ocho mil tejos juntos, es allí adonde vamos.

—Algo de eso mencionó León anoche en la cena. —«¡Mierda!», se autocensuró. Acababa de desvelar que habían cenado sin ella—. ¡Qué mal nos dieron de comer en el bar de abajo del hotel, por cierto! —mintió para arreglarlo. Y casi se arrepintió de hacerse acompañar por dos personas ante las que tuviera que disimular.

Abandonaron la carretera nacional a la altura de Caravia y tomaron la que serpenteaba montaña arriba. Soto le comentaba que el trazado era típica etapa ciclista, por lo que Peña no pudo evitar acordarse de Cava y pensar en lo mucho que hubiera disfrutado de ese paisaje al volante. Cuando llevaban un rato subiendo, tras una curva cerrada, perdieron la visibilidad ante el tabique de niebla con el que se toparon. Los temporales asturianos estaban sin remedio en la lista de cosas que le cortaban el cuerpo. A punto estuvo de decir: «Date la vuelta», pero se tranquilizó al ver que el brigada no se achantaba y continuaba conduciendo prudente pero seguro junto al precipicio. Él había estado bastantes veces en Asturias, pero no recordaba una niebla tan imprevisible ni con tanta densidad. Era evidente que Soto jugaba en otra liga y, entonces sí, se alegró de haber escogido a los locales para aquella cita.

Peña iba concentrado en la carretera, agarrado con fuerza al asidero del techo del vehículo, resistiendo como podía los vaivenes que provocaba el sinuoso trazado. Se sentía a bordo de un bote a la deriva en el Cantábrico. En cada curva, apretaba el pie derecho contra el suelo como queriendo frenar, un poco antes de que Soto lo hiciera.

—No hay estas curvas en Madrid, ¿eh? —bromeó el brigada.

—Ni en Sanlúcar. —No, no había esas curvas en Madrid. O sí, daba igual, en ese momento él solo se acordaba de su pueblo. Y de su madre recibiendo una llamada que hablaba de temporales y de un hijo desaparecido. Desaparecido en el mar, muerto.

—Tranquilo, no queda mucho; estoy tirando porque a veces está a media altura y arriba no hay niebla. Si la chica no te ha avisado, puede ser así. Eso sí, te vas a perder la vista.

Para sorpresa de Peña, más sereno cuando llegaron arriba sanos y salvos, había allí más ambiente del que esperaba, una especie de chiringuito incluido. Sacó el móvil para ponerle un mensaje a la ecologista. Tenía un wasap de Clara; no era habitual que su mujer le escribiera al teléfono del trabajo:

> Tienes el móvil apagado. He hablado con tu madre. Que te diga que no dejes de ir. ¿Qué os traéis entre manos? Por cierto, llámala cuando puedas, creo que no está bien, aunque no he conseguido sacarle nada.

Postergó la respuesta ante la llegada de su cita. Era muy joven, baja y bastante flaca, con el pelo corto recogido en una coleta estirada. Su indumentaria no era alternativa ni colorida, como se había imaginado, sino que vestía ropa y calzado tipo montañera de buena calidad.

—Hola, soy Sara. ¿Son ustedes? —preguntó prudente.

—Hola, soy el teniente Juan Peña. Encantado. —Se dieron un apretón de manos y él le presentó a Soto y a Sanchís, sintiéndose ridículo y casi avergonzado por haberse hecho una idea tan prejuiciosa de ella.

—Es una pena, con la niebla no hay mucha visibilidad, pero hacia allá se puede intuir Trasgu —indicó señalando mientras subían la escalera de hormigón que llevaba a lo más alto del mirador—. A su espalda, los Picos de Europa. Y si nos adentrásemos en el bosque llegaríamos a las tejedas, la mayor concentración de tejos del continente. Por eso estoy yo aquí, ¿bajamos? —propuso para dejar espacio en la reducida plataforma a los viajeros que subían.

—¿Qué quiere decir con eso? —se interesó Peña—. ¿Por qué está aquí?

—Tutéeme, por favor. No sé qué idea tendrá usted de los ecologistas, teniente; seguramente que somos una panda de locos, o de jipis, o algo así. —Sonrió.

—No tengo ninguna idea preconcebida —mintió piadosamente para quedar bien— ni mucho menos nada en contra de los ecologistas, para tu tranquilidad.

—No importa. Soy bióloga, especialidad en Biología Vegetal y Ecología. Y sí, trabajo para una asociación ecologista y defensora del medio natural. Solo a media jornada —aclaró—, lo compagino con mi doctorado, o eso se supone. Y es verdad que simpatizo con ellos, pero yo soy una empleada. No soy vegana, ni vegetariana, como muchos de mis compañeros. ¿Un café? —ofreció.

Si Juan Peña aceptara todos los cafés que le ofrecían llevaría años incapacitado por insuficiencia cardíaca, pero el cansancio se le empezaba a acumular y con ese nublado y esa humedad, la idea de tomarse uno solo con hielo era un plan que mejoraba la mañana. Se sentaron en una de las mesas del improvisado chiringuito.

—¿La asociación para la que trabajas está centrada en los tejos? —preguntó Soto.

—No exactamente, pero sí en parte de su actividad. Hay una concepción social tan ambigua como sus propiedades en torno al árbol. Por un lado, es un árbol respetado. Muchas personas han recogido tradicionalmente arbolitos del monte para plantarlos junto a sus casas. Por otro lado, tiene cierta mala reputación, por su toxicidad. Nosotros —dijo refiriéndose a la asociación— tenemos entre nuestros objetivos fomentar la conciencia social y el respeto a la protección del medio ambiente, también desde el punto de vista moral y cultural.

—Disculpa, Sara, pero no termino de entender —reconoció el teniente.

—El tejo es conocido como el árbol de la muerte. Hay escritos que hablan de él como método de suicidio desde la Antigüedad —comenzó a explicar la chica—. Se cree que ya en el Paleolítico lo utilizaban como veneno en las cacerías rituales.

—Algo hemos averiguado sobre su historia, pero me temo que aún no hemos llegado tan atrás —ratificó Peña.

—Hablamos de diez milenios, teniente —lo excusó Sara—. También lo llaman el árbol de la eternidad. En muchos cementerios se plantaron tejos, no es raro encontrarlos podados como un ciprés. Y a eso hay que sumar sus propiedades curativas.

—Alguna cosa nos apuntó el forense.

—Últimamente también hay una especie de moda por plantar tejos en conmemoración de cosas: a las víctimas, como símbolo en cualquier acto y otras efemérides. Pero de igual modo hay quien usa el tejo para otros fines, digamos, más oscuros.

—¿Como por ejemplo? —intervino Soto.

—El tejo contiene casi en todas sus partes un alcaloide, o una mezcla de ellos, llamado taxina. —Pareció ignorar la pregunta del brigada—. Como todo alcaloide, es una sustancia nitrogenada y un estimulante natural. La cafeína, la teína, la nicotina, la codeína..., todos son alcaloides. Algunos muy tóxicos, como este. Y muchos de ellos de uso en medicina. La morfina, por ejemplo, es un alcaloide. El árbol también elabora otro compuesto, el taxol en concreto, que se usa en tratamientos para el cáncer de ovario y de mama, y que en ciertas dosis también resulta altamente tóxico. Ya ven, más razones para llamarlo árbol de la vida y árbol de la muerte.

—Y por las prácticas que apuntabas, ¿a qué te refieres exactamente? —El brigada no cejaba en su empeño.

—Como les decía, al tejo también se le llama árbol de la vida; es una de las especies vegetales más longevas —continuaba marcando el ritmo del relato—. Con todo, la concepción social del tejo es, en general, buena. La población sabe del cuidado que hay que tener con él, como con otras plantas, y es un árbol bien valorado. De hecho, suele estar en las puertas de las iglesias y tiene ese matiz de árbol sagrado. Por aquí seguimos teniendo un punto místico. El problema es que hay quien lleva al extremo esas creencias. —Detuvo el discurso para dar un sorbo al café.

—¿Podrías explicarte mejor? —le pidió Peña.

—Cafeína, morfina, codeína... son excitantes; de alguna forma, drogas. Digamos que hay gente interesada en el tejo para valerse de esas otras propiedades. Como le digo, por las sustancias que contiene podemos afirmar que hablamos de una planta con efectos modificadores de la conciencia.

—¿Drogas? —preguntó Soto.

—Quizá. Pero no es nuevo, no crean. Es posible que ya en la Edad de Piedra se utilizara el tejo para alcanzar estados, digamos, de felicidad. Consumen, seguramente, o quieren limpiar el espíritu, o depurarse, o a saber. He oído ya de todo —reconoció la bióloga.

—¿Lo que sostienes es que hay gente que se reúne para consumir tejo? —insistió Peña.

—Yo no puedo decirles quiénes, dónde y a qué hora se reúnen, teniente. No tengo esa información, pero lo doy por seguro. No sé si a usted eso le puede servir. Y también puedo asegurarles que a veces se les va la mano. Es un juego peligroso, no hay que beber demasiado jugo de eso para no contarlo. Igual ellos ni lo saben, pero, según el momento del año, su toxicidad puede ser muy elevada.

—Sara, dime, como científica, ¿de verdad la sola infusión puede acabar con la vida de un hombre joven, sano y fuerte?

—Desde luego que sí.

—Según el estudio del cadáver, y esto es confidencial —le advirtió—, el veneno pudo ser ingerido de dos formas distintas. Bebido y puede que inyectado. ¿Qué piensas de eso?

—No se preocupe, puede confiar en mí. A lo que me pregunta, es posible. Pero muy tonto tendría que ser ese hombre para beber tanta infusión como para morirse, siendo de la zona. Además, es raro que muriera tan rápido solo con la infusión, salvo que le diera alguna cosa, un infarto, un *shock* anafiláctico o algo.

—No es el caso —aclaró Peña.

—Puede ser que se lo inyectaran. Los primeros síntomas son gastrointestinales, pero pronto pueden llegar los neurológicos: astenia, debilidad, pérdida de conocimiento, incluso coma. Y después, la parada.

—¿Y seguro que no puedes darnos algún dato más concreto que pueda acercarnos a la gente que lleva a cabo esas prácticas? —escrutó el teniente—. No te comprometería a nada y a nosotros nos ayudaría mucho.

—Le aseguro que si supiera algo más se lo diría, teniente. Casi todo lo que sé de esos temas es por oídas. Lo que se habla es que se hacen rituales, retiros, purificaciones, pero en plan espiritual, no me malinterprete; nada de sacrificios y esas cosas, de eso no he sabido nunca nada. Yo creo que todo es un teatro para hacer negocio o sacarle dinero a la gente ignorante, como casi siempre.

—¿Y sabes si hay alguien que pueda tener más información y con quien pudiéramos hablar? —le preguntó Peña a la bióloga.

—Mire, teniente, los míos también tienen lo suyo. Tengo que reconocer que hay mucho flipado en este mundo, incluso sin rituales ni drogas —bromeó—. Si pregunta por ahí, va a escuchar de todo. Mucha gente mezcla lo que sabe con lo que cree saber, con las leyendas... Sus compañeros estarán de acuerdo conmigo —dijo, refiriéndose a Soto y Sanchís, a los que había identificado como paisanos—, ¿a que sí? —Los dos pusieron cara de no querer negar ni reconocer—. No olvide que estamos pegaditos a Trasgu. Sabe lo que significa, ¿verdad?

—Duende, si no me equivoco —resolvió Peña.

—Pues eso, teniente, un duende mitológico. Yo no voy a decirle cómo hacer su trabajo ni sabría hacerlo, pero si se mete en ese jardín se verá en un laberinto y empezará a experimentar problemas para distinguir la realidad y la ficción. Porque aquí hay cosas muy extrañas que son reales, créame. Esa es la magia de esta tierra. —Sonrió.

—Sí, ya me doy cuenta —respondió Peña, cómplice—. Muchas gracias, Sara. Creo que por ahora es todo. Ha sido un placer conocerte y de mucha ayuda. ¿Puedo seguir contando con ella?

—Ya tiene mi teléfono.

—¿Qué piensas de lo que nos ha contado? No entiendo cómo no llegamos a nada de eso en Cantabria —le preguntó Soto a Peña, casi en un lamento, cuando llevaban más de veinte minutos en silencio en el trayecto de vuelta.

—Habrá que investigarlo, no saques conclusiones precipitadas. Déjame en el Juzgado, ¿quieres? —le pidió Peña, evitando la conversación tras leer un mensaje en su móvil. Rubio lo había avisado de que la jueza había llamado para cambiar la hora y que él, en consecuencia, había retrasado la cita con el político.

Quizá, de haber ido con Rubio o con Cava, habrían comentado lo que la chica les había revelado, pero con sus nuevos acompañantes no terminaba de sentirse tan cómodo, a pesar de que se estaban comportando de manera ejemplar.

—Claro, te esperamos, ¿no? —le preguntó Soto, que lo miró de reojo con prudencia.

—No hace falta. Llamaré a Cava para que me recoja. Volveos a la comandancia y ponte con el teléfono de Braña, por favor, a ver qué sacamos de ahí.

—Como quieras.

—Y tú, Sanchís, vigílame a Velázquez con las cámaras.

—A la orden —acató el encargo entusiasmada.

12

NUEVOS HILOS

El encuentro con la jueza fue de bien a muy bien. A pesar de que Peña iba al cincuenta por ciento de energía por el efecto minador que le había causado el relato de la bióloga, supo disimular para que su señoría no tomara su confusión mental puntual por un vacío absoluto de plan.

Esta vez fue ella quien comenzó pidiendo perdón por el precipitado cambio de hora:

—Le pido disculpas por no haberlo llamado personalmente al móvil para advertírselo, teniente. Me veo obligada a viajar a Madrid por un imprevisto y la noticia me ha pillado sin la agenda a mano.

—No se preocupe, me han pasado el aviso de comandancia de inmediato. Lo que sí lamento es no poder contarle ya sobre el partido, Por Asturies. Nos reunimos en un rato con su presidente.

Y es que esa era una de las dos líneas de investigación que iban a manejar y que Peña le expuso de forma suavizada. Con la misma delicadeza casi con la que se daría a alguien una mala noticia. Porque, a criterio del propio Peña, las dos posibilidades, sin descartar otras, eran enrevesadas. A juzgar por la cara que puso la jueza Amaya, hubiera jurado que así se las tomó, como malas noticias. Organizaciones, leyendas, políticos, rituales...; el panorama era bastante desolador.

Peña puso al día, con cautela pero sin reservas, a su señoría de lo que tenían y le expuso clara y abiertamente cuanto necesitaban. Lo llevaba apuntado en una lista con guiones en su libreta para que no se le olvidara nada. Y no supo si porque ella tenía prisa o porque era una suerte de jueza, se lo concedió todo, incluso lo que hasta entonces les había negado: el teléfono del Golondru y también el de la viuda, y el registro de llamadas de ambos durante la semana anterior a la desaparición de Braña.

La verdad es que lo despidió precipitadamente, casi lo invitó a ir terminando. Ahí fue cuando Peña se decantó más por lo de la prisa. Y sobre la sensación del primer día en que su señoría le podía recordar a cualquiera de sus hijas, tuvo ahora claro que era más a la pequeña, que actuaba con la misma premura y productividad cuando tenía algo pendiente que le interesaba más que lo que estaba haciendo.

Con todo, Peña no podía decir que no lo hubiera atendido bien, ni mucho menos que no le hubiera proporcionado lo que requería, con lo que el segundo encuentro con ella había sido de nuevo bueno y esta vez, además, breve. Amaya estaba cumpliendo con su palabra.

Tampoco podía dejar de agradecer el detalle que aún tuvo con él cuando salía del despacho:

—Teniente, no quiero meterme en su trabajo ni mucho menos decirle lo que han de hacer, pero mañana es viernes; si lo tienen todo encauzado, podrían bajar a ver a su familia y pasar en casa el fin de semana. Se le ve cansado —sugirió.

—Es el calor, que no lo llevo bien. Y no me diga que debería estar acostumbrado, por favor —bromeó.

—No iba a hacerlo —respondió a la broma—. Y sí que hace. Ha llegado de golpe y nos tiene a todos a medio gas.

—Gracias, señoría, valoraré su propuesta. Que tenga buen viaje —respondió Peña, que hasta entonces no había pensado en la posibilidad de ofrecer a sus chicos bajar a casa. Centrado en la investigación como estaba, ni siquiera se había planteado liberar a Rubio para visitar a su mujer, que estaba a punto de dar a luz, ni él mismo había pensado en bajar a ver a su nieta recién nacida.

Su chófer favorito lo estaba esperando puntual en la puerta de los juzgados para devolverlo a la comandancia.

—Hola, Cava. Gracias por recogerme. ¿Cómo os ha ido?

—Bien, seguimos con el archivo y la documentación y en un rato me voy con León a Trasgu a ver a los guardias. Ya nos hemos asegurado de que están de turno —lo puso al día el cabo Cava—. ¿Qué tal con la jueza?

—¿Sabes eso de que los jueces deciden según se les informa? —se anotó el tanto.

—¡Sí, señor! Ese es mi jefe, ¡si es que eres un caimán de los buenos! ¿Te lo ha dado todo, entonces?

—Todo. Vamos a comer algo rápido antes de volver a la comandancia. Quiero informarme sobre el partido ese al que pertenecía Amador Braña antes de ver a su presidente.

Fernando Arruñana, el presidente de Por Asturies, llegó casi media hora tarde a la cita con el teniente Peña y el sargento Rubio en la comandancia de Oviedo, cosa que no sorprendió a los guardias viniendo de un político, aunque a Peña le chocó dada la gravedad del asunto que los ocupaba. Había confirmado que Arruñana no ocupaba ningún cargo público en el Ayuntamiento de Trasgu y fue lo primero que le preguntó.

—Así es. El alcalde de Trasgu, al igual que casi toda la Corporación, pertenece a otro partido, bastante más conservador, pero si están gobernando en el *conceyu* es porque les dimos nuestro apoyo. Como parte del acuerdo tuvieron que concedernos algunas concejalías y la de Urbanismo y Vivienda recayó en Amador, que es amigo personal del alcalde, por cierto, a pesar de lo enfrentado de sus ideales —explicó Arruñana.

—¿Y cómo es la relación entre ustedes y el partido que gobierna? —preguntó Rubio.

—Pues la normal en estos casos. Amador se ha llevado siempre bien con ellos, ya le digo que es amigo de Gaspar, el alcalde. No es que sean íntimos, pero se conocen desde pequeños, como casi todos aquí. A veces chocamos, claro, pero no puede decirse que la relación sea mala.

—Señor Arruñana, como estoy seguro de que es usted un hombre ocupado y no es nuestra intención robarle más tiempo del necesario —introdujo Peña ceremonialmente—, se lo voy a preguntar directamente: ¿cree usted que la muerte de Amador Braña pudo tener alguna relación con su actividad política?

—La verdad, teniente, es que no tengo razones para pensar eso. Pero, si le soy sincero, no tengo argumentos para relacionar su asesinato con ninguna otra razón tampoco.

—Entiendo que dice «asesinato» de manera genérica. Hasta ahora no tenemos ningún dato que indique que es así —aclaró Rubio.

—He dado por hecho que lo han asesinado, disculpen si no me he expresado bien —se excusó.

—¿Cuándo supo de la noticia? —retomó Peña.

—¿De cuál? —Ahora Arruñana estaba a la defensiva.

—Se lo preguntaré de otra manera. ¿Qué fue lo primero que supo con relación a Amador Braña el fin de semana del veintinueve de julio? —reformuló el teniente.

—El domingo por la mañana salí a correr temprano, como de costumbre. Cuando hago deporte no llevo el móvil encima; tengo un reloj con GPS que permite hacer llamadas de emergencia y con eso me apaño; ya sabe, por si me ocurriera algo —explicó—. Cuando llegué a casa tenía varias perdidas de Mela, me extrañó por la hora. Le devolví la llamada y me preguntó por Amador, que si estaba conmigo.

—¿Entraba dentro de lo posible que el señor Braña pudiera estar con usted un domingo temprano? —quiso saber Rubio.

—Algunos domingos quedábamos para hacer algo. Salir a remar, casi siempre, aunque no es algo que hagamos más que unas cuantas veces al año. La verdad es que me pareció raro.

—¿Tiene usted relación con su mujer?

—Antes más. Mela es muy amiga de mi exmujer, solíamos salir los cuatro, pero desde que me separé coincido poco con ella. Digamos que Mela se posicionó del otro lado, ya saben a lo que me refiero, supongo.

—Nos hacemos una idea —respondió Peña, que no estaba interesado en seguir por ahí—. Entonces, ¿Mela le dijo que su marido estaba desaparecido o no? No me queda claro.

—Teniente, ¿está intentando pillarme o algo? Si es así, pierde el tiempo.

—Señor Arruñana, no es mi intención incomodarlo ni tenemos nada contra usted, por el momento. Entienda que le hacemos estas preguntas para confirmar la información que manejamos. Nos interesa su versión. Dígame, por favor, ¿le informó Mela de que su marido estaba desaparecido?

—No, solo me preguntó si estaba conmigo o si lo había visto. Que estaba llamándolo por una cosa importante y no conseguía localizarlo. No es que le diera demasiada importancia a su llamada, pero me dejó mosca, como les he comentado. Le pregunté si le ocurría algo o si podía ayudarla. Me respondió que no, que si veía a Amador le hiciera saber que lo estaba buscando.

—¿Y qué fue lo siguiente que supo? —indagó Rubio para hacerlo avanzar.

—Más tarde, bastante más tarde, había terminado de almorzar, me llamaron los guardias del puesto y me contaron que Mela había denunciado la desaparición de Amador. Ahí ya me preocupé de verdad. Llamé a Gaspar, el alcalde, que ya lo sabía también por los guardias, y quedamos para ir a casa de Amador y Mela, pero cuando llegamos ella no estaba allí; solo su hermana con el crío —explicó.

—Y entonces ¿qué hicieron? ¿Salieron a buscarlo?

—Volvimos a hablar con los guardias y nos pusimos a dar una vuelta por el pueblo y a echar un vistazo discretamente. Aunque tampoco llegábamos a estar seguros de que aquello no fuera una escapada de Amador, o eso queríamos pensar.

—¿Y eso? ¿Era habitual en él pegarse escapadas? —siguió preguntando Rubio.

—La verdad es que no, que yo supiera, pero tampoco es que estuviera muy al tanto de todo lo que hacía ni que Amador fuera mi mejor amigo.

—Y de los asuntos profesionales relacionados con su actividad política, ¿estaba al tanto? —preguntó Peña.

—Algo más, sí. Tengan en cuenta que es habitual que nos reunamos antes de los plenos en los que hay votaciones importantes para decidir nuestra posición. Amador era uno de los mayores vínculos de Por Asturies con la corporación municipal y solía mantenernos informados —reconoció Arruñana.

—¿Algún asunto destacable?

—Sobre todo el tema del nuevo Plan General de Ordenación, que se ha estado discutiendo durante más de dos años y le ha traído más de un dolor de cabeza; de hecho, se había planteado dejarlo. Pero hace unos meses se aprobó y la cosa estaba más tranquila.

—¿Y sabe si quedaba algún fleco suelto de eso? ¿Algo que no se hubiera resuelto?

—No, que yo sepa —afirmó.

—De acuerdo —resolvió el teniente—. Una cosa más. ¿Sabe usted si Braña había hecho nuevos amigos últimamente o si pertenecía a algún tipo de asociación? ¿Si tenía nuevas aficiones?

—Pues no sabría decirle. Era frecuente en él que quedara con gente para hacer deporte: ciclismo, pesca...; lo típico por aquí. Ya les he dicho que no estaba al tanto de su día a día.

—Muy bien, es todo por ahora. Muchas gracias por su ayuda, lo llamaremos si necesitamos volver a hablar con usted. —Peña dio por finalizada la reunión.

De modo que el encuentro con el presidente del partido, como ya esperaba, le había dejado nuevos hilos de los que tirar. Lo del plan de ordenación urbanística no era poca cosa. Se hacía una idea de los conflictos que un asunto como ese puede ocasionar en cualquier municipio. Pero no era el hallazgo del día que más preocupaba a Peña; seguía dándole vueltas a lo que les había revelado Sara, la bióloga casi ecologista que, además, lo obligaba a poner la cuestión en conocimiento de su jefe, por si consideraba oportuno incorporar a la investigación a la unidad especializada en delincuencia organizada. La sola idea no le gustaba, sabía que lo complicaría todo y que igual acababa en nada; o no. Sabía también que era su obligación informarle, cosa que no le apetecía. «Los malos tragos, cuanto antes mejor», se dijo, y afrontó el primero. Buscó el contacto del coronel en su agenda y le hizo un resumen.

Cuando terminó con su superior, tenía que haber encarado el segundo, el que llevaba retrasando intencionadamente o no todo el día, pero no pudo. Y no se sentía orgulloso de andar evitando la situación con su madre, a pesar de la preocupación que le había transmitido Clara en su mensaje, en el que le decía que no la había visto bien. Con sus compañeros, enfrascado en el trabajo y desde la ventaja que le otorgaba ser el jefe, conseguía casi no pensar en todo lo que no fuera el caso, pero con su madre se sentía desarmado. Aunque fuera ya casi un viejo, no había aprendido a lidiar con sus preguntas incómodas.

13
LA MATRACA

Peña comenzó la reunión matinal del viernes con su equipo anunciando que tenían novedades, informaciones que apuntaban en distintas direcciones y que, sin ser concluyentes, podían ser el principio de algo. Lo hizo sonriente, seguramente por la motivación de saber que tenía buen material. O igual era porque ya había decidido que ese fin de semana lo pasarían en casa, aunque aún no lo había anunciado.

Antes de entrar en detalles quiso que cada uno informara de lo que tuviera, sin muchas esperanzas de que alguno llevara algo especialmente relevante, ya que ninguno había marcado su número desde el día anterior para darle noticias. En un arrebato de ego y de superioridad, o quizá de modestia, no lo sabía ni él, optó por dejar que sus chicos hablaran para no eclipsarlos con sus aportaciones.

Cava, en representación del tándem que formaba con León, puso a todos al tanto de la visita a los compañeros del puesto de Trasgu. Los guardias habían ratificado la versión de la viuda acerca del día en que se denunció la desaparición. Lo estuvieron buscando sin hacer mucho ruido hasta que cayó la noche, cuando tuvieron que suspender las labores de búsqueda, que hasta ese momento se habían llevado a cabo casi de modo aficionado.

—Lo que no han sabido justificar muy bien es la falta de detalles. Cuando les hicimos saber que nos extrañaba que no se hubieran reflejado en la denuncia las referencias a la vestimenta del desaparecido, por ejemplo, acabaron reconociendo que quizá no le formularon a la mujer todas las preguntas que debieron —explicaba el cabo primero—. A mí lo que me da es que no le hicieron mucho caso, la verdad, y que no se esperaban que la cosa fuera tan seria como terminó siendo.

—¿Os dijeron algo sobre la víctima? —preguntó Peña—. Según tenemos entendido, se conocían de sobra.

—Están más afectados que otra cosa. Y, como te digo, se sienten un poco culpables.

—¿Eso te lo dijeron ellos o lo has interpretado tú? —le preguntó ahora Rubio, sabedor de la costumbre de Cava de desarrollar sus propias teorías.

—Es una interpretación del cabo primero, sargento —intervino León—, basada en comentarios como que no se les pasaba por la cabeza que a Amador Braña le hubiera podido ocurrir algo así, que nunca pensaron que aquello pudiera tener tan mal final, que no dejan de pensar si podrían haber hecho algo más, y otros en esa línea.

—Bien —retomó Peña—, la verdad, en todo caso, es que no hubieran podido evitar el desenlace. Ahora sabemos que Amador Braña ya estaba muerto cuando ellos supieron de su desaparición. Sigamos. ¿Qué habéis averiguado del instrumento?

La guardia sacó de su bolso un artilugio de madera en forma de ele. Agarrado por el mango, lo levantó y lo hizo girar. El choque del tablero de madera con los mazos comenzó a emitir un sonido grave, acompasado y repetitivo.

—Es molesto, ¿verdad? De aquí viene la expresión «dar la matraca». Esta la hemos comprado en una tienda de recuerdos del mismo Trasgu donde venden todo tipo de objetos hechos de madera, pero al parecer se puede encontrar por toda Asturias. —León pasó el objeto a sus compañeros para que lo examinaran.

—Sí, desde hace unos años se han puesto de moda por aquí esas tiendas de artesanía —apunto Sanchís.

—Uso real en la actualidad no tiene demasiado. Algunos pastores y agricultores lo utilizan aún para espantar a los pájaros, poco más. En algunas regiones de Europa se utilizaba en el Medievo para acompañar trabajos, como la pisa de la uva —exponía León con su tono de profesora de Historia al que los demás ya se habían acostumbrado.

—Y luego está lo otro. —Cava apremiaba a su compañera para que se centrara.

—A eso iba. Luego está, como bien apunta el compañero, el uso religioso —dijo recuperando el aparato y haciéndolo sonar de nuevo—. La matraca se hace sonar en algunos lugares en Semana Santa, concretamente Jueves y Viernes Santo. Su sonido representa el luto por la muerte de Jesucristo.

—¿Luto? Lo que dijo el guardia de Proaza es que la gente se había metido en casa como si hubiera sonado la matraca, ¿o me estoy perdiendo? —La pregunta se la dirigía ahora Rubio a León.

—Deja terminar a la seño, por favor. No te adelantes —se inmiscuyó de nuevo Cava, con sorna.

—Así es, sargento, señal de luto, pero hay otra cosa, más íntimamente ligada a la tradición local. No hemos localizado ningún documento histórico ni oficial que lo ratifique, por supuesto, pero sí escritos, poco científicos o alternativos podríamos decir, que hablan del uso de la matraca como señal de alerta a la población para que se resguarde ante una inminente desgracia.

—Hay escritos que hablan literalmente de personas que desaparecieron para siempre después de una noche de sonidos estridentes —apuntó Cava con voz misteriosa—. Claro que son libros de brujería.

—¿Y dónde habéis encontrado esos libros? —preguntó Peña.

—En La Coruxa, una especie de tienda esotérica del centro; tienen una buena sección de librería de ciencias ocultas y mitología. En su catálogo cuentan con una enciclopedia en la que se habla de la matraca en los términos que os hemos expuesto. Muy simpática la dueña, por cierto —añadió León.

—Entiendo que esto os pueda sonar poco serio —intervino Soto—, a mí me costó asimilarlo al principio, pero estamos en una tierra con raíces bien arraigadas de tradición mitológica y casi paranormal. Que parezca una leyenda no quiere decir que no sea importante, según para quien.

—Descuida, Soto, a estas alturas yo ya no descarto nada por oscuro o anormal que parezca —respondió Peña.

Peña, que estaba ante un caso de los que llamaba «bípedos», denominación que usaba para los asuntos que presentaban caminos tan contrapuestos que volvían loco al investigador más experimentado, se quedó en estado de trance por unos segundos. De un lado, tenía lo que se ponía en ese momento sobre la mesa de trabajo: una suerte de leyendas y cuentos que los obligaban a escarbar en los rincones más profundos de la magia y la superstición. De otro, la más cruel realidad de nuestros tiempos: un buen puñado de motivaciones políticas que, como casi siempre, apuntaban a otras razones que solían tener más peso en las acciones y decisiones del ser humano, las del poder y el dinero. Y en esa disyuntiva no descartaba que la receta de la solución fuera la mezcla de ingredientes de ambos. Desde luego, los dos eran, a su juicio, capaces de despertar en un individuo preocupado, al límite o simplemente confundido, los instintos de la mala idea.

—Vamos con algo más empírico. A fin de cuentas, cuando tengamos un culpable necesitaremos pruebas de que lo sea, como ya sabéis —dijo obligándose a salir del trance—. Espero que el nuestro tenga forma corpórea y se haya dejado grabar. ¿Qué hay de las cámaras? —dirigió la pregunta a Velázquez.

El guardia se levantó y desplegó sobre la pizarra magnética un mapa tamaño cartel y vista satélite en el que se veían los alrededores y la aldea en la que vivía Braña. Sobre él, había pintado la ubicación de todas las cámaras que ya había localizado.

—La tecnología... —dijo como respuesta a los comentarios de sorpresa de los presentes—. Esta maravilla la he sacado del mapa de internet, claro. Me lo han impreso en una copistería especializada de aquí cerca y, por cierto, teniente, no ha sido barato; tengo que pasarte la factura. Los puntos rojos son las cámaras que hemos localizado; los que están rodeados de un círculo verde son aquellas de las que ya tenemos imágenes o están de camino. Que nos las dan sin problema, vaya. Si os parece, os cuento.

—Somos todo oídos —apremió Peña.

—Nos situamos en casa de Braña. —Velázquez los ubicó posando el dedo sobre el punto que correspondía a la vivienda del edil—. Tenemos una primera cámara situada dos chalés a su derecha. El propietario ha accedido a facilitarnos las imágenes y ya las ha solicitado a la empresa de seguridad. Lo bueno de esta es que Braña tuvo que pasar por ahí fuera cual fuera la dirección que tomara. Salvo que saliera campo a través como una liebre, tuvo que entrar en el ángulo de la cámara que graba la entrada de la casa de los vecinos. Un casoplón, por cierto. ¿Sigues tú, compañera?

—Bien. Hay una segunda cámara, y no hay más hasta la carretera —tomó el relevo Sanchís—, que nos lleva a suponer que Braña salió del pueblo por la carretera comarcal.

Se sitúa en lo que podemos llamar el centro de la aldea, en el *parking* del restaurante. De esta ya hemos visto las imágenes. Coincidiendo más o menos con la hora en la que, según su mujer, salió de casa, quedó registrado el paso de un vehículo por delante del establecimiento. —Valiéndose de una tableta, enseñó las imágenes congeladas de la grabación en las que se veía el lateral del coche—. Aún había poca luz y no se distingue la matrícula; la cámara enfoca al aparcamiento y no a la carretera. Se trata de un todoterreno oscuro, un modelo más o menos moderno, y en su interior iban al menos conductor y copiloto. De los asientos traseros no se ve nada, parece tener lunas tintadas.

—No nos ha dado tiempo a afinar más, pero estamos en ello; ayer mismo enviamos las imágenes a Madrid. Desde ahí hasta la comarcal no hay más cámaras —volvió a hablar Velázquez— y una vez allí pudo tomar dos direcciones, bien hacia Trasgu o bien hacia Llanes. Nos queda ponernos a fondo con la segunda opción. Si optamos por la primera, que el concejal se dirigiera hacia la capital de su *conceyu*, tenemos el siguiente ojo avizor en la gasolinera de la entrada. Ayer estuvimos allí y nos enseñaron la cámara en tiempo real. Lo bueno es que si el coche pasó por ese sitio la cámara tuvo que captarlo; lo malo, que los empleados de la gasolinera tenían que elevar la consulta a la gerencia y esta nos responderá. A menos que vayamos con una orden y aligeremos el trámite.

—No creo que sea necesario, habrá que meterles prisa —intervino Peña—. Por cierto, hablando de órdenes, aprovecho para deciros que su señoría accedió ayer a nuestras peticiones. Ya tengo en el correo las autorizaciones para los teléfonos de la viuda y del Golondru.

—¿Ha accedido a intervenir las comunicaciones? —se extrañó Soto.

—Eso de momento no se lo he pedido, por prudencia. Vamos a asegurarnos de que sea necesario con lo que tenemos —matizó Peña—. ¿Algo más con las cámaras?

—¿Te parece poco? —preguntó Velázquez por respuesta.

—Desde luego que no, terminad con eso y cubrid también las otras direcciones.

—¿Me está subestimando, teniente? —bromeó—. Había una tercera opción, que saliera por el intento de carretera que va de la aldea hacia el río a través de un polígono industrial, ¿recuerdas? —continuó señalando la ruta en el mapa—. Pues el pequeño polígono tiene una calle central. La lógica dice que es la que cogería cualquiera para atravesarlo fuera cual fuera su dirección. En esa calle hay varias cámaras de seguridad en las naves, pero solo nos ha hecho falta ver dos.

—¿Y bien?

—En las dos se ve pasar el coche de Braña. Y lo mejor, volver al cabo de unos minutos sobre sus rodaduras.

—¿No jodas? —preguntó emocionado Rubio.

—No jodo, te doy una alegría. A las seis y veintiocho minutos de la madrugada el coche de Braña —dijo mostrando otra captura de imagen— pasa por delante de la primera nave, se le ve claramente gracias a la luz de las farolas; siete minutos después, seis y treinta y cinco, vuelve a pasar en sentido contrario en dirección de nuevo a la aldea.

—Hemos seguido viendo las imágenes hasta las dos horas siguientes —apoyó Sanchís a su reciente compañero con el relato.

—Pensando que el concejal hubiera olvidado algo o hubiera vuelto para comprobar que había cerrado bien la puerta, o yo qué cojones sé —apuntó esta vez Velázquez.

—Bueno, pensamos que podía haberse dado alguna de las circunstancias que apunta el compañero y quizá volvía a aparecer, pero no. Ni él, ni ningún otro vehículo en el que se le viera dentro, y ya os ha dicho Velázquez que estaba bien iluminado.

—¿No pasaron más vehículos? —preguntó Peña.

—Alguno más a partir de las siete, pero ya os digo que si Braña pasó por ahí en esas dos horas tuvo que hacerlo dentro de un maletero o en la única moto que se grabó camuflado con el casco. Lo que sí sabemos —confirmó Velázquez— es que la primera vez llegó, como poco, casi al final de la calle, ya que la segunda cámara que hemos visto, que es de una de las últimas naves, también lo grabó pasar. En esa hay menos luz; la suficiente para dejarnos ver que se trata de su coche. Iba solo, por cierto.

—Has dicho que pasó y volvió, no sabemos el motivo, pero algo le ocurrió o algo recordó que lo hizo volver. Quizá una llamada, ¿no? —iba hilando Soto, que había permanecido los últimos minutos en silencio consultando sus notas—. Recordad que el teléfono de Braña recibió dos llamadas del mismo número sobre esa hora, de un teléfono que no está registrado. Acabo de consultar la hora exacta en la que se produjeron: las seis y treinta y uno, y las seis y treinta y dos. ¿Qué se tarda en recorrer esa calle?

—Nada, un minuto. Menos.

—La primera llamada duró solo dos segundos, quizá se cortó o colgó, lo llamaron de nuevo. Esa duró algo más, cuarenta y tres segundos. Tuvo tiempo de dar la vuelta y volver a pasar por ahí a y treinta y cinco.

—Estoy contigo, Soto —apoyó Rubio—. Eso concuerda también con lo que dice la viuda: que dio por hecho que su marido se había marchado en su coche porque recuerda haber oído el sonido, pero que no fue así porque después el coche estaba allí. Quizá lo llamaron, regresó a casa, aparcó y alguien lo recogió. La mujer, que estaba aún en la cama, seguramente entre sueños y desvelos, no oyó volver a su marido a dejar el coche. O quizá fue ahí cuando lo oyó. Pero la cosa es que esto confirma que Braña arrancó el motor y salió con su propio vehículo, como nos dijo.

—Cuadra, cuadra del todo —afirmó Peña satisfecho—. ¿A qué hora pasó el todoterreno por delante del restaurante?

—Las seis y cincuenta y dos. Sigue cuadrando —opinó Velázquez.

—Vale, tenéis que revisar las cámaras del polígono otra vez, buscad cualquier vehículo en torno a esa misma hora y un poco después susceptible de llevar a Braña en su interior. Sé que lo habéis hecho, pero volved a hacerlo; hay que asegurarse. Porque lo que parece es que Braña salió de la aldea en ese todoterreno con alguien más finalmente por la salida de la comarcal. A ver si conseguimos afinar cuántos eran y a ver si podemos confirmarlo con las cámaras de la gasolinera de la entrada de Trasgu.

—De acuerdo, teniente —acató Sanchís.

—Chavales, esto es lo que parece, pero hay que trabajar como si no lo pareciera. Mirad con los ojos igual de abiertos todas las posibilidades, ¿oído?

—Alto y claro —dijo Velázquez.

—Y una cosa más a los dos: muy buen trabajo, felicidades. ¿Cómo os ha dado lugar a tanto en tan poco tiempo?

—De lo que uno es capaz cuando trabaja en buena compañía, teniente —bromeó Velázquez.

La ocurrencia del guardia consiguió romper la tensión y arrancar alguna risa en el grupo que, en ese momento, se debatía entre la concentración y la adrenalina ante lo que parecían ser las hipótesis más plausibles que habían conseguido formular desde que iniciaron la investigación. No estaba mal para ser viernes.

—Vamos a ir acabando. Ya os he dicho que tenemos la

orden para los teléfonos y eso incluye requisar los aparatos y trastearlos, vaya que hayan borrado algo que nos pueda interesar. Como Rubio y yo nos hemos hecho amigos del pescador y no queremos enturbiar esa bonita relación por lo que podamos necesitar, Cava y Sanchís vais a llegaros a recogérselo. No hace falta que os diga que no hay que avisarlo. Tú sabrás dónde encontrarlo.

—¿Y si está de pesca, teniente? —preguntó la cabo primero.

—Si está de pesca, lo esperáis discretamente. Recemos porque no sea hoy el día en que se lo lleve una mala ola. A por el de Mela, la mujer de Braña, sí vamos a ir nosotros personalmente, Rubio, en cuanto acabemos aquí.

—Vale, y de paso le echamos un vistazo al jardín.

—Hay otra cosa, Soto, que quiero que tú coordines. Ayer Fernando Arruñana, el presidente del partido de Braña, mencionó el plan de ordenación urbana que, al parecer, ha traído gresca en la zona durante una buena temporada. Según dijo, nuestro hombre ha estado más de dos años batallando con eso.

—Entiendo.

—Investigadlo, a ver qué averiguáis.

Peña dio por concluida la reunión sin decir nada de los conjuros de tejos que le había apuntado la bióloga. Y no porque quisiera ocultarlo ante los que aún no sabían de esos detalles, sino porque había resultado que su gente le había llevado material del bueno, mucho mejor que el suyo, y porque tampoco necesitaban todos contaminarse con esos datos para avanzar cada uno en sus tareas. Era una de las cosas que mejor se le daban en su papel de jefe de la unidad: controlar los tiempos y la información. Qué es, si no, el poder.

—Por cierto, esta tarde yo me bajo a Madrid —anunció dando por buena la sugerencia de la jueza—. Rubio, León y

Cava, si os parece, también. Descansamos un par de días y nos volvemos el domingo a media tarde. Velázquez, tú, que acabas de llegar, quédate y sigue con las cámaras. Soto, te pones también con los teléfonos en cuanto los tengamos. Venga, a trabajar todo el mundo —ordenó, una vez terminado el reparto de tareas—. Y ya sabéis, mucho cuidado con los vivos, que nunca se sabe con ellos.

Se quedó unos minutos rezagado en la oficina ordenando y recogiendo sus papeles, viendo salir de la sala al resto. Fueron solo unos instantes en los que se sintió envejecer años. Reuniones como aquellas, en las que su equipo dejaba ver la brillantez y el saber hacer que atesoraba, le hacían pensar que ya no lo necesitaban como antes y, a pesar del respeto y de la admiración que le demostraban, estaba cada día más cerca de convencerse de que podían resolver el más difícil de los casos sin él. No es que eso lo molestara ni le hiciera sentirse eclipsado; había contribuido lo que había podido, o eso creía, a que crecieran y evolucionaran, pero ya se les veía de lejos que contaban con la destreza y la intuición necesarias para caminar con paso firme. Y, además, poseían las capacidades y los recursos innatos de nueva generación de los que él y su mente tipográfica nunca podrían presumir. Pero que se sintiera viejo no significaba, desde luego, que el teniente Juan Peña no tuviera aún mucho que decir y no fuera a dejarse la piel en el caso Braña; el que con bastante probabilidad podría ser uno de los últimos asuntos importantes de su vida en activo como investigador de homicidios.

14
TRANSGÉNESIS

—¿Cómo crees que se va a tomar que nos llevemos el teléfono? —le daba conversación Rubio de camino a la que ya era la casa de la familia de Amador Braña, mientras conducía.

—Mal, supongo. Por eso no le vamos a decir nada del móvil hasta el final. Tenemos que averiguar qué significa el árbol. A ver si conseguimos que esta vez nos atienda en el jardín.

Esa mañana fue Mela quien les abrió la puerta. Encontraron a la viuda de Braña algo más animada que en la anterior visita, vestida con ropa de estar faenando en casa, con la melena oscura recogida en un roete y zapatillas de deporte.

—Teniente, ¡qué sorpresa! No los esperaba.

—Buenos días, Mela, disculpe que nos presentemos sin avisar, ¿es mal momento?

—No, bueno —dudó—, supongo que no. Pasen. Estaba haciendo limpieza, ordenando y almacenando cosas de Amador. Mi hijo no deja de preguntar por él. La psicóloga me ha recomendado que guarde algunas cosas suyas para que no le recuerde toda la casa, a cada instante, la ausencia de su padre —dijo apartando apresuradamente los tiestos que inundaban la sala para hacer hueco a la visita.

—No se preocupe —intervino Rubio—, no vamos a robarle demasiado tiempo. Aunque le agradecería mucho un vaso de agua, si no es molestia. Con esta humedad, estoy desfallecido.

—Cómo no. ¿Quieren un café? —El sargento había conseguido el primer objetivo.

—Pues me haría un hombre, pero nos da apuro molestarla, con la que tiene aquí montada —bromeó Rubio.

—No es molestia; siéntense, no tardo nada.

—¿Le importa si nos sentamos fuera, que nos dé el aire?

—Claro, donde quieran. —Mela se retiró a preparar el café.

—Eres un crac —le reconoció Peña en un susurro.

Mela, antes también Braña, tenía dispuesta una mesa con sillas de exterior en el acogedor cenador que ocupaba la zona del jardín más próxima a la casa. También tenían una pequeña piscina, inundada con hinchables y juguetes del crío. Los guardias se sentaron intencionadamente en las dos sillas que daban la espalda a la casa y la vista al jardín. Ella tardó unos pocos minutos en salir con una bandeja bien preparada con una cafetera, unos vasos con hielo y unos dulces.

—Gracias, es muy amable, no hacía falta que se molestase tanto —quiso justificarse ahora el sargento.

—Ya le he dicho que no es molestia. Son de almendra, me los ha traído una vecina esta mañana. Vive aquí al lado. Me ha dicho que les han pedido las cámaras de su casa.

—Así es —reconoció Peña—. Estamos haciendo cuanto está en nuestra mano para averiguar qué le ocurrió a su marido, pero aún no contamos con esas imágenes. ¿Cómo lo está asimilando el crío? Me ha parecido entender que está siguiendo terapia.

—Lo he llevado un par de días a una psicóloga infantil que me han recomendado. La verdad es que me tiene muy sorprendida, pero me da miedo que esto le acarree un trauma en el futuro si no se trata a tiempo. Es un niño maravilloso, debo seguir adelante por él y hacer todo lo que pueda por protegerlo.

—Cómo no, y también debe cuidarse usted.

—Desde luego, he de pensar también en el que viene en camino. Creo que eso me está dando fuerzas.

—¿No está en casa su hijo? —preguntó Rubio.

—Está en clase de remo, es su primer día. Con lo que ha pasado, se ha perdido las primeras clases. No creo que remen mucho, jugarán más que nada; son muy pequeños. Su padre tendría que haberlo acompañado a esas clases, estaba muy ilusionado. —Sonrió triste removiendo su taza de café—. Mi cuñado está con él, el hermano de Amador. Ha conseguido convencerlo de que también se puede ir con abuelos o con tíos.

—¿Su cuñado ha vuelto de su viaje? —quiso saber Peña, que seguía queriendo hablar con él.

—Sí, volvió anoche muy tarde para estar hoy con mi hijo.

—Mela, disculpe que me meta donde no me llaman, ¿no le da miedo cultivar un tejo en el jardín con el crío correteando por aquí? —Peña usó tono de abuelo preocupado.

—No entraña ningún peligro, es transgénico. No es venenoso.

—¿De verdad? Pero ¿eso es posible? —le preguntó Rubio, escéptico.

—Claro que sí. A Amador le encantan los tejos; bueno, le encantaban —se corrigió—. Está desde antes de que Hugo naciera, pero teníamos planeado tener hijos y no podía ser un tejo puro. Le costó mucho conseguirlo. El día que lo plantó ahí organizó hasta una fiesta con sus amigos —volvió a sonreír, emocionada.

—Pues sí que debían de gustarle los tejos —apreció Peña, sin querer hacer notar la importancia de aquel comentario.

—Sí, mucho.

—Hablando de amigos, sería bueno que nos hiciera una

lista de los que crea que pudieron verlo en los días antes de su desaparición —le pidió Peña—. Todavía no hemos podido centrarnos en eso, solo hemos hablado con el presidente de su partido. Nos ha dicho que desde que se divorció se relacionaban menos. ¿Estuvo él en esa fiesta?

—No creo, me lo hubiera dicho su exmujer, pero no sabría decirle; yo no estuve.

—¡Uy! Yo no me perdería una fiesta en este jardín. A mis años, ya ve, me encantan las fiestas —mintió para quitarle hierro a la siguiente pregunta que iba a hacerle—. ¿Cómo es que no estuvo?

—Amador a veces era muy despistado. Olvidó que ese fin de semana yo bajaba a Madrid y le dio apuro cambiar la fecha con todo el mundo avisado. Así que me la perdí.

—Vaya, qué pena —dijo el teniente.

—Y entonces, si no es venenoso, ¿por qué está vallado? —siguió Rubio.

—Para enseñar a Hugo que no debe tocarlos. Amador decía que era mejor que supiera que podía ser peligroso y que no debíamos tocarlo, aunque ya le digo que este no tiene taxina.

—Muy inteligente —opinó el sargento.

Se habían terminado el café y las excusas de los guardias para seguir más tiempo en casa de Mela cuando a esta le sonó una notificación en el móvil, que se apresuró a consultar y que le sacó al instante una sonrisa.

—Miren, mi cuñado me ha enviado una foto de Hugo. Ya están en el río —dijo, mostrándoles el móvil.

Los dos guardias sonrieron e hicieron algún comentario sin importancia sobre la imagen. Y Peña asumió, como le correspondía, la parte difícil:

—Mela, hemos venido precisamente por el móvil. Verá, debemos asegurarnos de que tenemos controlado el registro de todas las comunicaciones de su marido en los últimos días. La jueza ha emitido una orden para que podamos ver su teléfono.

—¿Cómo? ¿Ha aparecido el teléfono de Amador?

—No, Mela, me refiero al suyo. Necesitamos que nos lo deje —dijo mostrándole la orden de la jueza.

—¿Me han pinchado el teléfono? ¿Qué piensan, teniente, que yo les estoy ocultando algo?

—Mela, por favor, no nos haga esto más difícil. Su teléfono no está intervenido, se lo prometo. Solo necesitamos confirmar su contenido.

—Pero, teniente, ¿cómo se atreven? Hay cosas personales en este móvil —respondió muy enfadada.

—La entiendo, lo siento —dijo Peña, sincero.

—Váyanse de mi casa.

—Mela, nuestros compañeros no van a indagar en sus cosas personales, se lo prometo, pero son muy buenos. Igual con algún archivo, con algo que le enviara, pueden llegar a saber dónde estuvo su marido, quién sabe.

—Teniente, le aseguro que si mi marido me hubiera enviado una dichosa ubicación ya se lo habría hecho saber. Ya tienen su ordenador, ¿de verdad es necesario que se entrometan de esta forma en mi intimidad? Además, ¡joder! —gritó, furiosa—, ¿con quién se cree que está hablando? No se puede localizar a alguien tan fácil con el teléfono de otro. ¿Cree que no sé cómo funcionan estas mierdas? ¡Soy ingeniera, coño!

—Tranquilícese, por favor, está embarazada; lo último que queremos es que le ocurra algo —trató de calmarla Rubio.

—Cállese, ya veo lo que les preocupaba eso hace un momento. Tomen el puto móvil y váyanse de mi casa. Déjenme al menos responder a mi cuñado para que no siga enviando fotos de mi hijo que va a ver Dios sabe quién.

—Claro, tómese el tiempo que necesite. De verdad que lo siento, se lo devolveremos lo antes posible —concedió Peña.

Mela estuvo un par de minutos hablando por mensajería delante de Peña y Rubio y les tendió el teléfono. Se levantó para que la siguieran y cuando les abrió la puerta de salida, les dijo:

—Un segundo. —Entró y salió de la cocina con un trozo de papel—. Aquí tienen el pin, no hace falta que manden una orden a Silicon Valley para desbloquearlo.

Los dos reflejaban en la cara la vergüenza que habían pasado. Peña se sentía ruin, no creía que la viuda de Braña ocultara nada, menos aún en el teléfono, y para él lo del móvil era un mero trámite. Un trámite, sin embargo, que no podía dejar de cumplir ante la improbable participación de Mela, de algún modo, en el homicidio de Amador Braña. No pensaba en absoluto que así fuera, pero había visto en muchas ocasiones como se pasaban por alto posibles evidencias ante la convicción de que no eran relevantes para el caso, y que terminaban en un «cómo es posible que se les pasara eso», «cómo puede ser que no lo investigaran», «cómo no se les ocurrió mirar ahí». Sabía que, a toro pasado, el castellano era rico y la crítica conocía de formulaciones infinitas, y él no quería ser objeto de ellas.

Lo bueno, a pesar del bochorno por el móvil que tenía que apremiarse en quitarse de la cabeza lo antes posible, era que habían cumplido el verdadero objetivo marcado esa mañana: lo que Mela les había contado de la fiesta del tejo era oro puro. Y descubrir quién estuvo allí, su nueva necesidad.

Camino de Oviedo, mientras Rubio conducía en silencio, hizo dos llamadas; la primera a Sara, la bióloga:

—Hola, Sara, soy el teniente Juan Peña, de la UCO. ¿Tienes un momento?

—Vaya, teniente, sí que ha tardado poco en llamarme —bromeó.

Una broma que lo hizo ruborizarse. Prefirió hacer como si no la hubiera oído.

—Perdona que abuse de tu generosidad, quiero preguntarte algo que podríamos averiguar por otros medios, pero sería más lento. Igual tú me lo puedes confirmar directamente y nos acortas el camino.

—Es viernes, hay que ser prácticos, puede ir al grano. Dígame, ¿cuál es la pregunta?

Parecía que Sara podía presumir de esa característica que admiraba en las mujeres listas de su generación: la eficiencia. Tan acostumbrado como estaba a las formalidades, le resultó un alivio que lo liberara de los preámbulos; y que en menos de un minuto la chica le confirmara que efectivamente la manipulación transgénica podía dar lugar a un tejo sin taxina. Aun así, como él seguía siendo un clásico, se despidió de ella agradeciéndole no solo la información, sino también su disposición.

A continuación, encaró la segunda llamada, que sí requería de mayor formalismo, casi de un ritual repetitivo y aburrido que se sabía de memoria. Llamó a su jefe y le pidió, le rogó, casi le imploró, que ejerciera toda la presión que estuviera en su mano para que los de Informática encontraran la forma de acceder al ordenador de Braña y localizaran en su correo electrónico cualquier cosa sobre la fiesta del tejo. Su jefe, que, a pesar de su mal carácter y su insistencia, nunca lo defraudaba cuando le pedía ayuda, le dijo que lo dejara en su mano. Y también le dijo, para su alegría, que había decidido que los de Delincuencia Organizada de momento iban a trabajar desde fuera, que ya estaban indagando el asunto de los tejos, pero solo como apoyo.

—Confío en ti, Peña. Sé que vas por buen camino y algo

me dice que estás cerca. —No era habitual recibir del coronel ese tipo de piropos. Así que lo aceptó de buen grado, pero con prudencia y solidaridad:

—Gracias por su confianza en este equipo, mi coronel. Seguimos trabajando.

—Ha ido bien con el jefe, ¿no? —le preguntó Rubio.

—Todo lo bien que puede ir con él. Por cierto, tú también tienes que hacer una llamada. Avisa al hermano de Braña de que queremos hablar con él. Que esté localizable. En cuanto volvamos de Madrid, tienes tarea.

15

EL OJO DE HORUS

Acababan de rebasar los Montes de León, recién dejado atrás el verde del paisaje asturiano, y ya se estaba arrepintiendo de abandonar el terreno para bajar a Madrid. La aspereza del entorno castellano en aquel caluroso mediodía de agosto lo alejaba de la magia a la que había sucumbido para llegar casi a dar por bueno que los duendes y las meigas pudieran tener algo que ver en la muerte de Amador Braña y en su cuerpo envenenado y abandonado a su suerte bajo un tejo milenario.

La experiencia le decía que el descanso y la distancia servían al investigador para aclarar las ideas y ver meridiano lo que podía parecer una madeja sin cabo del que tirar. Pero lo que pedía su instinto ese fin de semana era quedarse en el ojo de un huracán que veía más activo que nunca. Sin embargo, fue responsable con su salud y cumplidor con su palabra y, tras depositar el móvil de la viuda de Braña en la comandancia, donde ya aguardaba el del Golondru que habían recogido Cava y Sanchís, se montó en el coche y se bajó a Madrid con Rubio y con León. El que faltaba del cuarteto había declinado la invitación y optado por quedarse en Asturias, ante un prometedor fin de semana de ciclismo con el brigada Soto como anfitrión, que iba a prestarle una de sus mejores bicicletas. Peña le alabó el gusto y le pidió que tuviera el móvil operativo por si necesitaba contactar con él ante alguna urgencia, ya que se quedaba, lo cual le venía muy bien.

Esa noche salió a cenar con Clara y hablaron de todo, menos del caso. Sí le contó los lugares en los que había estado en esos días, que le habían recordado sus viajes de novios con ella, hacía ya tantos años.

—¿Cómo lo llevas? —Clara no mencionó a su hermano; no hizo falta para que se entendieran, aunque Juan no atinó a responderle—. ¿Esas ojeras son solo por el caso? —insistió.

—Por todo un poco, pero tú no te preocupes; estoy bien. ¿O es que quieres que te cuente detalles de la investigación? —bromeó. Ella casi nunca quería saber más de lo necesario.

—No cambies de tema, anda, que nos conocemos. ¿Has ido? Tu madre no deja de insistir en que tienes que ir allí. Igual no es mala idea, cariño. Hay cosas que es mejor cerrar. Si no lo haces por ti, hazlo por ella.

—Ya veré. Por cierto, ¿me harías el favor de llamarla tú? —Ella ya lo había hecho.

Se fueron a la cama temprano, demasiado para lo que a Peña, en esos días de intensa actividad mental, le costaba enganchar el sueño. Se durmió antes de darse cuenta y, para su fortuna, la noche le cundió como solo lo hacen esas noches en las que uno recupera su cama. Se levantó nuevo, reparado. No llevaba ni una hora disfrutando de la compañía de su nieta en casa de su hija, cuando le sonó el móvil.

—Buenos días, teniente. Soy Mela.

—¡Mela, qué sorpresa! ¿Está bien? —Salió a la terraza para alejar la conversación de los oídos de su familia.

—Sí, gracias. Teniente, antes de nada, quiero decirle que sigo muy dolida con usted por lo de ayer. Aun así, le pido disculpas por las formas, no me gusta comportarme de esa manera. Ni debí hablarles a usted y a su compañero en ese tono.

—Mela, no tiene por qué disculparse. Hacemos nuestro

trabajo y eso incluye ponernos en su lugar y comprender su reacción.

—Teniente, no lo he llamado por eso. Escúcheme, por favor.

—Claro, dígame.

—Como pudo ver ayer, estoy poniendo orden en las cosas de Amador. —Peña no quiso interrumpirla—. He encontrado algo que no sé si puede servirles, pero me preguntaron por eso y casualmente he encontrado unas fotos. —Se quedó callada.

—¿Qué contienen esas fotos, Mela?

—Son de la fiesta, teniente.

—¿De la fiesta del tejo?

—Sí. No reconozco a nadie, salvo a Amador; tienen poca luz y están muy jóvenes. Y son, no sé, muy raras. Amador había decorado el jardín de una forma muy extravagante para esa fiesta. Nunca había visto esos objetos ni entiendo qué estaban haciendo; son muy extrañas —decía apresurada.

—Tranquila, enviaré a alguien a recogerlas.

—Ayer, cuando me preguntaron por ese tema, no le di importancia, ni se la he dado nunca, pero al ver las fotos...; es como si no fuera mi casa, ni él mi marido —reconoció.

—No sé si la estoy entendiendo bien.

—Teniente, igual estoy exagerando o teniendo visiones, pero, a juzgar por las fotos, aquella fiesta parecía una especie de ritual.

—De acuerdo. Quédese en casa, por favor. Voy a llamar a la comandancia y uno de mis compañeros pasará por allí lo antes posible.

—Teniente. Hay algo más. —Peña se quedó callado—. Quizá no está en mi móvil lo que buscan, sino en mi viejo ordenador —anunció con seguridad.

—¿Cómo dice?

—Ni siquiera recordaba que siguiéramos teniéndolo. Ha aparecido entre sus trastos y, al ver las fotos, lo he encendido por si había alguna más; era el que yo usaba en aquella época, al poco de vivir aquí, y Amador también lo usaba a veces. Al parecer lo seguía haciendo, tenía batería y hay archivos recientes. No he encontrado nada destacable, pero su correo electrónico está iniciado, el personal.

—¿El correo de su marido está abierto?

—Sí. No estoy al tanto del uso que le daba y no sé si lo tendría configurado, pero sé que cualquier usuario doméstico puede vincular su móvil al correo para localizarlo en caso de que lo pierda. Yo misma tengo vinculado el mío. Lo que me dijo ayer de localizarlo con mi móvil no tenía ningún sentido, pero esto sí puede tenerlo —le dijo, colaborativa.

—¿Está el móvil vinculado? ¿Lo ha comprobado?

—Teniente, estoy embarazada de ocho meses, ¿recuerda? No me he atrevido a mirarlo.

—Ha hecho usted muy bien —respondió Peña, comprensivo.

—Pueden venir a recogerlo, lo tengo enchufado. No necesitarán una orden para llevárselo —dijo metiendo el dedo en la herida de la vergüenza de Juan Peña—. Tengo que dejarle, estoy con mi hijo.

—De acuerdo. Muchas gracias por su colaboración. Le prometo que estoy de su lado. Espero que pueda entenderlo.

A Cava le sonó el móvil subiendo a los lagos de Covadonga, según le dijo medio asfixiado cuando le cogió el teléfono. Eso, y que había sabido que era él porque le había puesto un tono personalizado.

—Cava, tienes que ir a casa de Braña.

—¿Ahora? Pues como no vaya en bici... Tenemos el coche de Soto en Arriondas. No sé si te ubicas, pero hay un buen trecho.

—Lo antes posible, siento joderte el plan. Díselo a Soto. Tenéis que recoger unas fotos y un portátil. Lo lleváis todo directo a la comandancia y me avisáis en cuanto lo tengáis allí.

—Vale —dijo solamente, ante la determinación de su jefe.

—Cava, pueden ser pruebas decisivas. Máxima pericia, por favor.

—Descuida.

Colgó y llamó a Rubio:

—Tenemos que volver a Asturias —le dijo por saludo.

—¿Ya? No jodas. ¿Qué ha pasado?

—Que hoy me toca ser el reventador oficial de planes —ironizó—. Te lo contaré de camino. Avisa a León y recogedme en mi casa en un par de horas. Pídele perdón a tu mujer de mi parte.

No habían llegado a la altura de Tordesillas cuando Cava lo llamó para confirmarle que tenían el ordenador y un sobre cerrado que la mujer de Amador Braña les había entregado.

—Deben de ser las fotos.

—Esa sensación da. Pone: Para el teniente Peña —le explicó el cabo primero.

—¿Cómo lo habéis hecho tan rápido?

—No ha sido fácil, no creas. Soto llamó a Perla, que estaba en la playa con la familia. Nos ha recogido en un Patrol para que entraran las bicis y nos ha acercado a Trasgu y ahora a la comandancia. ¿Qué hago con esto?

—Joder, ¿queda alguien a quien fastidiarle el día? —dijo Peña, con la boca pequeña.

—¿Qué?

—Nada. El sobre. Escúchame. —Eso significaba que iba a darle instrucciones—. Son unas fotos de una especie de fiesta que hubo en casa de Braña. No me ha dado tiempo a poneros al día de todo, pero parece una historia relacionada con los tejos. La prioridad es tratar de identificar a los asistentes a esa fiesta. ¿Me entiendes?

—Joder... Vale, nos ponemos.

—Otra cosa. Si lográis ponerles nombre a los presentes, indagad también qué coche tienen y tenían en esa época. No sé exactamente cuándo fue, pero sí que se celebró con seguridad antes de que naciera el hijo de Braña y Mela, y tendrá unos cinco o seis años. Confírmalo y oriéntate por ahí.

—Okey. ¿Y el portátil?

—Es un viejo ordenador de Mela que, al parecer, seguía usando Braña. Se ha dado cuenta de que su correo está iniciado. Mira a ver si hay alguien puesto en informática por ahí que pueda comprobar si está vinculado con la localización de su teléfono. Eso es fácil, ¿no?

—Puede serlo, sí.

—Si veis que se complica, lo enviáis a los frikis; no quiero que toquemos más de la cuenta y la caguemos.

—Vale, vale, tranquilo.

—Ahora nos vemos, vamos de camino. Estaremos allí a la hora del café.

—Genial, traeos unos dulces —bromeó Cava.

En la oficina en la que trabajaban se respiraba cansancio acumulado cuando Peña llegó a la comandancia. Soto y Sanchís consultaban archivos, filiaciones y fichas de DNI como el que busca un bien preciado en el registro de objetos perdidos, más por no dejar de intentarlo que con esperanza de encontrar algo. Cava y Velázquez estaban con el portátil. A Peña le había costado acostumbrarse a esta nueva forma de trabajar. Tantas horas bajo techo siempre le daban sensación de pérdida de tiempo; seguía pensando que las respuestas casi siempre estaban en la calle. Eso, y que cada vez se le hacía más difícil argumentar cómo llegaban a las conclusiones por ese empeño de la tecnología en ser trascendental en los avances de las investigaciones.

Al llegar, había visto en su puesto al sargento Perla, que había interrumpido su jornada libre para prestar logística a sus compañeros y, aun en ausencia de Peña, se había mantenido sin inmiscuirse en donde no había sido invitado. Antes de decir nada, volvió a salir de la sala.

—Perla, te he jodido el día de descanso, ¿no?

—Si se le puede llamar descanso a eso, Peña. Playa, niños, familia política...; casi prefiero trabajar —bromeó.

—Aquí hace falta ayuda, ¿nos echas una mano? —Invitarlo a unirse al grupo era su forma de darle las gracias.

Volvió a entrar en la sala y se situó delante de la pizarra, con lo que todos entendieron que debían tomar posiciones para la clase. Si Peña hubiera nacido en otra época y su padre no hubiera sido guardia, es posible que hubiera sido publicista. Quizá es que había visto muchas películas, pero siempre lo habían fascinado esas reuniones de lluvia de ideas en las que los creativos del cine y la televisión se quedaban hasta las tantas de la madrugada invocando a las musas, y de las que nacían esas impactantes campañas que al día siguiente presentaban a los directivos, que aplaudían y celebraban con champán frotándose las manos. También creía que ahora no debía de ser así, a juzgar por la pérdida de ingenio y acierto que, en su opinión, tenía la publicidad actual. Eso, o que ahora los publicistas tenían mejores hábitos que los de las películas y su creatividad se veía proporcionalmente mermada. A saber.

—Señores, señoras, ya os dije que Braña tenía un tejo en

el jardín —dijo dibujando otra vez realmente mal un arbolito rodeado por una valla, alimentando el esquema que tenía iniciado sobre la pizarra magnética—. Su mujer afirma que es un tejo inocuo, alterado transgénicamente para que carezca de taxina, la mezcla de alcaloides que acabó con la vida del concejal. Sara, la bióloga que trabaja para la asociación ecologista, ha confirmado que eso es posible. También nos contó que hay gente que se reúne en torno al árbol para llevar a cabo prácticas dudosamente recomendables para la salud. Vamos, que lo consumen como alucinógeno, por resumir. No sabemos si además persiguen algún otro fin ni quiénes son.

—Lo que nos puede llevar de nuevo al caso de Cantabria que os comenté —interrumpió Soto.

—Hablaremos de eso a su tiempo —lo cortó Peña.

Y continuó su exposición. Les contó lo de la fiesta, lo de que Mela casualmente estaba en Madrid aquel fin de semana y se la perdió.

Las fotos mostraban a un grupo de individuos, entre los que se encontraba Amador Braña, en situaciones poco decorosas. Eran de esas fotos que cualquiera se cuidaría de no publicar en internet. Todos ataviados con una camiseta negra con una esquemática hoja serigrafiada bajo la inscripción Los Eburones. No tenían ni idea de qué significaba. En otras imágenes, que por el contexto era evidente que eran del mismo día, se veía a varios miembros del grupo, entre ellos a Amador Braña, ataviados con una especie de túnica blanca con capucha, portando una suerte de antorchas encendidas en las manos.

Cuando hubo terminado de ponerlos al día, Peña concluyó:

—Sí, parece una secta. Y, sin embargo, no significa que las respuestas que buscamos estén en esas fotos.

—Esto es raro que te cagas—opinó explícitamente Cava.

—Lo es, raro de cojones. Pero ¿por qué uno de los amigos del tejo querría borrar del mapa a Amador Braña?

—Braña tenía muchos frentes abiertos: la política, la empresa, la secta esta, o lo que quiera que sea. Se me ocurren muchas razones que podrían haber motivado su muerte —dijo Soto.

—Estoy de acuerdo. Empecemos por lo que vamos a llamar «la asociación». La verdad, no sé si para tu alegría o tu decepción, más bien lo segundo, por lo que veo, es que aún no hemos encontrado ninguna evidencia de que aquel caso de Cantabria tenga alguna conexión con este. ¿Me equivoco, Rubio? —preguntó el teniente.

—Hasta el momento nada concluyente, más que las coincidencias aparentes que Soto apuntó desde el principio —reconoció el sargento.

—Pero ahora tenemos el relato de la ecologista. No podemos obviar esa nueva vía —sugirió Soto.

—No te desubiques, Soto. No lo estamos obviando, pero es la muerte de Amador Braña lo que nos ocupa. Ese caso está cerrado y, de momento, no necesitamos reabrirlo para resolver el que tenemos aquí. Me estás entendiendo, ¿verdad? —preguntó Peña en tono de advertencia.

—Perfectamente, pero...

—Ni peros ni hostias. Céntrate en lo que estamos.

—Coño, Peña, compréndelo, la cosa escama que te cagas —apoyó Cava.

—¿Tú también? ¿Quieres que te mande a Madrid? Porque allí sí que tenemos casos reabiertos. Igual te encierras en el despacho una temporada a revisarlos.

—Venga, vamos a calmarnos. Es verdad que puede mosquear que aquello fuera un suicidio, y más con lo que nos han contado, pero no tenemos argumentos de peso para relacionarlo con esto. Lo siento. —Rubio, terciando como de costumbre, dirigió la disculpa al brigada, que no respondió.

—Vamos a seguir, estábamos con la asociación. Como decíamos, tampoco hemos encontrado otros homicidios en circunstancias ni siquiera parecidas en la zona. Y me consta que Cava y León se han remontado bastante atrás —adujo Peña, más dócil tras la llamada a la paz del sargento.

—Así es, teniente, nada concluyente —apoyó prudente León—. Lo que tenemos es el testimonio de la capellana, basado en sus recuerdos o en leyendas populares.

—Luego no podemos hablar de un crimen ritual tradicional, a no ser que sea el primero, y ahora sabemos que Braña estaba metido en esto desde hace años y que, por tanto, existía —continuaba deduciendo Peña, tratando de hacer borrón y cuenta nueva.

—Y, lo más importante —apuntó Rubio—, ¿por qué iban a querer matarlo? Eso es ir demasiado lejos.

—Ahí quería llegar. A la posibilidad de que uno de sus amigos de ese grupo sí tuviera alguna razón para acabar con él, que incluso pudiera estar relacionada con el poder, el dinero o los negocios..., pero, entonces, ¿por qué vincular y poner en peligro a la asociación exponiéndola de esa manera? ¿Por qué ese escenario? ¿Por qué el veneno? —iba lanzando preguntas Peña.

—¿Quizá porque tenían acceso a él con más facilidad que a otros medios? —sugirió León.

—Es posible. O quizá porque no es capaz de matar de una forma más sangrienta. No sé, es lo primero que se me ocurre —reconoció Peña—. Claro, que entonces me acuerdo de que le cortaron las piernas salvajemente y ya no me cuadra el perfil del homicida cobarde y empático que utiliza el veneno porque requiere menos valor. ¿Sabéis lo que me encaja más?

—Que lo disfrazó de eso —intervino Perla por primera vez, quizá para que el silencio dolido del brigada pasara desapercibido.

—¿Puedes ser más concreto? Trata de afinar esa teoría.

—Que quien lo mató quería que pareciera que tenía relación con la asociación o con los tejos, para confundir. Vamos, es una posibilidad —matizó.

—Una posibilidad que tiene sentido, ya veremos, pero es una excelente conclusión —reconoció el teniente—. Ahora bien, debemos identificar como sea a los fulanos de la fiesta y averiguar si seguían vinculados a la historia del árbol. Braña salió de su casa esa mañana por un motivo que quería ocultar —prosiguió retomando los hechos—. Era habitual que mintiera sobre sus pasatiempos. Recordad que le enviaba mensajes al Golondru para que comprara cebo, pero pesca, poca.

—Y que su mujer no sabía nada de la asociación —apoyó Rubio—. Es posible que fuera eso lo que le ocultaba.

—Necesitamos saber quiénes son —insistió Peña—. Hay que seguir trabajando. No os habrá dado tiempo a indagar en el asunto del PGO, ¿no, Soto?

—En eso estamos también. No es fácil. Además de la capital, el *conceyu* tiene treinta y seis núcleos rurales. Todos esos territorios están ordenados en el plan urbanístico y, al parecer, en todos hubo alguna movida. Se habló bastante de eso en la prensa local.

—¿Algún asunto que destaque especialmente?

—Por el momento, no. Ya sabes, grupos ecologistas quejándose por un lado y gente del ladrillo presionando por otro, pero nada que hayamos visto fuera de lo normal, al menos por ahora. De hecho, se aprobó en el pleno con el voto a favor de todos los grupos.

—¡Peña! —interrumpió exaltado Velázquez, que había

estado a medias prestando atención, a medias trasteando con el portátil—. ¡La ubicación! Hay un teléfono vinculado, ¿cuál era el modelo del móvil de Braña?

—Espera, lo tengo por aquí. —El brigada Soto, resignado y de nuevo en actitud colaborativa, se sentó junto al guardia. Aplicado, pasaba rápidamente las hojas de su libreta de notas. Cuando lo tuvo, miró varias veces de la pantalla al papel, para asegurarse—. Coincide. Es casi seguro que es su teléfono.

—El último registro de ubicación del móvil es poco antes de las dos de la madrugada.

—Pocas horas antes de la muerte. ¿Y bien? —Peña buscaba que se lo tradujeran.

—Nos dice que ahí el móvil se quedó sin cobertura, o que desactivó el servicio de ubicación, o que directamente se apagó —le explicó Velázquez.

El guardia copió las coordenadas.

—Debe de ser un sitio pequeño, porque no aparece el nombre. —Y las pegó en el mapa—. Aquí está: en medio del campo, el sitio habitado más cercano es Villa de Vilma.

—Somiedo —añadió Sanchís, mirando el mapa que ahora se proyectaba en la pared.

—No queda excesivamente lejos de Bermiego —aclaró Soto—. A ver, hay un trecho y las carreteras, ya sabéis..., pero lejos no está. Es una distancia abarcable.

—¿La suficiente como para despistar? —preguntó Peña.

—Podría ser —afirmó el brigada.

—¿Puede ser el tejo más próximo? —teorizó Rubio.

—En absoluto. Solo en esa zona hay al menos dos. —León, que se había estudiado a fondo el censo de tejos de Asturias, desmontó la teoría del sargento señalando en el mapa la carretera que iba al pueblo que habían mencionado—. No son tan mediáticos, pero son tejos.

Peña se quedó pensativo y anunció un receso. Dijo que necesitaba pararse a pensar y que tenía que hablar con el coronel y con la jueza para conocer sus posturas. Salió de la sala y encargó al resto que siguieran con las fotos y con el fisgoneo en el portátil de Mela que usaba Braña. Cuando colgó con su jefe, casi por inercia, llamó a Sara. Su móvil estaba sin cobertura y le dejó en el contestador la petición de que le devolviera la llamada. Se estaba despidiendo de la máquina cuando Rubio salió a buscarlo:

—Peña, tienes que ver esto.

Velázquez se levantó para dejarle sitio delante de la pantalla del ordenador.

—Hemos localizado las mismas fotos de la fiesta y alguna más en una carpeta disimulada que se llama «Análisis de estructuras» y que tiene como fecha de creación tres de noviembre de dos mil cinco. Eso nos puede dar una idea de cuándo se celebró —comenzó a explicarle Rubio—. Está dentro de otra carpeta que se titula «Apuntes carrera». ¿Perla?

—Si me permites —dijo el sargento acercándose bastante a Peña y tomando el control del ratón.

A continuación, Perla amplió una de las fotos en las que se veía al grupo ataviado con túnicas e hizo *zoom* en el tatuaje de un ojo egipcio en la pantorrilla derecha de un hombre.

—Es el alcalde de Trasgu. Esa es su pierna —aseguró.

—¿Un ojo? No me jodas —respondió atónito Peña—. ¿Tú estás seguro de que es él?

—Hablamos con el alcalde el día que apareció el cuerpo de Braña, me fijé en el tatuaje. Si no es él, es que alguien se lo ha copiado, o viceversa.

León, que se situaba a unos metros del grupo que miraba la pantalla, intervino:

—Es el ojo de Horus, también llamado ojo de la sabiduría. Representa la glándula pineal.

—¿Y eso qué significa? —preguntó el teniente.

—Pues tengo entendido que tiene un significado místico, que abre la puerta al mundo de las visiones, o algo así, pero no estoy muy puesta en el tema.

—Bien, mira a ver si encuentras algo más —le pidió a la guardia—. Esto es lo que vamos a hacer. Escuchadme —dijo para reclamar que todos abrieran bien los oídos.

Y les contó el plan.

16

EL BRAZO DE SOMIEDO

Cava y León salieron dirección Somiedo un par de horas más tarde, ataviados con ropa de senderista y una mochila con lo justo, cual pareja feliz. Apresuradamente les habían conseguido habitación en el único hotel rural del pueblo. El plan de Peña, que había consensuado con su jefe y con la jueza Amaya vía telefónica, incluía que el cabo primero y la guardia pasaran lo que quedaba de fin de semana olisqueando por la zona a ver qué podían averiguar sin hacer mucho ruido. Quizá hubiera sido más lógico enviar allí a alguien que dominara el terreno, pero necesitaba del descaro de Cava para la hazaña; y a ella, bueno, no fue el teniente, sino su chismosa imaginación quien la eligió con la esperanza de darles un empujoncito. No podía evitar entretenerse con esas pamplinas, aunque nunca lo reconocería.

En otro orden de cosas, habían estado de acuerdo en que aquel no era un sitio para llegar con toda la caballería sin tener una teoría más sólida, aunque daban por seguro, gracias a los registros de ubicación del móvil, que Amador Braña había estado allí horas antes de su muerte.

En medio de ese trajín, Peña recibió la llamada de vuelta de la ecologista. No podía ofrecerle muchos detalles, pero tenía la corazonada de que podía resultarles muy útil si le daba algo de dónde tirar:

—Sara, esto que voy a preguntarte es muy confidencial

—le decía al tiempo que se preguntaba por qué demonios lo hacía entonces.

—Dígame, teniente, si puedo ayudarlo..., pero no sé mucho más que lo que ya le dije, si va por donde yo creo que va.

—¿Recuerdas que te pregunté si era posible cultivar un tejo sin veneno?

—Ah, eso. Sin taxina, sí —matizó—. Lo recuerdo.

—¿Qué interés dirías que puede tener plantar uno de esos en tu jardín y hacer una fiesta para celebrarlo?

—¿Una fiesta? Para mí ninguno, teniente, pero hay gente muy excéntrica.

—Me consta. ¿Entonces?

—No sé si le sirve de algo saber que los tejos han sido históricamente elegidos como lugares de reunión. Igual puede tener alguna conexión con esa tradición. O igual solo era una excusa para pegarse una fiesta. A saber. Tampoco estoy muy puesta en la parte histórica.

—Claro, pero tiene que tener algún sentido.

—Ya no estamos en la Edad de Piedra, teniente. ¿Qué sentido va a tener hoy una cosa así? Ya le hablé de los grupos que se reunían en torno al tejo. Llámelo secta, llámelo *lobby*, qué se yo; solo soy bióloga. Usted busca una explicación científica para todo, teniente, y hay cosas que no la tienen.

El último comentario de Sara volvió a sacarle los colores; quizá estaba recurriendo a ella más de la cuenta. Puede que solo buscara fundamentos empíricos que explicaran lo que él no se permitía entender. Pero, por un momento, se sintió un poco neandertal ante su apostilla y decidió hacer caso a sus reflejos indicándoles que era más conveniente ceder el testigo de esa relación:

—Tengo a una de las mías trabajando en eso; historiadora, por cierto. ¿Y si te pido que la apoyes? ¿Lo harías discretamente?

—Por la cuenta que me trae, ¿no?

—¿Me ayudarías?

—¿Puedo negarme?

—Puedes.

—En ese caso, no lo haré. —Peña se quedó callado—. Negarme, digo. No puedo prometerle ser de mucha ayuda, teniente, pero cuente conmigo.

—No sabes cuánto te lo agradezco. Está a punto de salir para un pueblo de Somiedo, pero le diré que se ponga en contacto contigo lo antes posible.

—¿Somiedo? Vaya, la cosa se pone interesante. ¿A dónde van exactamente?

Soto y Perla, que contaban con la ventaja del conocimiento de la zona de primera mano, se encargaban de la logística. La improvisada pareja de senderistas se alojaría en el mismo Villa de Vilma, en el hotel que contaba con el que era igualmente el único bar del pueblo, por lo que resultaba previsible la presencia de algún vecino con ganas de hablar con los forasteros a la fresca. Sara le había comentado también que Villa de Vilma era punto de encuentro habitual de senderistas que aprovechaban el pequeño *parking* de la aldea para arrancar desde ahí la caminata. Por lo que podían presuponer que Braña y sus amigos, si como pensaban fueron por allí, tuvieron que dejarse ver.

Las instrucciones para Cava y León fueron claras: «Prudentes, pero al grano», les había dicho Peña. Él y Rubio, por su parte, solicitarían un encuentro formal con el alcalde de Trasgu el lunes a primera hora. Buscaban que pensara que se trataba de una visita rutinaria, dada su posición al frente del ayuntamiento del que Braña era concejal. No querían que pareciera lo que era: que iban a por él.

El mismo Rubio aprovecharía el domingo para visitar al

hermano de la víctima, que por fin había regresado a Asturias, como les había adelantado Mela. Con la familia no necesitaban excusas para quedar en fin de semana y, además, no tenían la certeza de que la viuda no lo hubiera puesto al día de sus propios hallazgos, por lo que preferían no dejar pasar mucho tiempo antes de hablar con él.

—Y, otra cosa —anunció Peña—: el lunes, cuando hayamos terminado con el alcalde y si no hay un giro inesperado, volveremos a casa del Golondru. Le vamos a devolver su teléfono para que no tenga dudas de nuestras intenciones hacia él y le vamos a enseñar las fotos, a ver si reconoce a alguien. Todas, menos la del alcalde. No nos interesa que sepa que tenemos ese dato, vaya que sean amigos también. Pero me da que ese hombre puede ayudarnos a identificar a alguno más. Y vosotros —dirigiéndose a León y a Cava—, buscáis la forma de ir informándonos de todo sobre la marcha.

—No hay mucha cobertura en el pueblo, pero el hotel tiene wifi. Tendréis que pedirla para comunicaros con nosotros —explicó Soto.

—Ya encontraremos la manera —respondió el cabo primero mientras se subía al coche con su compañera.

El resto se quedó trabajando en la comandancia: fotos, filiaciones, registros telefónicos... Fue una tarde de trabajo intenso y de incertidumbre, esperando noticias de la pareja de disimulados con la inquietud del que espera en la puerta de un quirófano. La misma tarde en la que el teniente tenía que estar disfrutando de la cercanía de su familia en Madrid y Rubio haciendo compañía a su mujer en puertas de dar a la luz, y que por el contrario se había convertido en la jornada más activa desde que comenzó la investigación. Lo que no esperaban, después de días de retraso propiciado por el letargo que provocan los ansiados turnos de vacaciones del personal, era que precisamente ese sábado llegaran los resultados del análisis dactiloscópico. Fue Soto, que había estado encima de las huellas desde el principio, quien lo anunció tras atender la llamada:

—Peña, me están enviando por *mail* las conclusiones de las huellas que me acaban de adelantar por teléfono. Tenemos novedades.

—¿Justo hoy? Pero si es sábado... —se sorprendió Rubio.

—Han identificado el modelo de neumático. Al parecer son de segunda marca. Por sus dimensiones y trazado, se corresponden con las ruedas de algún tipo de furgoneta. En cuanto a las pisadas, las más cercanas al cuerpo que se recogieron, y que dieron por más recientes —dijo con relación a las huellas plantares—, hablan de calzado de montaña de hombre, tallas cuarenta y cuatro aproximadamente, de dos individuos no excesivamente pesados. Aunque, como ya sabéis, aquello era una fiesta de pisadas por el trajín del fin de semana. No es muy concluyente.

—¿Y el DNI? —preguntó Rubio.

—A eso voy, ahí está lo bueno. —Soto abrió el correo electrónico que acababa de recibir y descargó el archivo adjunto que tenía por nombre «Filiación»—. Han encontrado una coincidencia. Había huellas de Braña y de dos sujetos más, como ya nos habían adelantado. Han identificado las de la víctima y las de este chico, que está fichado; tiene antecedentes: Eduardo Mera Pereda, natural de Caldas, veintisiete años. No tiene ninguna condena importante. Lo ficharon en una reyerta en un festival y después ha tenido algo más de drogas, menudeo. Trabaja en la gasolinera del pueblo.

—Imprime eso —ordenó Peña—. ¿Dónde queda ese pueblo?

—No muy lejos, si no me equivoco. —Soto respondió mientras localizaba el nombre del sitio en el plano—. Sí, aquí está —dijo señalando con el dedo un pequeño punto en el mapa que quedaba en una carretera secundaria que se desviaba al suroeste de la capital de Asturias.

—Joder, ¿en serio? —se preguntó retóricamente en voz alta Rubio.

—Envíales la foto a Cava y a León, que se aprendan su cara de memoria por si se lo cruzan —indicó Peña.

La guardia, que debía de estar aún en carretera con Cava, calculaba por la hora a la que habían salido dirección Somiedo, no tardó ni un minuto en responder. Dijo por escrito:

He visto a ese tío antes.

Otro minuto después, envió una captura de pantalla tomada de la vista de calle del mapa web. En ella se podía ver la fachada del bar en el que hacía unos días habían tomado café Peña, Rubio y ella, en el que el sargento entró dando un volantazo y en el que al día siguiente una broma desafortunada le hizo sentirse como un capullo. Aquel en el que no les habían cobrado.

Bar El Pitu, sargento, te dije que lo grabaría en la mente. Bendito volantazo. Ese tío estaba tomando café en la barra, lo vi cuando entré al baño y me entretuve mirando los recortes de prensa de las paredes. Estoy segura.

Una casualidad, un error en un desvío, la decisión de seguir por la carretera secundaria, un giro brusco de volante de Rubio para tomar un café aquella mañana en un bar típico de Asturias, de esos que tienen tres o cuatro mesas metidas en la curva de la carretera y que a Peña le parecían un peligro. El mismo al que habían vuelto casi por inercia a la mañana siguiente. Peña odiaba las casualidades, pero tenía que reconocerlo, una de ellas había querido que solo unos días antes hubieran compartido oxígeno y espacio con el dueño de las huellas halladas en el DNI de Amador Braña. Una casualidad era, a veces, lo que detonaba el principio del fin de una investigación, o lo que propiciaba un giro de noventa grados en una vida. Claro que eso no le quitaba mérito al policía ni valor a su trabajo, si servía para atrapar a un asesino. «Las casualidades existen, pero hay que salir a buscarlas», que solía decirle su jefe. Peña pensaba en ello cuando arrancó a hablar:

—Sanchís, Velázquez, id a la gasolinera esa y comprobad si el chico está allí. Que sus huellas estén en el DNI no es suficiente para detenerlo sin estar seguros de que no la vamos a cagar. Necesitamos algo más, sin perderle la pista. Voy a llamar a la jueza.

No fue necesaria una orden de búsqueda para localizar a Eduardo Mera. Cuando los guardias llegaron, lo localizaron en su puesto de trabajo en la gasolinera de Caldas, según informaron. Su señoría dio por bueno el seguimiento de los movimientos del chico, así como el acceso a sus registros telefónicos y sus comunicaciones. Peña estaba convencido de que las huellas no eran suficiente y, además, de que eran demasiado evidentes, demasiado fácil, casi una estupidez incluso para el delincuente más novel, pero no podía dejar de tirar de ellas.

Consultaron qué coche tenía Mera y concluyeron que no había coincidencia ni con las rodaduras de la escena ni con el todoterreno que había captado la cámara del restaurante de la aldea de Braña. Esa misma tarde, una vez comprobado que se encontraba trabajando en el surtidor, comenzaron con su seguimiento, lo cual no fue fácil. Dado los lugares tan reducidos y poco concurridos en los que se movía, no era posible vigilarlo permanentemente de forma discreta, por lo que tuvieron que conformarse con tenerlo más o menos bajo control.

Cuando cayó la noche, Peña y el resto, y esta vez sí había invitado a los que no eran los suyos, bajaron a picar algo en un bar cercano a la comandancia. Estaban terminando las raciones y a punto de pedir la cuenta, cuando una notificación en el móvil reclamó la atención de Rubio.

—Es Cava —anunció.

La pantalla del móvil que el sargento expuso al resto mostraba una foto del cabo primero sentado en lo que parecía la mesa de un bar con otro hombre que levantaba el brazo en señal de estar haciendo fuerza. En la fotografía se veía a Cava y a la guardia León en segundo plano, ambos ataviados con un plumífero ligero; el hombre que los acompañaba apretando el brazo lucía una sonrisa abrigada por un rostro sonrosado y vestía una camisa fina de manga corta. El pie de foto rezaba:

> Os presento a mi nuevo colega, el Brazo de
> Somiedo. Tenemos amigos en común.

Rubio empezó a escribirle, pero lo borró a tiempo. Seguramente pensó lo mismo que había pensado Peña y que por lógica debieron de pensar todos: que no podía hablar ni dar más detalles ante la presencia de aquel hombre. Pero estaba claro que sabía algo. Expectantes, pidieron otra ronda a la espera de recibir una nueva comunicación de Cava. Fue León, unos veinte minutos más tarde, quien llamó:

—Teniente, he subido a la habitación para llamarlo. Cava sigue abajo hablando con el ciudadano que han visto en la foto.

—¿Y bien? —apremió Peña.

—Lo del Brazo de Somiedo es una broma. Él mismo se llama así porque no siente el frío o alguna chorrada similar. La cosa es que le hemos seguido la conversación y ha confirmado que hace dos sábados hubo un grupo que vino por aquí por la mañana y que estuvo hasta muy tarde en el monte. Que hubo trajín de gente bajando de arriba de la braña hasta tarde, porque tenían los coches en el *parking* del pueblo. Y que, más tarde aún, bajaron otros en coche.

—¿Bajando de dónde has dicho?

—Sí, de la braña. Ya es casualidad, lo sé. La braña es el pasto, teniente, se llama así por aquí a las zonas donde pastan las vacas en la montaña —le explicó la guardia historiadora.

—Joder con las casualidades. ¿Cómo habéis llevado la conversación hasta ese punto? ¿Cómo es que os ha hablado de eso? —quiso saber Peña.

—La sidra hace amigos, teniente. No puedo explayarme mucho. Estoy en la habitación y me da que las paredes son de papel. Cava le ha soltado que hemos venido recomendados por una pareja que estuvo por aquí ese fin de semana. De ahí ha empezado a tirar hasta lo que le he dicho. Ahora viene lo mejor, teniente.

—¿Y es?

—Que él, el Brazo, subió esa tarde cuando anocheció a darles una vuelta a las vacas. Bueno, en realidad ha dicho a las *vaques*, pero eso es lo de menos. La cosa es que vio que estaban haciendo algo raro; espiritismo, según él. Y que iban todos vestidos igual, como de uniforme.

—¿Eso ha dicho?

—Sí, pero en lo que se refiere al espiritismo, sin mucho rigor, en mi opinión. También ha dicho que no es la primera vez, que a veces vienen por aquí grupos a mirar el cielo, grabar psicofonías y ese tipo de cosas. Esto último se lo estoy traduciendo yo —aclaró—, porque el hombre no es lo que se dice un libro abierto explicándose.

—Escúchame, León. Voy a buscarte una foto de Braña apropiada. Buscad la manera de enseñársela a ese hombre. A ver si sois capaces de confirmar que efectivamente tenéis amigos en común, ya me entiendes.

—Como ordene, teniente, pero este señor no tiene un pelo de tonto, aunque no se le entienda mucho lo que habla.

—Vale, no es buena idea, olvídalo —rectificó Peña—. Mañana os mando refuerzos y os subís a la braña o al pasto, o como quiera que se llame aquello, a echar un vistazo. Ya veremos si vamos a enseñarle la foto de uniforme. No desaparecerá, ¿no?

—No parece que tenga intención.

—De acuerdo. Buen trabajo.

Todo apuntaba a que estaban en lo cierto. Cada vez tenían menos dudas de que Amador Braña pasó las últimas horas cercanas a su muerte allí, en el pueblo en el que terminaba una carretera del Parque de Somiedo, que tenía al menos dos tejos en su trazado menos mediáticos que el de Bermiego, y que ofrecía a los senderistas un *parking* en el que podían aparcar su vehículo para emprender la ruta que, ahora sabían, llevaba a una braña en la que pastaban las vacas del Brazo de Somiedo y en la que el último sábado de vida de Amador Braña se habían reunido un grupo de locos o de frikis para ver estrellas, invocar a los espíritus, o igual hasta para fumar tejo; el mismo veneno que, en otra dosis y probablemente ingerido de otra forma o inyectado, había acabado con la vida del concejal unas horas después, para dejar su cuerpo rígido y con las piernas amputadas a casi sesenta kilómetros, dispuesto como un espantapájaros debajo del tejo de Bermiego, guardando en su bolsillo el DNI que contenía las huellas de Eduardo Mera Pereda, el gasolinero de veintisiete años natural de Caldas a quien estaban vigilando Sanchís y Velázquez en ese momento.

17

ESCALERA DE COLOR

Al día siguiente por la mañana, aunque era domingo, ya tenían pinchado el teléfono de Eduardo Mera Pereda. Peña pensó que le habían jodido el fin de semana a alguien más a quien le habían hecho trabajar cuando no le tocaba. Era lo que había; cuando no se pinchaban móviles a la ligera no pasaban esas cosas. Perla había salido hacia Somiedo para acompañar a León y a Cava a la excursión por el monte. Y el sargento Rubio acudiría de nuevo a Trasgu a su cita con el hermano de Amador Braña en el lagar, la pequeña bodega familiar que los Braña tenían en el mismo *conceyu* y que Peña y Rubio ya habían visitado guiados por el capataz de la finca.

A Juan Peña la sidra le recordaba a las timbas de póquer. No es que tengan nada que ver, es que en su primer destino tuvo un compañero asturiano que las organizaba y las amenizaba con sidra natural que se bajaba cuando iba a visitar a la familia. No sabe qué fue de él. Habían estado muy unidos en los años en los que Andrés vivía en Asturias, pero le perdió la pista intencionadamente cuando los cambiaron de destino porque le traía malos recuerdos después de lo de su hermano. Era un tío de puta madre que le había contagiado el amor por su tierra, aquella tierra que Juan Peña había visitado varias veces en muy poco tiempo, que después evitó siempre que pudo, y a la que ahora había vuelto por primera vez en su carrera para tratar de esclarecer un homicidio.

Al póquer, por el contrario, había dejado de jugar hacía años. Y no porque no le gustara, que le encantaba; fue ese punto indecoroso y oscuro, casi ilegal, lo que le hizo abandonarlo. Tampoco es que estuviera nunca más metido de la cuenta, pero como se fiaba poco de la gente en general y no estaba bien visto, temía que un día aquellas partidas pudieran llegar a suponerle un problema. Sin embargo, lo que aprendió jugando le había venido muy bien con los años para desempeñar su trabajo. O eso pensaba él en sus extraños razonamientos mentales, cuando trazaba la estrategia que seguiría en un interrogatorio: si ir con la verdad, si mostrarse perdido, si ir de farol... Le parecía, además, divertido. Claro que, en el trabajo, se jugaba mucho más que unas cuantas monedas, por lo que tenía que manejar mucho mejor sus cartas y sus decisiones.

Cuando Rubio salió del encuentro con el hermano mayor del concejal llamó a Peña para contarle. El hombre le había confirmado lo mismo que ya habían oído de otras bocas: que Amador Braña estaba demasiado atareado y preocupado desde que se metió en política. Y que, incluso, había desatendido en parte sus obligaciones con la pomarada, a pesar de lo mucho que le había gustado siempre todo lo que tenía que ver con el campo.

—El hermano se muestra muy afectado, como es normal. Según me ha dicho, la familia llevaba tiempo presionando a Braña con el tema de la política, con que se cuidara, se ocupara más de la familia y esas cosas, lo típico —le explicaba Rubio a Peña por teléfono desde el coche.

—¿Le has preguntado si tenían problemas con la empresa? —quiso saber el teniente.

—Importantes, no. Como ya nos dijo el capataz, cada uno mantiene su actividad laboral paralela, porque, según dice este, no les da tanto y su padre también tuvo siempre otro trabajo, en la mina. Pero sí ha reconocido que su hermano había estado desatendiendo sus obligaciones desde hacía un tiempo y que por eso discutían con frecuencia, sin llegar a enfados serios, a dejar de hablarse, ni nada de eso —aclaró Rubio.

—¿Estaba al tanto de los problemas políticos de Braña? —preguntó Peña.

—Me ha dicho lo del plan de ordenación urbanística. Que lo había traído de cabeza hasta que hace unos meses consiguió que se aprobara. Pero que sabía más por los comentarios de la gente del pueblo que por el propio Amador, que no contaba demasiado, según él.

—¡Peña! He encontrado algo —interrumpió Soto la conversación telefónica del teniente, que lo miró regular—. Perdona, cuando puedas. Es importante.

Colgó con Rubio y se acercó a la mesa en la que trabajaba el brigada, que le enseñó el registro telefónico de Braña en un montón de papeles grapados que tenía ya arrugados de tanto como los había manipulado, con distintos números subrayados con todo el espectro de rotuladores fluorescentes de los que disponía.

—Es el registro de llamadas salientes y entrantes de Braña de todo el mes anterior a su muerte —dijo mostrándole los papeles grapados—. Fíjate en este, es una llamada entrante de un número que se repite varias veces en las últimas semanas, algunas llamadas duran apenas treinta segundos. —Dejó de mirar el listado de números para mirar a Peña a los ojos—. Es el fijo de la gasolinera de Caldas —dijo el brigada Soto.

—No jodas...

—Lo he contrastado bien. Lo llamaron varias veces desde ese teléfono en distintos días —aseguró—. Acabo de hablar con Informática. Les he pedido que revisen en el historial de ubicaciones del móvil de Braña que tenemos en su cuenta de correo si hay algún registro cercano a la gasolinera de Caldas.

—Bien hecho —reconoció Peña—. Rubio viene de camino. En cuanto llegue nos vamos a llenar el depósito. Avisa a Velázquez y a Sanchís de que no lo pierdan de vista y que vamos para allá en un rato. Y tú te quedas por aquí, por si en lo que tardamos en traerlo me puedes averiguar lo de la ubicación —indicó a Soto—. Estaría bien saberlo antes de hablar con él.

Era uno de esos surtidores a los que todavía no había llegado el progreso y cuyos clientes aún no tenían que pringarse las manos de gasoil. Más bien habían sido las suyas, las de Eduardo Mera Pereda, las que habían pringado con el rastro de sus crestas papilares lo que no debían: el documento nacional de identidad del difunto concejal de Trasgu.

Rubio y Peña se bajaron del coche tranquilos y aguardaron a que el chico terminara de atender. Con las miradas le hicieron ver que lo estaban esperando. Velázquez y Sanchís, ya abiertamente, los cubrían a unos metros.

—Buenas tardes, ¿es usted Eduardo Mera? —preguntó Rubio.

—Eso dicen. ¿Qué pasa? Son guardias, ¿no? Ya les digo que yo no he hecho nada. Sea lo que sea, yo no he sido —comenzó a justificarse antes de que pudieran decirle algo.

—Tranquilo. Nadie ha dicho lo contrario —lo cortó el sargento—. Necesitamos que nos acompañe a la comandancia.

—¡Joder! Me pueden preguntar aquí lo que sea, no tengo nada que ocultar —trató de evitar que se lo llevaran.

—Eduardo, me temo que eso no es posible —intervino

Peña—. Será mejor que nos acompañes y no compliques las cosas.

—¿Y qué hago con esto? —dijo señalando a su alrededor—. No puedo dejar la gasolinera sola. ¿Qué quiere?, ¿que cierre y deje sin gasolina a la gente?

—Eduardo, tenemos que irnos —dijo ahora Peña con más firmeza. Rubio fue el encargado de informarle formalmente de su detención.

—¡Me cago en la puta! Que les digo que yo no he hecho nada ni sé nada. Ya me quieren colgar algo... —Los guardias no respondieron a su razonamiento—. Dejen por lo menos que avise a mi jefe para que venga a quedarse pendiente de esto.

—De acuerdo. Pero que se dé prisa, no tenemos todo el día —accedió el teniente—. Y además me estoy meando —dijo con la boca chica dirigiéndose a Rubio.

—Vete al bar, yo te espero con este en el coche. —Peña accedió a la sugerencia de Rubio sonriendo, a pesar de la circunstancia. Le hacía gracia el sentido de la vergüenza de su sargento, que no quería cruzarse con el camarero. Lo cual no hubiera ocurrido, porque el bar en ese momento lo atendía una señora.

Lo hicieron esperar un buen rato en la comandancia. Peña quería darle tiempo para tranquilizarse o enfadarse más, algo que variaba según el carácter y el sentimiento de culpa del individuo y que, en este caso, fue más bien lo segundo. Justo cuando iba a entrar en la sala, Soto llamó la atención de Peña para decirle que sí, que efectivamente había registros de ubicación del móvil de Braña en puntos muy cercanos a la gasolinera de Caldas la semana anterior a su muerte. Con esa información caliente, el teniente y Rubio entraron en la sala en la que se encontraba el detenido, donde no fueron muy bien recibidos.

—¡No pienso decir nada! ¡Quiero un abogado! ¿Me oyen? —gritaba en cuanto se abrió la puerta y los vio entrar—. No es la primera vez que me cuelgan un marrón. Y yo ya no trapicheo, se lo juro. Se lo prometí a mi madre. Además, estoy limpio. Y voy a ser padre —daba sus razones de inocencia incorporándose, sin dejar de gritar y sin parar apenas para respirar.

—Eduardo, siéntate y cálmate —le sugirió Peña—. Conocemos el procedimiento, pero te recomiendo que escuches lo que tenemos que decirte. No es un asunto de drogas. Si no has hecho nada, no tienes de qué preocuparte, ¿de acuerdo?

—No me fío... —dijo algo más sosegado.

«Haces bien», pensó el teniente, que continuó con la cantinela a la que estaba obligado.

—Tienes derecho a hacer una llamada en presencia de un agente y a entrevistarte con tu abogado antes de hablar con nosotros. ¿Tienes o avisamos al de oficio?

Así fue como Peña le informó de las garantías que el Estado de derecho ponía a su disposición tras la reciente modificación procesal y que al teniente le parecían tan de película americana. Para su sorpresa, el chico declinó hacer la llamada y al rato accedió a hablar con ellos después de entrevistarse con el joven abogado del turno de oficio que enviaron para asistirlo, a pesar de que este le había recomendado no declarar en sede policial.

—¿Conoces a este hombre? —le preguntó Rubio mostrándole una foto de Amador Braña. Junto a Eduardo se sentaba el joven letrado, que volvió a intervenir para recordarle que no estaba obligado a responder a las preguntas de los guardias.

—¡No! ¡No tengo ni puta idea de quién es! Ya les he dicho que...

—Y así, ¿lo conoces? —Rubio lo cortó y le enseñó una foto del cadáver de Braña.

—Pero ¿de qué cojones va esto? —gritó, levantándose de nuevo, espantado.

—¡Eduardo, siéntate! —gritó Peña, dando un golpe en la mesa que le hizo levantarse a él mismo del impulso.

El chico se sentó y Peña, en pie apoyado con ambas manos en la mesa, continuó hablándole en voz muy alta, casi en un grito, mirándolo desde arriba:

—¡Escúchame! ¡Escúchame bien! Esto no va de trapicheo ni de vender pastillas en un concierto a unos pijos; esto es serio de verdad, ¡y estás de mierda hasta el culo! Te voy a dar la oportunidad de defenderte y, además, te voy a dar la ventaja de saber lo que tenemos.

En realidad, Peña, si iba a decirle lo que tenían, no lo hacía por él, sino porque pensaba que Eduardo Mera podía ser el escalón que les permitiera llegar al siguiente nivel. Tan de manual le parecía que sus huellas no eran las del autor de la muerte, como seguro estaba de que habían llegado a un punto que les permitiría alcanzar otro, que podía ser el bueno. Sabía que mostrar sus cartas era arriesgado, pero ¿acaso no lo había sido ya la sola presencia manifiesta de la Guardia Civil en la gasolinera y dejar ver a Eduardo Mera montándose en el coche con ellos, por más que fueran de paisano? Sabía que aquel era un lugar de buenos entendedores, de esos sitios en los que parecían entrar con un cartel anunciador de «picoletos». Sabía que se la habían jugado yendo a por Mera. Había tenido que justificar la decisión incluso con la jueza y lo había hecho porque temía que se les adelantaran. Y ahora iba a mostrar sus cartas, se la iba a jugar de nuevo, y no precisamente con un farol.

—Has accedido voluntariamente a hablar con nosotros,

así que escucha lo que tenemos que decirte y no vuelvas a levantarte de la silla ni a subir la voz, ¿oído?

El chico bajó la cara y apoyó la cabeza, sumiso, en las dos manos al tiempo que negaba con el gesto, asustado. Peña se sentó y miró a Rubio para que siguiera.

—Tranquilo, Eduardo. No tienes que decir nada si no quieres —dijo más suave Rubio—. El hombre de la foto que te he enseñado, como has podido deducir, está muerto. Se llamaba Amador Braña. Murió asesinado —usó el término a propósito— hace un par de semanas. ¿Sabes?, tenía poco más de cuarenta años y un hijo pequeño. Su mujer está hecha polvo y, además, embarazada.

—Yo no sé nada... —decía en voz baja, llorando ahora.

—No interrumpas al sargento, por favor —dijo Peña.

—Amador Braña era concejal. Alguien lo mató y dejó en su bolsillo su DNI, y me estoy refiriendo al de la víctima. Si hemos llegado hasta ti es porque tus huellas están en él.

—¿Mis huellas? Pero, sargento, ¿usted sabe cuántos DNI toco al cabo del día? —gritó espantado.

—¡Que te tranquilices! —le repitió Peña.

—Vale, están muy equivocados. ¿Me están acusando de un asesinato por tocar un DNI? Trabajo en una gasolinera, la gente me da su tarjeta y su DNI para pagar. ¿Es que no lo entienden?

—Eduardo —retomó Rubio—, tranquilo. Nadie te está acusando de nada, de momento. Entiendo lo que dices del DNI. Pero hay otra cosa.

—¿Qué otra cosa? ¿Qué cosa? Es mentira, no puede haberla, porque yo no he hecho nada —repetía una y otra vez.

—¿También llamas por teléfono reiteradamente a todos los clientes a los que cobras con tarjeta? —preguntó Peña, alzando la voz—. Di, ¿los llamas?

—¿De qué está hablando? Pero ¿de qué está hablando? —repitió. Parecía no entender nada.

—¿Cómo es posible que no lo reconozcas si le cobraste con tarjeta hace solo unos días y le pediste el DNI? —preguntó Rubio—. ¿Quieres volver a mirar su foto? —ofreció.

El chico miró la fotografía. Braña muerto. Las lágrimas resbalaban sobre su rostro de terror.

—Pido el DNI por obligación y cuando conozco a la gente, ni eso —reconoció lloroso—. Ni siquiera me fijo en sus caras, ni en su nombre, ni en que coincida con la tarjeta, ni en sus coches... Joder, odio la gasolinera. Intento que el día se pase rápido y ganarme el sueldo y punto. No recuerdo haberlo visto. No es un cliente habitual; si lo fuera, me sonaría.

—Vale. ¿Y lo de las llamadas? —Rubio sacó un papel en el que había recopilado días, fechas, horas y duración de las llamadas realizadas en el último mes desde el número de teléfono fijo de la gasolinera al móvil de Amador Braña y comenzó a leer los datos rápidamente—: Lunes, veintiséis de junio, diez y cuarto de la mañana, un minuto veintidós segundos; jueves, veintinueve, nueve y cuarenta, un minuto diecisiete; lunes, tres de julio, once y treinta y dos, cincuenta y cuatro segundos. ¿Sigo? Dime, Eduardo, ¿cómo explicas estas llamadas hechas a Amador Braña desde el teléfono de tu gasolinera?

—Es un teléfono público, de esos a los que se les pueden echar monedas. Aún quedan algunos por aquí, ¿sabe? Cualquiera pudo hacer esas llamadas —excusó.

—Pero no están las huellas de cualquiera en el DNI, sin embargo. Están las tuyas, Eduardo —recordó Peña—. ¿No te parece mucha casualidad? A mí sí que me lo parece, la verdad.

—Un momento. ¡Un momento! —Se levantó de un

brinco elevando los brazos y cruzando las manos por detrás de la cabeza—. ¿Lunes? ¡Ha dicho lunes! ¡Ahí lo tienen! Imposible. Yo libro los lunes.

Rubio y Peña se miraron brevemente. «Gasolinero uno, guardias uno —pensó el último—. Y ahora nos vas a contar quién pudo hacer esas llamadas, amigo».

—¿Así que libras todos los lunes?

—Claro, porque pringo todos los domingos. ¿Lo ven? ¿Ve como yo no sé nada de esto? —La última pregunta retórica la dirigió al teniente.

—¿Y cómo podríamos asegurarnos de que lo que dices es verdad? —preguntó Peña, ahora con más calma.

—Pues ustedes sabrán, yo no tengo por qué demostrar mi inocencia —dijo con la lección aprendida.

—Eso es verdad, pero déjame recordarte que esto es una investigación por homicidio. Y que el Código Penal, seguro que ya lo sabes también, recoge otras formas de responsabilidad ante la comisión de un delito: complicidad, encubrimiento, cooperación necesaria... ¿Te suena? Así que igual puedes contemplar colaborar con nosotros en la medida de tus posibilidades. ¿Cómo lo ves? —preguntó Peña, sarcástico.

—Las cámaras —respondió—. Pidan las cámaras. Se ve el teléfono.

Lo hicieron. Reclamaron las imágenes a la empresa de seguridad. El mismo Eduardo Mera les había informado de que las grabaciones no se almacenaban físicamente en la gasolinera, sino que se guardaban en la nube de la propia compañía de alarmas. También comprobaron si en el registro de la tarjeta de Braña constaba el pago con tarjeta en la gasolinera. Y sí, constaba. Dos miércoles antes de su muerte había un registro de treinta euros en la estación de servicio de Caldas. Peña pensó, viendo el mapa de cargos que le había enviado la entidad bancaria, que maravillas como aquellas lo obligaban a rendirse por momentos a la tecnología, mal que le pesara. Un mapa perfecto con una banderita que sumaba el total de los pagos efectuados con el plástico, y que al ir ampliándose iba desglosando los importes y ubicándolos geográficamente hasta concluir en dónde se tomó la última el fulano de turno. Peña alucinaba con ese tipo de cosas y con lo fácil que podía llegar a ser ahora lo que en otros tiempos podía resultar tan difícil.

Justificarse por la dureza del interrogatorio ante el abogado recién colegiado también fue bastante fácil. Mera tampoco lo complicó, convencido como estaba de que no tenían nada sólido contra él y que las cámaras terminarían de ratificar su inocencia. El chico parecía haberse creído que eso era todo lo que tenían y así era, ciertamente. Más complicado le fue asumir que iba a quedarse allí a pesar de su colaboración, pero no podían arriesgarse a soltarlo sin tener la certeza de que no se les estuviera escapando algo. No tenían más remedio que apurar las setenta y dos horas de las que disponían antes de llevarlo a la jueza. Por eso, les urgía tener las cámaras antes de que se agotara el plazo legal durante el cual podían retener al pobre desgraciado que se había visto envuelto en una historia en la que no parecía tener nada que ver y al que un pasado adolescente turbio había situado allí. Era algo que Peña se jubilaría sin llegar a entender: ¿por qué los que han cometido algún error en su vida tienen más probabilidades de que los cojan si vuelven a errar que otro al que nunca han hecho fotos de frente y de perfil? Por eso, seguramente, las calles estaban llenas de delincuentes y la cárcel hasta arriba de pringados reincidentes.

18

LA *CORUXA*

A primera hora de ese lunes el equipo se reunió para ponerse al día y recapitular los acontecimientos de las dos intensas jornadas anteriores, que no habían sido pocos.

Peña y Rubio tenían cita con el alcalde a media mañana en su despacho del ayuntamiento. Albergaban la esperanza de averiguar algo sólido sobre la relación del político con el grupo de locos del tejo. Pero antes, Peña quería saber cómo les había ido a los que habían pasado el fin de semana en Somiedo, después de patearse la braña vestidos de senderistas sin saber muy bien qué buscaban y, en consecuencia, encontrar no habían encontrado nada.

—Pero nos pasó algo curioso mientras recorríamos el sendero —comenzó a relatar Cava—. Nos paramos en un puente a mirar los saltos de agua y empezamos a oír como que alguien cantaba. Según Perla era una *vaqueirada*; lo que cantan los pastores. Pero es que la música parecía salir del agua, os lo juro. —Los demás rieron. Todos, excepto el mismo Perla y León, que habían presenciado la escena—. Y de pronto apareció una anciana. Nos dio un buen susto, porque no nos la esperábamos. Era como si hubiera salido de la nada, ¿verdad? —preguntó buscando la complicidad de sus compañeros—. Vestida entera de blanco. Daba grima.

—La verdad es que sí, iba descalza y con los pies embarrados, como si también hubiera salido del agua —apuntó Perla, que se había desplazado a Somiedo para apoyar a

Cava y a León—. Nos pidió que la ayudásemos a buscar una medalla que se le había caído al rio. No la encontramos, por cierto.

—Aunque era obvio, le preguntamos si era de la zona y nos dijo que de toda la vida, que nunca había salido de allí. —Era León quien continuaba el relato.

—Sí. Y ella nos preguntó si éramos nuevos o los mismos del otro día. Y creemos que se refería a nuestro día, ya sabéis, porque le dijimos que unos amigos habían estado hacía un par de semanas y nos habían recomendado la visita. Entonces dijo que sí, que los recordaba, que se los cruzó también, pero que no recordaba nada más, salvo que ese día oyó a las *coruxas*. ¿Cómo os quedáis? —inquirió Cava escudriñando las reacciones del resto.

—¿Que oyó qué? —preguntó Rubio.

—A las *coruxas*, sargento; son lechuzas —aclaró León—. Dijo que ese día las había oído.

Los tres guardias iban componiendo el relato coral como si formaran parte de una mesa redonda en la que todos trataban el tema desde el mismo punto de vista.

—«Cavar, cavar...», eso dijo que decían —Cava reprodujo el testimonio de la anciana.

—¿Y eso qué cojones significa? —preguntó Peña.

—No tenemos ni idea, teniente. No me ha dado tiempo a indagar —se excusó León.

—¿Os dijo algo más?

—No, continuó su camino como si nada. No volvimos a verla. Pero, en todo caso, parece que confirma que también había visto al grupo de Amador Braña.

—Pues eso tendría que decirlo delante de la jueza. ¿Tenéis sus datos?

—Lo intentamos, mi teniente, pero le preguntamos y dijo que no se acordaba de cómo se llamaba. Que hacía muchos años que nadie pronunciaba su nombre y lo había olvidado. —Peña notó la vergüenza de León al decirlo.

—Envío a tres efectivos a recabar indicios y vuelven con agujetas de hacer senderismo y contándome que han hablado, ¿con quién?, ¿con la niña de la curva? —El teniente se arrepintió al instante de haber hecho ese comentario delante de los demás, que no pudieron evitar reírse.

—Era bastante mayor, parecía no andar bien de la cabeza. Igual ni veía del todo. Se le notaban las cataratas de lejos —excusó Perla al grupo.

—Vamos a dejarlo. —Peña prefirió zanjar el tema.

Fueron Sanchís y Velázquez quienes sí aportaron material interesante ese día, de boca de este último, quien volvió a extender sobre la pizarra su mapa de cámaras aledañas a la casa de Braña para pintar dos nuevos círculos verdes:

—Han llegado las imágenes que esperábamos: las de la cámara de seguridad de los vecinos y la gasolinera de la entrada de Trasgu.

Sanchís se le unió con la tableta para completar la exposición y le dio al *play* mientras explicaba:

—Esta es la de la casa de al lado, teniente. Se aprecia el paso de un vehículo a las seis y diecisiete minutos de la mañana. Está bastante oscuro aún, pero, teniendo en cuenta que lo único que hay en esa dirección —dijo señalando la pantalla— es la casa de Amador Braña y otra que no está habitada, se presupone que es él. Lo cual se confirma poco rato después, ya sí con algo más de luz, cuando se ve de nuevo claramente al concejal volviendo con su coche en sentido contrario. Aquí lo tiene —expuso mostrando la imagen.

—Recordad que en el intervalo de tiempo que hay entre ambas capturas habíamos pillado a Braña yendo y volviendo por el polígono industrial —apuntó Velázquez.

—Unos minutos más tarde —dijo de nuevo Sanchís apoyándose en nuevas imágenes— se lo ve pasar andando por el mismo sitio, a paso ligero, y desaparecer del ángulo de visión. No hay nada más en esta cámara.

—Después de esto teníamos el todoterreno que grabó la del restaurante y que no pudimos identificar. Hasta ahora, que han llegado también las cámaras de la gasolinera de la entrada del pueblo —dijo un Velázquez sonriente.

Sanchís cambió al vídeo de la cámara que apuntaba su compañero y congeló la imagen justo cuando se veía un todoterreno negro parado en el surtidor de combustible.

—El vehículo fue grabado en la gasolinera. Se confirma que fue este coche el que recogió a Braña, seguramente a unos metros de su casa, y por eso lo hemos visto hace un momento salir andando. Fijaos: el hombre que echa gasolina es su dueño. Está registrado a nombre de Pablo Montes Pereira, vecino y empresario de hostelería de Trasgu, sin antecedentes. No sabemos quién es el copiloto.

—Pero sí sabemos quién es este, ¿verdad? —apuntó sabiondo Velázquez, señalando la cabeza que se veía parcialmente tras la ventanilla trasera tintada medio bajada.

—Es él, sin lugar a duda. Es Amador Braña —dijo Peña, aséptico—. Buen trabajo. Soto, localizad a ese Montes Pereira y convertíos en su sombra hasta que yo os avise. Vamos a darle el día de hoy, a ver cómo se comporta.

La cabeza le iba a mil por hora. Tenía a Eduardo Mera en el calabozo, a alguien que había llamado por teléfono al concejal de forma insistente desde la gasolinera de Caldas y cuya identidad aún desconocía, a un hostelero que había llevado en su coche a Braña el mismo día en que desapareció tras un sospechoso cambio de planes y de medio de transporte del edil a horas intempestivas. Y tenía la pierna tatuada del alcalde en la fiesta que se celebró en su casa hacía años para celebrar que plantaba un tejo. Y con ese runrún tenía que ir a entrevistarse con el dueño del tatuaje, el modelo que lucía en la pantorrilla el ojo de tinta. Y no siendo suficiente con todo eso, cuando iba en el coche con Rubio de camino a Trasgu, lo llamaron:

—Peña, soy Muñoz, de crimen organizado. ¿Te pillo bien?

El capitán Muñoz era el jefe de la Unidad de Delincuencia Organizada de la UCO. No, no le pillaba bien, pero disimuló.

—Muñoz, no te esperaba. ¿Cómo estás?

—Aquí, de lunes. Mira, te llamo por lo de los tejos. El jefe me lo pasó hace unos días y no he podido telefonearte antes. Hemos tenido un fin de semana movidito.

—Ya. No te cuento el nuestro.

—Me imagino, con la que tenéis montada ahí arriba. Bueno, abrevio —dijo, poniendo fin a los formalismos—. Hemos estado revisando archivos y hay algunas cosas que se han investigado que hablan de grupos relacionados no solo con tejos, sino también con otras especies y extravagancias similares. Nosotros, directamente, no hemos llevado nada de tejos, pero en provincias sí que se ha investigado algo.

—¿Y bien?

—Nada concluyente, Peña. Aunque podemos dar por hecho que esas prácticas existen, nunca se han encontrado indicios de criminalidad ni se los ha relacionado con ninguna movida seria. Hay algo en Cantabria y también en Galicia. Pero, como te digo, no se les ha imputado nunca delito alguno.

—¿Y en Asturias?

—En Asturias no hay nada registrado. Siento no poder servirte de mucha ayuda, pero es que no hay nada.

—No te preocupes, casi me estás dando una alegría.

—¿Y eso? Tienes otros frentes, ¿no?

—No sabría responderte. Digamos que creo que podemos cerrar esto sin rascar demasiado ahí.

—Pues, sinceramente, Peña, es lo mejor que os puede pasar. Ese es un jardín difícil, nunca mejor dicho. Que sean unos jodidos excéntricos no los convierte en criminales, ya sabes.

—Así es.

—Pues lo dicho. Cualquier cosa, ya tienes mi teléfono.

—Te llamaré si te necesito. Gracias, compañero.

Peña bajó la ventanilla del coche para respirar el aire húmedo, y ese día algo más fresco, del occidente de Asturias y dijo algo sobre lo altos que eran los picos; los Picos de Europa, que se veían nevados en lo más alto desde ese punto del trayecto por la autovía del Cantábrico. A Rubio no pareció interesarle su apreciación; prefería enterarse de qué era lo que acababan de contarle al teniente:

—¿No me vas a decir quién era?

—El capitán Muñoz, era.

—¿De crimen organizado?

—El mismo.

—¿Y?

—Y nada, que nos olvidemos de los tejos. Que no hay dónde rascar.

—¿Y qué pasa? Que no te cuadra, ¿no?

—¿Te cuadra a ti?

—Peña, a estas alturas ya hemos visto algunos fiambres. Me he estudiado esa inspección ocular y me la conozco como si la hubiera visto con mis propios ojos. La posición, la teatralidad...; no pudo ser arbitrario.

—Ya lo sé, Rubio, pero es que no tenemos nada que lo explique.

—Pues habrá que seguir buscando. —Peña se quedó callado, sin dejar de mirar el paisaje—. ¿No? —insistió el sargento.

—Tengo la esperanza de que el alcalde nos alumbre.

—¿De verdad la tienes?

—Quiero tenerla.

—¿Y si volvemos a Bermiego? Volvamos al principio, Peña. No era la primera vez que veían algo así, ¿recuerdas? Tienen que saber algo más.

Peña tardó casi un minuto en reaccionar a la propuesta de Rubio, que entendió que debía dejar de insistir y dejarlo reflexionar. Pasado ese tiempo, volvió a sacar su teléfono:

—Cava... Quiero que llames a tu amiga la capellana. Y que le digas que vas a ir a verla con tu jefe, que le hablaste de su café de puchero y no consiente en volverse a Madrid sin probarlo. Cítate con ella mañana a primera hora. ¡Cava! —dijo el nombre del cabo primero algo hastiado ante las dudas quejosas que le manifestaba—, convéncela.

Colgó y, ahora sí, miró a Rubio.

—¿Contento?

—Sí, mucho.

19

NADA MALO

El Ayuntamiento de Trasgu conservaba una fachada renacentista del siglo XVI, según le había explicado León. A ella habían anexado un edificio moderno que estaba bien disimulado. Presidía una de las plazas principales del centro de la villa, en la que no quedaban muchos edificios antiguos; los últimos habían sido destruidos durante la guerra civil. El despacho del alcalde ocupaba una parte noble de la primera planta, adonde un bedel les indicó que podían subir en cuanto se identificaron.

El secretario del alcalde los estaba esperando en la antesala del despacho, les pidió que tomaran asiento y que esperasen un minuto, que el alcalde venía enseguida. Así fue. Era un hombre joven, más o menos de la edad de Braña, le pareció a Peña, quien le dio las gracias por recibirlos y fue al grano:

—Ya imaginará el motivo de nuestra visita. Supongo que lo sorprende que no hayamos venido antes a hablar con usted, teniendo en cuenta que Amador Braña era concejal de su ayuntamiento.

—Pues no, la verdad es que no lo he pensado, teniente. Ya vinieron a hablar conmigo sus compañeros cuando se conoció la desgracia.

—Ya. ¿Y qué le preguntaron?

—Pues, no sé, lo normal. Que si sabía si tenía enemigos, algún problema con alguien; ese tipo de cosas.

—¿Y no le preguntaron cuándo fue la última vez que lo vio?

—No, no me lo preguntaron. O quizá sí. No estoy seguro. Amador era mi amigo desde la infancia, su muerte me ha afectado profundamente.

—Me hago cargo. ¿Cuándo fue?

—¿Cuándo fue qué?

—¿La última vez que lo vio?

—El jueves antes, tenemos pleno todos los jueves.

—¿Qué asuntos trataron?

—No sabría decirle ahora, pero si le interesa, está documentado. Asuntos de trámite, seguro, nada que recuerde especialmente.

—Bien.

—¿Desde cuándo exactamente conoce a Amador Braña? —Rubio se sumó al interrogatorio.

—Desde siempre, fuimos juntos a la escuela.

—¿Eran muy amigos?

—Éramos amigos, sí. En nuestra juventud éramos inseparables. Después, nos distanciamos un poco porque teníamos pandillas diferentes, pero siempre hemos mantenido relación. Era un gran tipo, por eso no dudé cuando surgió la posibilidad de que entrara en el gobierno de Trasgu. Después de las elecciones, nuestro partido necesitaba apoyos para gobernar y Por Asturies puso como condición entrar en la Corporación. Braña era uno de ellos, quién mejor que él para...

—Esa parte de la historia ya la conocemos. —El alcalde puso gesto de contrariedad ante la interrupción de Peña—. Disculpe, no pretendo ser grosero, pero no tenemos mucho tiempo. Lo que sí tenemos es razones para pensar que Amador Braña podía estar recibiendo presiones de algún tipo. Hemos averiguado que recibía insistentes llamadas telefónicas que estamos investigando. Ya hemos descartado problemas de tipo personal, de modo que nos gustaría saber si había algún asunto relacionado con su actividad política que pudiera estar causándole problemas.

—No, que yo sepa.

—¿Está seguro? —insistió Peña.

—Si hubiera algún problema serio en mi ayuntamiento, lo sabría. Se lo aseguro. Soy un político comprometido, teniente.

—No lo dudo. Sin embargo, varias personas de su entorno nos han confirmado que había pasado una mala racha a cuenta del nuevo Plan General de Ordenación y que últimamente andaba preocupado.

—El PGO se aprobó hace meses. Es verdad que nos ha traído por la calle de la amargura durante casi dos años: protestas vecinales, empresarios y hosteleros enfadados, quejas de la gente del campo; de todo. Y también es verdad que a Amador le tocó la peor parte. Se desvivió por atender las peticiones de todos los colectivos y por que nadie saliera peor parado de la cuenta. Y, al final, consiguió llegar al consenso con todos, lo cual no es nada fácil. No se le puede poner un pero a su gestión.

—Entonces, ¿descarta que tuviera algún problema en la actualidad? Aunque haya testigos que afirman que discutía por teléfono y que andaba despistado y desatendiendo asuntos personales.

—No sabría decirle, teniente. Que a mí me constara, no había nada especialmente problemático. Supongo que serían asuntos propios de su gestión, nada más.

—En todo caso, entenderá que tenemos que investigar sus asuntos políticos. Puede que mi equipo necesite la colaboración del suyo. Espero que la tengan.

—La tendrán, también somos servidores públicos, como ustedes.

—Déjeme que le haga otra pregunta, alcalde. Si tuviera que poner nota a su amistad con Braña, de uno a diez, ¿cuánto de amigos diría que eran?

—¿Nota? No sé, ¿un ocho?

—No lo sé, dígamelo usted. Por ejemplo, el sargento Rubio y yo somos amigos —confesó Peña mirando a Rubio, que tenía cara de estar pensando a qué venía eso—, casi paisanos y además tocayos. Sin embargo, si yo tuviera que poner nota a nuestra amistad nunca diría un ocho. Para que fuera un ocho tendríamos que ser de esos amigos que frecuentan sus casas, se invitan a cenar y ese tipo de cosas, pero yo jamás he estado en su casa, ¿verdad, Rubio?

—Verdad. Ni yo en la tuya —respondió el sargento, siguiéndole la ocurrencia.

—¿Eran ustedes de ese tipo de amigos?

—Teniente, ¿qué clase de juego es este?

—¿Frecuentaba usted el domicilio de Amador Braña?

—No.

—¿Nunca ha estado allí?

—Sí, sí que he estado, claro, pero hacía tiempo que no iba por allí.

—¿Por qué?

—Por qué, ¿qué?

—¿Por qué hace tiempo que no va?

—Porque no me ha invitado, ¡yo qué sé!

—¿Fue usted a casa de Amador Braña el fin de semana que desapareció?

—Sí, fui a ver a Mela, pero no estaba, por cierto. Sus compañeros del puesto me avisaron de que había denunciado la desaparición de Amador y salí a buscarlo con el presidente de su partido. Nos pasamos por su casa.

—Y el día antes, ¿dónde estaba?

—¿Por qué me lo pregunta? —Peña odiaba eso que el alcalde no paraba de hacer, que le respondieran con interrogantes.

—¿Dónde estaba?

—En Luarca, en un encuentro de alcaldes de *conceyus*. ¿Adónde quiere llegar, teniente?

—Disculpe que no responda a sus preguntas, alcalde.

—Escuche, teniente, estoy siendo amable, pero esta conversación está tomado un rumbo que no me gusta nada. Estoy a punto de decirles que si quieren seguir haciéndome ese tipo de preguntas tendrá que ser en presencia de mi abogado —dijo el alcalde de corrido.

—Es rutina, no se preocupe.

—No me preocupo, pero yo también soy abogado y sé que están rebasando el límite. No es a esto a lo que han dicho que venían.

—Lo que me extraña —continuó Peña ignorando los lamentos del alcalde— es que la prensa apenas haya metido el hocico en esto. Imagínese si llegaran a saber que el concejal de Trasgu asesinado formaba parte de una especie de secta obsesionada con los tejos. Me pregunto quién más está metido en el ajo.

Peña soltó la bomba. El alcalde la recibió como un jarro de agua fría que le heló la expresión y pareció dejarlo sin palabras, porque no dijo nada. Rubio sacó la foto del tatuaje y la volteó para que pudiera verla.

—Hace muchos años se celebró una fiesta privada en casa de Amador Braña para conmemorar que se plantaba un tejo en su jardín —le explicaba el mismo Peña, ahora en un tono más suave—. Entre los asistentes a esa fiesta se encontraba usted. Sabemos que solían reunirse de forma discreta, tan discreta que la mujer de Braña no sabía nada de eso. La última reunión a la que Braña acudió fue el sábado, veintinueve de julio, su último día de vida. Dígame, ¿era esto lo que trataba de impedir que saliera a la luz?

—Yo ya no tengo nada que ver con eso. Hace tiempo que me salí.

—¿Se salió? ¿De qué?

—Del grupo, fue antes de que me eligieran alcalde. Y no porque aquello fuera ilegal ni hiciéramos nada malo. Que yo sepa, reunirse con los amigos para colocarse y echar el rato no es ningún delito.

—Y entonces ¿por qué se salió?

—Temía que pudiera perjudicar mi imagen, pero ya le digo que no hacíamos nada ilegal.

—¿Y Braña? El entró en su gobierno, ¿no le preocupaba que siguiera dentro?

—Si le digo la verdad, le sugerí que lo dejara. Pero nunca llegué a tener muy claro si lo había hecho, aunque sospechaba que no; prefería no preguntar.

—¿Y no pensó que quizá, solo quizá, debió haber informado de esto cuando Braña desapareció y, después, cuando apareció muerto?

—No. Nunca se me ocurrió que su muerte pudiera tener relación con eso.

—Señor alcalde, Amador Braña apareció muerto debajo de un tejo, ¿no le parece que este detalle es motivo suficiente para relacionarlo, siendo usted abogado?

El alcalde pareció no encontrar respuesta. Peña no insistió.

—¿Podría darnos los nombres del resto de los asistentes a esa fiesta? —preguntó Rubio.

—No recuerdo quién estuvo en la fiesta, hace años de eso.

—Tenemos más fotos, igual si se las enseñamos se le refresca la memoria —sugirió Peña.

—O igual no —respondió manteniendo el tipo.

—Que estuvieran en aquella fiesta no los relaciona con la muerte. Que los identifique no los acusa de nada ilícito —le aclaró Rubio.

—Eso ya lo sé. Ya le digo que allí no se hacía nada malo. Raro, quizá, pero nada más. Lo que sucede es que, en este momento, no recuerdo quiénes estaban.

Peña entendió que el alcalde, ya fuera por miedo, por proteger a alguien o por protegerse a sí mismo, a saber, no estaba dispuesto a colaborar. Así que optó por abordar otras vías:

—Está bien. Permítame que le haga una última pregunta: ¿qué tiene ese árbol que lo hace tan especial?

—La verdad es que tiene una fuerza que atrapa. Pero, la pregunta, teniente, es: ¿qué tiene el ser humano en la cabeza? El tejo es considerado por aquí casi un árbol sagrado. El árbol de la vida, de la muerte, de la eternidad, el veneno de la Edad Media... En otros sitios de España hay gente que se viste de romano y se cree Julio César, o que se debate en luchas de moros y cristianos, o que se reúne para convocar espíritus, para comer peyote, yo qué sé...; cada loco con su tema. Por aquí somos más místicos y a un grupo de aburridos les dio por ahí —explicaba el alcalde quitando excepcionalidad al hecho, aunque recreándose ahora que le habían preguntado por el tejo—. Al principio eran solo quedadas en lugares en los que había tejos, casi como recreaciones, donde se leían textos históricos relacionados con hechos ocurridos en el lugar, leyendas de la zona... Éramos prácticamente críos. Hasta que un día a alguien, no sé ni quién fue, le dio por decir que podíamos beberlo, que con moderación no era peligroso. Y entonces empezamos a probar el jugo del tejo que tocaba ese día.

—¿Lo bebían para colocarse?

—Se puede decir que sí, porque la verdad es que coloca.

—¿Y no tuvieron nunca un susto?

—No. Era casi mojarse los labios lo que hacíamos. Cuando me aparté de aquello, fui consciente de la gilipollez que era, si le digo la verdad. Claro que, de allí, como es normal cuando se junta gente, salían otras cosas: acuerdos, negocios, parejas... y había algunos a los que podía llegar a interesarles pertenecer a ese grupo. Pero nunca nada oscuro, eso se lo puedo asegurar, al menos que yo tuviera conocimiento.

—¿Sabe quién seguía dentro? Necesitamos saber quiénes fueron las últimas personas que vieron con vida a Amador Braña.

—Le doy mi palabra de que no tengo la menor idea. Y le aseguro que, si tuviera alguna sospecha de alguien que pudiera estar relacionado con su muerte, no me lo callaría.

—Si lo hiciera, sí que estaría cometiendo un delito —le recordó Peña, levantándose para dar por finalizado el encuentro, que le había servido para constatar, por si a esas alturas quedaba alguna duda, que Amador Braña pertenecía o había pertenecido a aquel grupo de súbditos del tejo en el que, según el alcalde, era el árbol del alcaloide como podía haber sido cualquier otra cosa por la que le hubiera dado a ese grupo de individuos aburridos e interesados.

Peña, más bien, se inclinaba por la teoría que había apuntado Sara. Una teoría que, a su manera, también había dejado caer el alcalde de Trasgu. Quizá el tejo era lo de menos y los intereses de aquel grupo de descerebrados fueran otros, digamos más lucrativos.

20

PITU DE CALEYA

Peña salió con Rubio del ayuntamiento y se dirigieron al puerto de Trasgu. Antes de acceder al recinto, en la hilera de vehículos aparcados en batería en la acera aledaña a la zona portuaria, vieron el coche camuflado en el que Soto y Perla aguardaban. Se posicionaban frente a un restaurante situado en la acera contraria, por lo que dieron por hecho que se trataba de uno de los establecimientos de Pablo Montes Pereira. Peña llamó a Soto para que le confirmara que estaba en lo cierto, cosa que hizo el brigada, que le dijo también que su propietario se encontraba dentro desde hacía rato.

La visita al puerto duró poco, lo justo para comprobar que la semicabinada del Golondru no estaba en su amarra, lo que significaba que el hombre había salido de pesca y los obligaba a hacer tiempo allí. No querían volverse a Oviedo sin haber hablado con el viejo amigo de Braña, al que querían devolverle el móvil, primero, y enseñarle las fotos de la fiesta del jardín, segundo, por si reconocía a alguno de los amigos del concejal. Visto lo visto, y que era casi la hora de comer, a Peña se le ocurrió que podían aprovechar para acortar distancias con el hombre que conducía el todoterreno negro aquel sábado en el que Amador Braña salió de casa para no volver.

—Soto, el barco del Golondru no está en el puerto, tenemos que esperarlo. ¿Sigue en el restaurante el dueño? —le preguntó al brigada la segunda vez que lo llamó.

—Es el que está atendiendo las mesas de la terraza en este momento. No sé si puedes verlo desde donde estés.

—¿El camarero?

—Sí, el que va en vaqueros.

—Vale. Acércate y pide mesa para cuatro. Rubio y yo nos unimos en cinco minutos. Os invito a comer.

Desde una distancia de unos treinta metros, vio como el brigada Soto y el sargento Perla se aproximaban al restaurante y como el mismo Pablo Montes Pereira los recibía y acompañaba hasta una de las pocas mesas que a esa hora quedaban libres en la terraza. Él y Rubio se les unieron en cuestión de minutos, justo cuando el hombre volvía a acercarse a la mesa con las cartas y las bebidas que ya habían pedido sus compañeros.

—¿Has dicho que nos invitabas a una mariscada? —bromeó Rubio.

—Claro, y a copas después —respondió el teniente.

—Os sugiero que os dejéis recomendar por los que sabemos de esto —propuso Perla—. El menú del día tiene buena pinta. Yo digo fabas de primero y pitu de segundo.

—Una cosita suave, di que sí. Me apunto —se sumó Rubio.

—¡Coño! ¿Pitu? —se extrañó Peña.

—Te suena de algo, ¿verdad? Aquí somos así de básicos, no necesitamos mucho léxico para ponerle nombre lo mismo a un plato que al bar de una gasolinera —explicó Perla—. Pitu de caleya es pollo, pollo de camino. Se alimenta de lo que pilla y no come pienso.

—Ah, rectifico. Yo no quiero pollo de ese, ni de coña —dijo Rubio.

—¡Pues es el mejor pollo del mundo! —interrumpió el camarero, Pablo Montes Pereira, que en ese instante llegaba a la mesa a tiempo para oírlos e inmiscuirse en la conversación.

—Bien, pues habrá que probarlo —accedió el teniente.

Pidieron la comanda y aprovecharon cada visita del hombre al que seguían y que los atendía con el agrado habitual de la tierra para sacarle conversación, cualquier comentario era bueno para acercar posiciones. Cuando les sirvió los cafés y una ronda de chupitos de orujo gallego cortesía de la casa, Peña le preguntó si se encontraban el metre o el dueño; le apetecía felicitarlos personalmente por el buen gusto y la atención del servicio.

—Lo tiene delante, soy el propietario del restaurante —dijo Montes Pereira—. Hoy se me han puesto dos malos y me ha tocado echar una mano, pero no me importa coger la bandeja, que conste.

Le hubiera gustado preguntarle si el sábado 29 de julio también estuvo atendiendo mesas, pero se aguantó las ganas hasta que lo tuviera sentado en la sala de interrogatorios de la comandancia, cosa que calculaba no tardaría mucho en ocurrir. Pagó la cuenta, abandonaron la terraza del restaurante y, cuando se dirigían a recuperar los vehículos, vieron oportunamente al Golondru saliendo del puerto a pie.

Manteniendo la distancia, siguieron la trayectoria del pescador y comprobaron que se dirigía a su casa. Peña encargó a Soto y a Perla que continuaran con la vigilancia de Montes Pereira hasta nueva orden; él y Rubio tomaron el coche camino de la casa del viejo a orillas del río que a Peña le parecía tan ruidoso. Cuando el hombre llegó, ellos ya lo estaban aguardando en la puerta.

—Hombre, ustedes por aquí. Espero que vengan a devolverme el teléfono. Maldita la gracia de hacerme a la mar sin ese cacharro —dijo el viejo por saludo.

—¿Y eso? ¿No tiene radio? —se interesó Rubio.

—Sí que tengo, por si me para la Guardia Civil —rio su propia gracia—, pero no funciona.

—Pues vaya peligro, amigo, más yendo solo.

El Golondru dio por hecho que querían pasar. Les indicó que se quedaran en el jardín mientras se aseaba. Cuando se reunió con ellos, Rubio le devolvió el teléfono y una explicación:

—No hemos encontrado nada en su móvil que difiera de lo que nos contó. Sabíamos que decía la verdad, pero entenderá que es nuestro deber comprobarlo todo.

—Pues claro, hombre, no soy persona de mentir.

—No lo dudamos —dijo Peña, y fue sincero—. Por eso, hemos pensado que quizá usted podría ayudarnos con un asunto. Verá, tenemos unas fotos de una fiesta a la que acudió gente del pueblo; son de hace tiempo y es posible que algunos hayan cambiado de aspecto. Los años, ya sabe. La cosa es que no hemos podido aún identificarlos a todos y creemos que quizá usted podría reconocerlos.

Rubio sacó las fotos que llevaba en el mismo sobre en el que la viuda de Braña se las había entregado y al que habían sumado algunas más recuperadas del ordenador de Mela que usaba su marido. Todas, excepto aquellas en las que salía el alcalde. Las desplegó sobre la mesa que tenían delante. El Golondru se quedó mirando las fotos un buen rato. Después, levantó la mirada y la clavó en los ojos de Peña, como si también confiara en él.

—¿Y esto puede ayudar a saber quién mató al guaje?

—Puede ser, no quiere decir que el responsable de su muerte esté en estas fotos, pero puede ayudarnos a acercarnos a él.

—A la mayoría no los he visto en mi vida, teniente, o no me acuerdo; también pasan los años por mí y por esta —dijo dándose golpecitos con el dedo índice en la frente—. Este me suena. No sé cómo se llama, no es del pueblo, pero algunas veces lo he visto danzar por ahí con Amador hace tiempo, no ahora, yendo y viniendo en coche. —Eso no les decía mucho—. Lo que me extraña es que no salga el alcalde, solían ir los tres juntos en esa época. —Peña y Rubio hicieron como que no prestaban atención al comentario. Eso ya lo sabían.

—¿En qué época? —quiso afinar Rubio.

—Estas fotos son de hace tiempo, ¿no ve lo jóvenes que están?

—Sí, son de hace tiempo —dijo Peña—. ¿No reconoce a nadie más?

—No, no conozco a los otros. Yo diría que no son de por aquí. Salvo a este —dijo posando su estropeado dedo de pescador sobre otro de los individuos—. A este sí que lo conozco, y ustedes también. Acabo de verlos con otros dos, guardias también, me imagino, charlando con él en el restaurante.

Peña y Rubio se miraron con cara de sentirse tontos. Efectivamente, Pablo Montes Pereira estaba en esas fotos, bastante más joven, con unos cuantos kilos de más y el pelo largo; no lo habían reconocido. Pero más sorprendente aún les resultó que el hombre que parecía ir a lo suyo los hubiera visto desde lejos en la terraza del restaurante con el hostelero.

Peña y Rubio agradecieron al Golondru su ayuda y volvieron a disculparse por lo del móvil. Levantándose para marcharse, el hombre les preguntó qué tal les habían dado de comer en el restaurante.

—Muy bien, como siempre, nos han puesto una buena fabada y... —Ya no recordaba el nombre del pollo—. ¿Cómo era, Rubio?

—Pitu de caleya era, aunque yo no lo he probado.

—Qué pena, hombre, está bien rico ese pollo. Bueno, espero haber sido de ayuda.

Y tanto que los había ayudado. Pablo Montes Pereira

estaba verdaderamente cambiado en las fotos. Habrían terminado identificándolo seguramente, pero la agudeza del Golondru les había facilitado la tarea. El hombre que había recogido a Braña la mañana de su último día con vida, ese en el que acabó frío debajo de un tejo, estaba vinculado de alguna forma con el grupo de raros que se había reunido hacía años en casa del concejal para celebrar que plantaba un arbolito sin veneno. Ahora tenían que atar cabos y eso empezaba por averiguar hasta qué momento había estado Montes Pereira con Braña ese día. Y esas fotos terminaban de darle argumentos para compartir mesa con él y hacerle preguntas interesantes, por si ya era poco que aquella mañana lo hubiera recogido en su casa y no hubiera dicho ni media.

—Ah, se me había pasado enseñarle una que quería que viera. Saca la de las túnicas, Rubio —le pidió Peña—. ¿Le dicen algo esas ropas que llevaban?

—¡*Caun diez*, la Güestia! —El Golondru apartó la foto de un manotazo—. Quite eso de mi vista.

—¿La qué?

—Yo de eso no hablo. Lo siento, pero por ahí no paso. ¡Eso no!

Por la determinación con la que lo dijo, Peña y Rubio entendieron que tendrían que buscarse otra forma de averiguar qué significaban las túnicas que enfundaban los asistentes de la fiesta. Al parecer, aquello era algo que tenía un nombre, aunque ninguno fue capaz de quedarse con él.

De camino a la comandancia, llamó a Soto y le pidió que metiera en la parte trasera de su coche a Pablo Montes Pereira y lo acompañara hasta la comandancia con la misma amabilidad con que él les había servido el almuerzo un rato antes. Allí tenían aún a Eduardo Mera, el gasolinero de Caldas. Peña sabía que no debía retenerlo por mucho más tiempo. Contra el gasolinero, en realidad, no tenían nada; que sus huellas estuvieran en el DNI era plausible, las rodaduras de neumático de la escena no correspondían con ningún vehículo que pudieran relacionar con él y tenía coartada para las llamadas, que se habían realizado en días en que le tocaba libre. Esperaba poder terminar de confirmarlo con las cámaras de la gasolinera.

21

LA FIESTA DEL TEJO

Fue León quien recibió el encargo:

—León, mira esto. —Rubio le puso delante la última foto que le habían enseñado al Golondru—. El viejo casi nos pega cuando se la hemos enseñado. Ha dicho lo que era, pero no somos capaces de recordarlo, era algo en bable. ¿Tú podrías averiguar qué cojones es? —La guardia no tenía ni idea, pero recogió con gusto el encargo. Se ponía con ello.

Según le contó Soto cuando entró en la oficina a avisarlo de que había llegado con Montes Pereira, el hostelero no había mostrado un ápice de sorpresa cuando le indicaron que debía ir con ellos a la comandancia. «Me ha parecido que lo estaba esperando». Fueron el mismo Peña y Rubio quienes se encargaron de tomarle declaración una vez que llegó el abogado, que tardó casi tres horas en aparecer y que le recomendó no declarar en sede policial, consejo que el empresario, muy seguro de su inocencia, contravino. «No tengo nada que ocultar. Hablaré con ellos».

Lo reconoció, como si llevara el discurso preparado. Montes Pereira confirmó que había recogido a Braña aquella mañana en su casa. Que lo había llamado para decirle que pasaba a por él cuando el concejal ya había salido; por eso se volvió y dejó su coche. También reconoció que el móvil desde el que hizo las llamadas —las dos del mismo número que Amador Braña recibió el sábado a primera hora y que no habían podido identificar— las había realizado desde un número sin registrar. La razón: que hacía tiempo que lo tenía, antes de que fuera obligatorio identificar los números de prepago.

—Cuéntenos, ¿qué hicieron ese día? —Peña formulaba preguntas generales que dieran lugar a que el hombre contara lo que considerara oportuno. Tenían muchos vacíos y quizá su relato les podría servir para rellenar huecos.

No tuvieron ni que apretarlo. Reconoció que ese sábado había pasado el día con Amador y otros amigos y que estuvieron de excursión por Somiedo. Y que a una determinada hora se perdieron la pista porque a él, a Montes Pereira, le surgieron planes. «Ya imaginan de qué tipo», dijo. Que dio por hecho que Braña había desaparecido por la misma razón. Que creyó que estaba con una tía, vaya. ¿La excusa que puso para justificar que no dijera nada? Pues eso, que no le interesaba que se supiera dónde estaba y con quién. «Ten amigos para esto», pensó Peña y se calló el comentario.

Montes Pereira era, a su juicio, un ser humano común. El tipo de hombre que sale a la calle con cualquier excusa, pero siempre con el mismo objetivo. Y para el que salvar su culo estaba por encima del bien y del mal, incluso de la muerte de un amigo. Se había enfrentado a muchos así. Para él, habituado a lidiar con seres convenidos y supervivientes, no era de extrañar que aquel hostelero de buena reputación fuera capaz de ocultar que sabía dónde había pasado su colega las últimas horas de vida con tal de mantener en la sombra su cana al aire.

El problema fue que Montes Pereira creyó que eso era todo. Lo que no esperaba eran aquellas fotos.

—Señor Montes Pereira, tenemos un problema —introdujo Peña la mala noticia para él—. Resulta que, que sepamos, fue usted la última persona en ver con vida a Amador Braña. Tendrá que contarle a la jueza todo lo que nos ha contado a nosotros y esperemos que ella, porque es una mujer, tenga la mente igual de abierta que nosotros y se crea que sus razones tenían el peso suficiente como para desentenderse de su amigo aquella noche, y lo hayan seguido teniendo hasta hoy, como para no haber contado nada —hizo una pausa dramática— tantos días después.

—Se lo contaré. Es la verdad.

—Bien, pero hay otra cosa que necesitamos que nos aclare. Igual puede ayudarnos incluso. Ya sabe que la colaboración con la justicia es muy bien valorada por los jueces.

Cuando Rubio extendió sobre la mesa las fotos de la fiesta, entre las que prefirieron no incluir la de las túnicas hasta tener algo de información, a Montes Pereira se le cambió la cara. No contaba con eso.

—Pero ¿de dónde han sacado esas fotos? Esto no tiene nada que ver... No puede ser.

—¿Qué puede contarnos de esto? —preguntó el teniente—. ¿Por qué no empieza por darme la fecha exacta? Tenemos una aproximación bastante certera, lo averiguaremos igual.

Y ahí se terminó la declaración. El abogado interrumpió la conversación y, esta vez sí, Pablo Montes Pereira le hizo caso.

—Como prefiera —dijo Peña—. Hable con su abogado, tómese un rato para pensarlo, tampoco vamos a insistirle. En unas horas lo llevaremos ante la jueza y ya discute con ella lo que tenga que discutir. Por cierto, por el alcalde no se apure; ya ha reconocido que estuvo allí —apuntó para presionarlo y hacerle pensar que el político ya había salpicado toda la mierda habida y por haber.

Esta vez sí que fue de farol.

Se estaba haciendo tarde y el lunes había sido intenso. El abogado de Montes Pereira no era un novato. Había solicitado que le facilitaran dos somníferos a su cliente para ayudarlo a descansar esa noche, con lo que Peña no esperaba una nueva declaración con nocturnidad. Entró en la oficina para decirles a sus chicos que ya estaba bien por ese día:

—Por el momento lo único que ha reconocido es lo que ya sabíamos. De la fiesta no ha contado nada; esperemos que lo haga por la mañana. —Era justo compartir con ellos la información—. Ahora parece que va a dormir la mona. Así que todo el mundo a casa; nosotros al hotel, a descansar.

—Teniente, si me permite, me gustaría comentarle antes un par de cosas —solicitó prudente León.

—Claro, dime.

La guardia había seguido con su particular investigación sobre la historia y las leyendas de los tejos:

—Teniente, todo lo que nos han ido contando la capellana, la bióloga..., no es solo una invención ni son solo habladurías. Hay documentos que hablan de todo un conjunto de mitologías desarrolladas alrededor del árbol. Y ya no me refiero a libros místicos —matizó—, sino con rigor histórico y científico. ¿Sabe lo que es un chamán?

—Más o menos —reconoció Peña.

—Los chamanes son personas con una sensibilidad especial y con capacidad para experimentar estados de trance que, a veces, intensifican con sustancias varias, normalmente de origen natural. Hay incluso fotografías de chamanes junto a tejos.

—¿Braña era un chamán? —preguntó Cava, provocando a su compañera.

—¿Y tú?, ¿eres gilipollas?

—Perdona. Era broma.

—Ya sabéis que estoy en contacto con mi amiga, la que trabaja en la biblioteca del Jardín Botánico de Madrid, y con Sara, la ecologista. Me han ayudado a localizar nueva información —retomó con el mismo entusiasmo, como si su compañero no la hubiera interrumpido—. Plantar tejos en lugares de culto no solo era una tradición desde la era prerromana —exponía entusiasmada a pesar de la hora—, sino que aquí, en el norte, se los consideraba lugares de reunión. No es nuevo, teniente, lo de reunirse debajo de un árbol no lo han inventado estos.

—Algo me explicó Sara. ¿Qué más me puedes contar?

—Al parecer, hasta hace muy poco eran habituales esas reuniones debajo del tejo para tomar decisiones en lo que llamaban «concejos abiertos». Y la palabra que se daba bajo el árbol se consideraba sagrada.

—¿Has encontrado algo del consumo como psicotrópico?

—También se ha estudiado. Además de su toxicidad y de sus propiedades curativas, se ha indagado en su potencial alucinógeno. El tejo ha podido utilizarse desde la Antigüedad, lo mismo para recubrir puntas de flecha que para entrar en estados de trance. Lo que se podría relacionar con el tercer ojo que el alcalde lleva tatuado, pero eso ya no podría asegurarlo.

—Estados de trance, que es más o menos lo que hacían estos, ¿no?

—Eso parece. El hecho de hacerse llamar Los Eburones refuerza la teoría. Fíjese en esto —dijo mostrando en su tableta la foto de la camiseta serigrafiada—. Los Eburones, la inscripción de la camiseta del grupo de Braña en la fiesta de su casa. Supongo que lo recuerda.

—Perfectamente.

—*Eburo* significa, en lengua céltica, tejo. Lo que viene a significar «gente del tejo». Se cree que podrían vivir en los tejos y en las tejedas, bien en sus troncos huecos o en plataformas que construyeran sobre ellos. Y se cree también que consumían la savia del árbol. Es posible que el influjo de los alcaloides modificara su conciencia y que eso los llevara a otorgar al tejo el carácter sobrenatural que el árbol tenía para ellos.

—Impresionante, compañera —reconoció Cava.

—Gracias. Los celtas celebraban fiestas bajo el árbol —continuó—. Lo consideraban un lugar de acceso al más allá, que abría las puertas al otro mundo. Como la fiesta que celebraron nuestros amigos en casa de Braña aquel primero de noviembre, o como su encuentro en Somiedo el sábado fatídico, quizá.

León no podía asegurarlo, pero le resultaba curioso, y así se lo hizo saber al resto, que esas fiestas coincidieran en el calendario con algunos de los ritos celtas más significativos. Los celtas celebraban cada madrugada del primero de noviembre una gran asamblea que, para algunos estudiosos, es el origen de Halloween. Y en verano, en torno a primeros de agosto, tenía lugar otra fiesta asamblearia en la que se trataban asuntos políticos y que aderezaban con juegos y rituales, que se conocía como fiesta de Lugnasad. Quizá era el calendario de ritos celtas lo que marcaba los encuentros de Los Eburones.

—Tenemos que sacarle a Montes Pereira como sea quiénes eran. Tenías otra cosa, ¿no? —Peña estaba seguro de que no habría dejado de cumplir con el encargo que le habían hecho.

—He dejado lo mejor para el final. —Sonrió—. ¿Puede ser que el Golondru dijera la Güestia?

—¡Eso! —Peña y Rubio asintieron, casi gritando, al unísono.

—Quizá os suene más la Santa Compaña, que es como se la llama en gallego y es más conocida.

—Puede que alguna vez lo haya oído. ¿Qué es exactamente?

—Otra leyenda. Algo así como una procesión de almas en pena que, curiosamente, viene a relacionarse con los orígenes de la fiesta de Halloween, pero a la asturiana. No ha sido difícil dar con esto. Se supone que las almas de los difuntos vienen a llevarse a alguien. Y que quien la ve está condenado, básicamente.

—Venga, no me jodas. —Rubio no daba crédito.

—Es lo que he encontrado. Seguiré mirando. Eso es todo por ahora, teniente.

—Que no es poco. Eso sí, tendrás que volver a contarme todo esto por la mañana, a estas horas ya no retengo. Muy buen trabajo, León, ninguno lo hubiéramos hecho mejor. —Sabía que esa mañana no había sido del todo justo con ellos y quiso reconocer su trabajo, que solía ser ejemplar—. Por cierto, ¿has mirado algo de lo que os dijo la anciana del camino? ¿Lo del pájaro?

La guardia le dijo que no, sin más detalles.

Esa noche se volvieron al hotel en dos coches. Peña no quería confiarse, no fuera que a Montes Pereira se le pasara el efecto del diazepam y se espabilara en mitad de la noche con ganas de hablar. Había dejado orden de que lo avisaran si eso ocurría, a la hora que fuera. A Cava, que conducía el coche en el que iba, le pidió que avisara a la capellana de que no podrían ir a la mañana siguiente como estaba previsto, pero que lo antes posible se pasarían a hablar con ella. Estaba verdaderamente exhausto. Ni el calor húmedo que persistía ni los recuerdos que lo atormentaban desde que llegó a Asturias impidieron que esa noche cayera rendido.

Por la mañana, a las siete y un minuto, no había ni abandonado la habitación del hotel cuando sonó su teléfono:

—Teniente, disculpe la hora. Soy Gaspar, el alcalde de Trasgu. ¿Lo pillo bien?

—¡Alcalde!, no se preocupe, estoy operativo. ¿En qué puedo ayudarlo?

—¿Es verdad que han detenido a Pablo Montes?

—¿Me llama para confirmar lo que ya sabe o es que quiere decirme algo?

—Es importante que hablemos, teniente. ¿Podría usted pasar por mi despacho?

—Será mejor que se acerque usted a la comandancia en esta ocasión; me va a ser imposible desplazarme hoy. Si no, tendrá que esperar a mañana la conversación.

—De acuerdo. ¿Le viene bien en un par de horas?

22

RAÍCES

De repente a todos les habían entrado muchas ganas de hablar. No habían llegado a la comandancia cuando Soto llamó a Peña para decirle que Montes Pereira quería volver a declarar. A Peña se le acumulaba el trabajo. No terminaba de decidir qué le apetecía más, pero algo le decía que al hostelero no le había gustado un pelo saber que el nombre del alcalde ya había salido a la luz:

—Escúchame, Soto. Dile que tengo una reunión con el alcalde. Y que, en cuanto termine con él, lo avisaremos. Que intentaré no demorarme demasiado y no hacerlo esperar mucho.

—¿Vas a Trasgu?

—No, Trasgu viene a verme. Búscame un sitio agradable para recibirlo, ¿quieres?

—A la orden —respondió Soto por inercia.

—Déjate de órdenes ni leches y hazme un favor. El otro día nos dijo que el sábado que desapareció Braña estuvo en Luarca en una junta de alcaldes o algo así. Lo dimos por bueno. ¿Podrías confirmarlo?

Soto se lo confirmó en cuanto entraron por la puerta. El encuentro de dirigentes de *conceyus* había tenido lugar el mismo sábado en Luarca. Había fotos en la prensa local en las que se veía al alcalde de Trasgu en numerosos actos a distintas horas del día. También lo puso al día de que a primera hora habían llamado del mismo Ayuntamiento para confirmarles que les habían habilitado una VPN para que pudieran consultar los archivos sin desplazarse. Con el ajetreo del lunes no había tenido tiempo de contarle que Sanchís se había pasado la tarde en Trasgu revisando peticiones de licencias, expedientes y demás, y que el consistorio había tenido la deferencia de facilitarles el trabajo.

El alcalde de Trasgu mostraba esa mañana un talante que nada tenía que ver con el del hombre que los había recibido solo un día antes en su despacho del ayuntamiento. Comenzó disculpándose por eso y le pidió a Peña que entendiera que quizá lo habían hecho sentirse atacado gratuitamente. El teniente se hizo cargo.

—Verá, Gaspar, ¿puedo llamarlo Gaspar?

—Por favor —asintió.

—Lo que un servidor público espera de otro no es sino máxima colaboración ante una situación como esta. Entienda que, más tratándose de un compañero, nos extrañara esa reticencia por su parte.

—Comprendo. Ya le habrán dicho que hemos abierto totalmente las puertas de nuestro ayuntamiento a su gente —refiriéndose a la VPN, o eso creía Peña; la verdad es que le importaba poco a qué quería referirse con esos eufemismos tan habituales en la clase política—, pero es que ese tema que ustedes están removiendo no tiene nada que ver con la muerte de Braña, o al menos así lo creo yo. Ya sabe, lo de la fiesta. Me cogió por sorpresa que vinieran con esas.

—Pues en esas estamos, Gaspar. No se preocupe, esta es una conversación informal. No está declarando, ha venido voluntariamente y es libre de contar lo que quiera. ¿Por qué me ha llamado?

El alcalde le confesó sin reparos que, al saber que habían detenido a Montes Pereira, entendió que era más honesto que él le hablara personalmente de la fiesta por la que le habían preguntado. Fue la última vez que se reunió con ellos, según dijo.

—Fíjese si hace años que dejé de ir. Al principio eran encuentros más sanos, cuando éramos más jóvenes, prácticamente chavales, pero con la edad, cuando comenzamos a tener más posibilidades, la cosa empezó a ponerse más dura, ya me entiende.

—¿Se refiere a drogas?

—Sí. De todo tipo. Ya no era solo la tontería del tejo, sino otras cosas. En aquella época no me importaba, aunque nunca me fueron demasiado según qué asuntos. Después, algunos empezamos a sentar la cabeza: familia, hijos, trabajos, algunos entramos en política; y empezamos a dudar de si estaba bien seguir con aquellos juegos. Pero otros, ya ve, parece que nunca han terminado de centrarse.

—¿Otros como Amador Braña?

—Lo cierto es que Amador era de los que más metidos estaban. Discutí mucho con él por eso, hasta que me salí. Cuando se celebró la fiesta ya andábamos los dos de alguna forma en política, tuvimos una fuerte discusión y le dije que si quería que siguiéramos siendo amigos lo mejor era que no volviéramos a hablar de ese tema. Y eso hicimos, seguir como si aquello no existiera.

—Pero ¿qué pasó en aquella fiesta para que se enfadara tanto?

—No es que pasara nada grave, la verdad, era más bien que se había tomado la licencia de invitar a gente que no esperábamos. Y a mí no me hizo ninguna gracia aquello. Yo ya había empezado mi carrera política y entendía que eso podía perjudicarme.

—Pero usted nos dijo ayer que alguna vez le había pedido que lo dejara.

—Sí, pero no por las drogas ni por las fiestas, nada de eso.

—¿Entonces?

—Mire, Amador era un político íntegro, o eso creo. Como poco, puedo asegurarle que era muy empático y se preocupaba mucho por la gente. Le costaba de verdad tomar decisiones impopulares o que fueran a perjudicar a los ciudadanos.

—¿Sin embargo?

—Sin embargo, en algunas ocasiones tuve la sensación de que estaba, quizá inconscientemente, decantándose por posturas que podían beneficiar a alguien que a mí me podía sonar que estuviera en ese círculo. Eran esos momentos en los que yo lo presionaba con alejarse de esas historias y de ese ambiente. Porque eso no va conmigo y, la verdad, creo que tampoco con él.

—¿Alguna vez favoreció abiertamente a alguien de ese grupo?

—Desde luego que no. Si así fuera, y a mí me constara, no habría seguido en mi equipo de gobierno.

—Dígame, alcalde, ¿quiénes eran Los Eburones? —La pregunta lo dejó callado por un segundo.

—Lo de Los Eburones fue una gilipollez que Amador se inventó para ese día. Hizo esas camisetas como el que prepara una despedida de soltero y disfraza a los amigos. Ya le digo que Amador estaba un poco flipado con la historia del tejo. Hasta el punto de plantar uno en su casa... Menudo imbécil, no me extraña que haya acabado como ha acabado.

—Hablando de disfraces, ¿podría decirme por qué iban vestidos así? —Le mostró un par de fotos en las que se veía al grupo con las túnicas de la supuesta Güestia.

—Desde luego, por la recreación. Casi había olvidado

esto. —Sonrió—. Se sigue haciendo en algunos pueblos de Asturias; en Trasgu ya no, nos hemos vuelto muy modernos, pero antes se hacía.

—¿Se hacía el qué?

—Recrear a la Güestia. Creo que fue la última vez. Hay gente a la que estas cosas no les hacen gracia y dejó de hacerse.

Hablaron sobre eso un rato más, en el que el alcalde confirmó lo que ya había averiguado León, quitándole importancia.

—Además de Montes Pereira y usted, ¿quién más había aquel día? —insistió de nuevo.

—Teniente, no voy a señalar a nadie. No voy a hacerlo como no me gustaría que me señalaran a mí por algo que no le negaré que no fuera del todo ético, pero no hacía mal a nadie. Si de verdad creen que esto tiene relación con su muerte, hagan lo que tengan que hacer y yo responderé a sus preguntas, pero no voy a darle nombres. Ahí había gente con buena reputación, quién soy yo para acabar con ella. Además, han pasado ya años.

—Pero Braña apareció muerto hace poco más de una semana. Lo mataron. Así que se lo volveré a preguntar. ¿Se le ocurre alguna otra razón, algún otro motivo, que pueda tener relación con su muerte?

—No le mentí cuando le dije que si supiera algo lo habría dicho. ¿Por quién me toma? Amador era mi amigo, un tanto peculiar, pero mi amigo.

—¿Sabe, alcalde? Hay algo de este caso que no me cuadra. No es la primera vez, como ya habrá intuido, que me enfrento a una investigación con características singulares. No es normal que no tengamos a la prensa encima, casi no se habla de esto. ¿Encuentra alguna razón que explique ese silencio mediático?

—El tejo, teniente. No voy a darle nombres, pero puedo decirle que, al igual que a mí, hay otras personas a las que no les gustaría que se airearan ciertos errores cometidos en el pasado. Estar en esa fiesta y en otras del estilo fueron errores. Todos los cometemos. Y cada uno los tapa como puede, con los recursos que tiene. Y no significa eso que hayan matado a nadie.

—¿Ha hablado usted sobre esto con alguien?, ¿con alguien que estuviera en esa fiesta, quizá?

—Mis conversaciones privadas son asunto mío, espero que lo entienda. Y le diré una cosa: por el bien de Trasgu, espero que siga sin hablarse de esto. No beneficiaría a nadie.

«Un vicioso arrepentido», fue lo que dijo Rubio después cuando Peña, por encima, le contó la conversación. Era un buen titular, a su juicio, pero ¿acaso no tenía la gente derecho a cambiar?, ¿por más que él pensara que rara vez fuera para bien? Peña se despidió del alcalde con la máxima cordialidad que pudo y le pidió que se mostrara colaborador si volvían a requerir de él. El alcalde, más o menos, le dijo que sí, que así sería, y le rogó discreción con lo que le había contado. Lo cierto era que Peña estaba descolocado y tampoco quería detonar una crisis política sin tener la certeza de que la muerte de Braña estuviera relacionada con Los Eburones. Pero es que su cadáver había aparecido a la sombra de un tejo. Joder, muy difícil era que no tuviera algo que ver.

—Soto —se dirigió al brigada al entrar en la oficina en la que el equipo trabajaba—. ¿Qué relación tienes con la prensa local?

—Uf, la justa —respondió el brigada medio bromeando.

—¿No tienes a nadie de confianza?

—¿De cuánta confianza?

—Como de la necesaria para enterarte discretamente de

por qué cojones no hablan del asesinato de Braña ni en las revistas de los institutos —dijo «asesinato» alargando las sílabas y abriendo los brazos.

—Puedo hacer algunas llamadas.

—¿Es fiable?

—Creo que sí, ya sabes, algún favor se nos debe.

—Hazlas y me cuentas. ¿Está listo Montes Pereira?

—Negativo —se entrometió Cava—. El abogado ha dicho que no podía esperar; de pronto le han entrado prisas. Y que no podrá asistir al detenido hasta después de comer. Vamos, que se han enterado de que estaba aquí el alcalde y han cambiado de opinión —sentenció el cabo primero con su habitual clarividencia.

—Vaya, pues nos hemos quedado sin plan.

—Pues ya que estamos ociosos, teniente, si le parece bien, le cuento —propuso León.

—Venga, ilústranos —la pinchó Cava, recostándose en la silla cruzando los brazos y poniendo cara de prestar atención.

—Haré como que no te he oído.

León enchufó a su tableta un cable que salía del ordenador y proyectó la pantalla en la pizarra enrollable.

—Son de un libro de Sara. Me las pasó ayer, pero quería repasar las notas que teníamos y ordenar las ideas antes de compartirlo.

Y, así, la guardia Teresa León les explicó a Peña y a los demás, mostrándoles un esquema, cuáles eran las formas de reproducción vegetativa del tejo. Y que el árbol podía autorregenerarse o reproducirse por rebrotes de cepa, de raíz y mediante otras maneras, pero que había una que le había llamado especialmente la atención, sobre todo porque Cava, «que a veces dice cosas interesantes», matizó, le había comentado que la capellana dijo que el cadáver parecía estar remedando al árbol, con los brazos clavados en la tierra como las ramas cuando echan raíces.

—Se llama acodos de rama, teniente. Una rama del árbol se clava en la tierra y enraíza, y de ahí sale otro árbol. Un tejo aparentemente joven puede ser, en realidad, la regeneración de un ejemplar milenario. ¿No es fascinante?

Lo era. A Peña le parecía que lo era tanto como el entusiasmo que mostraba su aventajada pupila, que no se conformaba. Ella, como él, sabía que más allá de encontrar un nombre, un hombre condenable, había muchas preguntas por responder, enigmas por resolver, incógnitas que despejar, para entender por qué el cadáver de Amador Braña había aparecido no en cualquier sitio, sino debajo de un tejo recóndito en la puerta de una iglesia que no se abría al público, con las piernas amputadas y las manos agarradas a la tierra. Si el tejo no era la clave, era que los había envenenado.

—El que fuera se había documentado bien —apuntó Cava.

—Está claro como poco que, si no un ritual, fue premeditado, muy premeditado —comentó el brigada Soto—. Pero ¿quién coño podría tenerle tantas ganas a ese pobre chaval como para montar esa escena?

—Pues mira, mi brigada, aquí tengo más de doscientos candidatos —bromeó Sanchís, que estaba trabajando en su ordenador conectada por VPN a los archivos del Ayuntamiento.

—¿Y eso? —quiso saber Peña.

—Desde que comenzó el asunto del PGO hubo exactamente doscientas treinta y dos solicitudes de licencias, hasta hoy, que no se aprobaron a la primera. Pero lo cierto y verdad es que todas las que me ha dado tiempo a revisar se terminaron aprobando «tras solventar las incidencias detectadas en la solicitud» —dijo la cabo primero remedando el lenguaje de la Administración.

—Te compadezco. Cava, ayuda con esto a la compañera, a ver si se te quitan las ganas de hacer chistes malos. Si descubrís algo raro me avisáis, voy a hacer algunas llamadas.

23

LA GALERNA

Peña aprovechó el receso que había forzado el abogado de Montes Pereira para llamar a Sara. Sentía que debía agradecerle la ayuda que les estaba prestando y quería, o le apetecía, comentar con ella los hallazgos que le había transmitido León. Esa vez tuvo suerte y la pilló con el teléfono operativo. La chica pareció no entender cuando le hizo alusión al esquema de las formas de reproducción del tejo. El teniente comprendió que, aunque le había pasado las páginas del libro a León, su subordinada había sido prudente y no le había comentado a la bióloga nada al respecto de lo que sí había relacionado con la pose en la que apareció el cuerpo de Braña. De ahí su asombro cuando Peña, quizá hablando de nuevo más de la cuenta con ella, se lo refirió.

—Joder... Es una teoría muy enrevesada. Creíble, pero muy enrevesada. De nota.

—Crees que puede tener sentido, ¿verdad?

—No lo sé, teniente. Puede ser. Es que usted quiere entenderlo todo...

Entenderlo todo era su trabajo. Un trabajo para el que igual no era necesario contrastar con ella una y otra vez sus teorías. Se sentía un poco ridículo cada vez que Sara le hacía uno de esos comentarios sobre él mismo.

—Pero tú qué piensas, ¿crees que tiene sentido o no? —preguntó para asegurarse, o quizá solo para justificarse, también ante sí mismo.

—Está bien. No le digo que no pueda tenerlo. Otra cosa es si yo misma hubiera llegado a esa conclusión si no me lo hubiera dicho. Y menos alguien sin tener mucho conocimiento botánico. Sí que es lista Teresa —se refería a la guardia León.

—No lo hemos visto nosotros. León ha relacionado un comentario de la capellana con eso al ver el esquema que le has pasado. Fue ella quien lo insinuó.

—¿Quién?

—La capellana de Bermiego, la señora que encontró el cuerpo.

—Uy, eso me extraña menos. Una señora de Bermiego sabe más de tejos que yo, eso seguro, y más de ese. Sabe que es de los más antiguos y respetados de Asturias, ¿no?

—Algo he oído. ¿No te sorprende que dijera eso, entonces?

—A ver, me sorprende porque ya le digo que la teoría es enrevesada, pero de la sabiduría de la gente de los pueblos me lo espero todo. Eso sí que no intente comprenderlo. Lo que me sorprende, en todo caso, no es tanto que ella lo comentara, sino que quien sea que lo matara también viera esa relación, que lo recreara incluso, si es que fue lo que pretendió.

—Oye, Sara, ¿tú sabes lo que es la Güestia?

—Pues claro. No me diga que cree en esas cosas, teniente —se atrevió de nuevo a burlarse de él.

—Ya te lo contaré en otro momento —dijo Peña viendo que Soto se le acercaba con cara de estar preguntándose si le quedaba mucho—. Sara, no puedes comentar nada de esto. El caso está bajo secreto de sumario.

—Teniente, ¿aún no confía en mí?

No era de ella de quien no se fiaba. A sus años y ahí estaba, haciendo el imbécil, hablando más de la cuenta y dejando la puerta abierta a un nuevo contacto para hablarle de sus creencias.

—Es mi obligación recordártelo —optó por responderle tras una coraza de aparentada autoridad.

—Lo comprendo. Una cosa, teniente. En unos días me marcho a Londres de estancia unos meses, aunque puede seguir llamándome si necesita algo de mí, claro. Pero me gustaría despedirme de usted. Creo que hay un sitio que le gustaría conocer. ¿Cómo le viene cenar esta noche en Trasgu?

Mal. Le venía mal. Y, además, no sabía qué ponerse.

Que Rubio acompañara a Peña fue el plan b. A pesar de que el teniente entendió que era de rigor ofrecérselo a Soto, que había facilitado el encuentro con el periodista local, este había preferido no meterse. «Tenéis que entrar en Trasgu, cruzar el puente del puerto y seguir el indicador de "Cueves". No tiene pérdida», le había dicho el brigada. La gente allí tenía aún esa costumbre de dar indicaciones como si no existiera el GPS, aunque fueran mucho más tecnólogos que él, lo cual a Peña le agradaba. «Vais a alucinar antes de llegar, no os digo más. Vosotros seguid hasta que lleguéis junto al apeadero. Vive en la casa que está más pegada».

Alucinaron. Calcularon que se estaban aproximando al pueblo cuando dejaron de ver el cielo. Los árboles que flanqueaban la carretera formaban un túnel de vegetación que dejaba el camino completamente a la sombra, a pesar de que lucía el sol. Notaron que la temperatura descendía sutilmente y se incrementaba el olor a humedad. Unos minutos después, Rubio aminoró la marcha y encendió las luces del coche cuando vio que la carretera que llevaba a Cuevas del Agua se adentraba en una majestuosa gruta por la que discurría el camino de entrada al pueblo; y porque de ella salía gente a pie, algunos con linternas en las manos y chaleco reflectante. Antes de la primera curva a la izquierda pensaba que serían solo unos metros, pero a esa primera la siguió otra y la cueva natural por la que transitaba el asfalto aún transcurría fácilmente durante otros doscientos metros como poco. Aminoraron más la marcha y bajaron las ventanas al unísono para respirar el aire impregnado de olor a roca. El sonido del sinuoso riachuelo que transcurría junto a ellos se unió a la expedición. Y Peña, que llevaba unos días más sereno y que, concentrado en el caso, había conseguido, si no alejar a los fantasmas, más o menos despejar su mente de los recurrentes pensamientos negativos que se resistían a dejarlo en paz, no pudo evitar volver en ese momento al recuerdo de Andrés. Era el tipo de lugar que su hermano le hubiera recomendado visitar con el mismo entusiasmo con que lo había hecho Soto un rato antes, si todavía viviera en aquella tierra que no dejaba de poner a prueba sus sentidos; si aún viviera.

—Qué pasada, *quillo*. —El comentario de Rubio lo sacó del trance.

—Igualito que los de la M-30, ¿eh? —bromeó Peña para escucharlo.

—Lo mismo. Mira, ahí está la estación. Esa debe de ser la casa del periodista.

El periodista había preferido recibirlos en su casa porque el pueblo era un lugar a salvo de curiosos y además era su día libre. Al chaval lo encontraron en lo alto de una escalera batallando con el toldo. Les preguntó de lejos tal como los vio bajarse del coche si eran los compañeros del brigada. Peña y Rubio asintieron rápido, como diciendo que no hacía falta que se enterase todo el pueblo, aunque tampoco es que hubiera mucha gente por allí. Se habían cruzado con varios transeúntes antes y durante el trayecto de la cueva, pero una vez la habían rebasado, allí solo había unos pocos vecinos, cada uno a sus cosas. El pueblo era digno de un documental. La mayoría de las casas tenían su propio huerto y su hórreo. A pesar de estar tan cercano a la capital del *conceyu* de Trasgu, aquello era como un oasis de tradición protegido de la civilización por la roca. Si les hubieran dicho que allí se seguía practicando el trueque, se lo habrían creído.

—Enseguida estoy con ustedes, termino en un minuto.

—¿Necesita ayuda? —se ofreció Rubio.

—No se preocupe, lo tengo controlado. Es que viene la galerna y si lo dejo echado sale volando. Ya está —dijo bajando—. Soy Samuel, encantado.

Cumplieron los protocolos: presentaciones, agradecimientos por adelantado, comentarios al respecto de la gruta y todos los formalismos habituales dado el caso; y Peña le preguntó:

—¿Entonces, dice que da galerna?

—Sí, es ya menos habitual en esta fecha, pero alguna solemos tener cada verano. El año pasado vino una en agosto que me jodió ya el toldo. Y después el seguro se desentiende, ¿sabe? Empiezan a enredar, que si fenómenos meteorológicos y cuentos, y que pago yo al final.

—¿Qué es la galerna?

—Un temporal, Rubio. Típico del norte —aclaró el teniente, como queriendo quitarle importancia.

—Exacto. Puede amanecer un día de puta madre y de pronto darse la vuelta. Trae viento fuerte de noroeste y lluvia, pero lo peor es la que lía en el mar. Por suerte, ahora tienen predicciones, porque no han sido pocos los que no han regresado por una de estas.

—Si le parece nos centramos en lo que nos ha traído aquí. No tenemos mucho tiempo. —Peña lo cortó de forma un poco brusca.

—Claro. Vamos dentro mejor.

Samuel trabajaba como redactor en *El Diario de Trasgu.* Aunque era un medio muy pequeño, pertenecía a un grupo de comunicación que tenía cabeceras en otras zonas del Principado y también algunas en regiones aledañas, además de varios canales de televisión, cadenas de radio, webs de noticias, alguna editorial y otros productos por el estilo. Según les dijo, esos medios eran con mucha frecuencia fuente de información para diarios y cadenas nacionales, pues también hacían las veces de agencia de noticias. Él solía cubrir los temas relacionados con sucesos, que no es que fuera su especialidad, pero no le disgustaba; y era por eso que mantenía contacto con Soto. El periodista y el brigada tenían una buena relación y a veces se hacían favores mutuos, todo dentro de la normalidad y sin traspasar ningún límite, según aseguró. Lo mismo que reconoció que alguna le debía y que por eso no había podido negarse a hablar con ellos, pero que esperaba que fueran igual de discretos como acostumbraba a serlo él, ahora que estaba en el lugar de la fuente.

—Yo no puedo facilitarles nombres, no por nada, sino porque no los tengo. Pero sí les puedo decir cuál tengo clara que es la razón por la que no se habla de la muerte del concejal. No es por razones políticas, nada de eso. Eso sería lo primero que pensaría cualquiera y es verdad que cuando hay políticos de por medio es habitual que los temas se traten con cierto tiento, pero al final se termina hablando de ello.

—¿Entonces? —preguntó Rubio.

—Pues lo más lógico: un empresario. Es decir, un anunciante. Alguien cuyas empresas se dejan los cuartos en alguno de nuestros medios. Al fin y al cabo, es como nos subvencionamos. En mi periódico en concreto la decisión, digamos editorial, fue que esto no interesaba. No se ha hablado de este tema más allá de haber dado la primera noticia sin entrar en detalles. Directamente no lo tocamos, como si no hubiera pasado; lo que no significa que no se comente.

—¿Quién no quiere que se hable de eso, Samuel? —lo intentó Peña.

—No tengo ni puta idea, teniente. Y, la verdad, tampoco me quita el sueño. No me van a dar a mí el Pulitzer por esto, ¿no cree?

—Nunca se sabe.

—Ya le digo yo que no. Y no voy a intentarlo. Vaya que me quede sin premio y sin trabajo.

—¿Le suena el nombre de Pablo Montes Pereira?

—Pues claro que me suena. Ya sé que lo tienen detenido, pero no creo que tenga nada que ver con esto; era buen amigo de Amador Braña y es un buen tipo. Pablo montó el primer restaurante con un préstamo que todavía está pagando. Aunque vaya por ahí presumiendo de coche y de ropa cara, echa más horas que un negro para sacar adelante el negocio y la vida que lleva, con perdón por la expresión.

Bucear en la estructura de la información asturiana para averiguar quién estaba detrás del silencio de los medios locales no era un plan que a Peña lo apasionara. Si no había más remedio, terminaría enviando a León y a Cava a la hemeroteca para que sacaran conclusiones, en sentido figurado, claro, porque últimamente, los mandara adonde los mandara, terminaban delante del ordenador. Pero aquella posibilidad, en todo caso, le gustaba tan poco que decidió aparcarla de momento, al menos hasta que llegaran las cámaras de la gasolinera de Caldas, con la esperanza de confirmar de una puñetera vez quién había hecho las insistentes llamadas a Braña. No podía negar, eso sí, que lo que les había contado el periodista, que no fue mucho más, cuadraba con lo que había insinuado el alcalde: que alguien relacionado con los juegos del tejo no quería que se hablara de eso. Peña pensó que alguien como el alcalde de Trasgu, que había estado o aún estaba dentro, no quería que se escarbara en el asunto por si terminaba saliendo salpicado. Cuando llegaba a esas conclusiones lo asaltaban las dudas de que el árbol sí estuviera de verdad relacionado con la muerte violenta del concejal.

La galerna los pilló montándose en el coche para regresar a Oviedo. Peña sintió un escalofrío que le recorrió el cuerpo cuando las nubes ennegrecieron la tarde que hasta entonces lucía espléndida. Un aire frío, que rápido se convirtió en fuertes rachas de viento, rugía con fuerza sobre ellos. Comenzaron a volar trozos de ramas y objetos de todo tipo que se levantaban del suelo y se desplazaban como si fueran paja. Los rayos eran seguidos por estruendos que rompían el cielo. Rubio avanzó con el coche hasta la cueva, la atravesó y paró el vehículo unos metros antes de salir de ella. Propuso esperar a que amainase; la verdad era que daba miedo conducir en esas condiciones. Durante más de cuarenta minutos permanecieron al resguardo de la tierra, presenciando atónitos el espectáculo que había fuera desde el cobijo de la gruta, hasta que el temporal cesó. Entonces, como si no hubiera pasado nada, las nubes se retiraron y los rayos del sol volvieron a lucir, primero tímidos, después otra vez con intensidad; hasta que la calma se hizo.

—Peña, ya está aquí el abogado.

—De acuerdo, estamos llegando a Oviedo. —Colgó—. Era Soto. Montes Pereira va a declarar.

Además de ratificar lo que ya había dicho en su primera declaración —que recogió a Braña la mañana del sábado 29 de julio, que fueron a Somiedo, y todo lo demás que ya les había contado—, explicó que pasaron el día en la braña de Villa de Vilma, en una especie de convivencia entre amigos. Reconoció que consumieron alcohol y drogas y que se retiró con una chica del grupo con la que mantenía una relación esporádica, por lo que no fue consciente de que Amador Braña se marchara o desapareciera. Después, pidió disculpas por su reacción del día antes, cuando le enseñaron las fotos de la fiesta en casa de su amigo y le recordaron que su falta de colaboración no solo había supuesto un obstáculo para la investigación, sino que rozaba el falso testimonio, actitudes ambas susceptibles de constituir conductas delictivas. Montes Pereira se justificó afirmando que aquello no tenía nada que ver con la muerte de Braña, pero que, si incluso el alcalde había hablado, no sería él quien pusiera obstáculos.

—A su pregunta de ayer, teniente, fue el uno de noviembre del año dos mil cinco. Todos los años solíamos quedar ese día y Amador quiso hacer algo especial para celebrar aquel Halloween.

—¿Algo como plantar un tejo?

—Pues sí, fue lo que se le ocurrió.

No le quedó más remedio que terminar reconociendo que, efectivamente, pertenecían a una especie de asociación de amigos inspirada en la cultura celta que se reunía y celebraba sus fiestas en torno al tejo y que, efectivamente, jugaban con la savia y las hojas del árbol para alcanzar estados alterados de conciencia. Ya en ese punto, Montes Pereira se rindió y se dejó llevar. Habló de la magia del tejo, de la atmósfera que crea, de su atracción, y hasta de las formas geométricas de colores que uno ve cuando es poseído por las capacidades psicotrópicas del alcaloide.

Pablo Montes Pereira ratificó que lo de Los Eburones, igual que lo de plantar el tejo, se le ocurrió a Braña para ese día. Que hasta entonces no tenían nombre y que eso fue en parte lo que hizo que alguno, como el alcalde, empezara a sentirse incómodo en ese ambiente. Confirmó que Amador había invitado a gente que algunos no esperaban y que eso tampoco les había sentado bien a todos. «Cuando se lo recriminaron ya estaba un poco pasado. Dijo que era su casa y que si alguien tenía problemas ya sabía lo que tenía que hacer». Amador Braña había aprovechado que su mujer, que entonces era su novia, estaba fuera para organizar la fiesta de aquel primero de noviembre, siguiendo el calendario de ritos celtas, en el jardín de su casa.

—Así que era Halloween. ¿Por eso iban disfrazados?

Le enseñó las fotos en las que iban con túnicas. Y obtuvo una respuesta similar a la que había dado el alcalde, pero contada con mucho más énfasis.

—¿Entonces no buscó la ocasión para la siembra del árbol? —insistió Peña.

—No, hombre. Ya le digo que lo del árbol se le ocurrió después para pegarse la vacilada.

—Según tenemos entendido, Amador Braña era de los que más implicados estaban en eso del grupo del tejo.

—Amador era pura pasión. No estaba más metido que los demás, lo que pasa es que él siempre le ponía ganas a todo lo que hacía: su bodega, su familia, el deporte, los amigos... Y a esto, también. No le digo que no, pero no más que nadie.

—Pero los demás no plantaron un tejo en su jardín, ¿o sí?

—No, que yo sepa. ¿Y qué? Mire, aquella fiesta se le fue de las manos: drogas de todo tipo, putas... No le digo que no. Pero allí todo el mundo participaba en todo. Lo disfrutábamos. Cada uno de nosotros, incluso los que después empezaron a decir que aquello no iba con ellos y ahora tienen que callar.

Para terminar, no dejó pasar la oportunidad de dejar claro, por si no había tenido el valor de hacerlo él, que también el alcalde de Trasgu perteneció a ese grupo, aunque, tal y como él mismo había afirmado, se había salido cuando temió que pudiera peligrar su objetivo de conseguir la alcaldía. Un nombramiento para el que, según afirmó esa tarde ya casi noche Montes Pereira, le había venido muy bien pertenecer a Los Eburones, como a tantos otros que se beneficiaban de las amistades que allí tenían.

24

LA GÜESTIA

Sara había citado a Peña en un restaurante que estaba, literalmente, en medio del campo. «Joder con los ecologistas. No había un sitio más perdido». El marcador aparecía en el mapa en una carretera que conectaba la aldea en la que vivía Braña con otro núcleo de población igual o más pequeño. La descripción de la naturaleza del sitio en el plano le resultó curiosa: LUGAR.

Cuando iba de camino recibió un wasap de Sara con otra ubicación:

> Le recomiendo dejar el coche ahí, está complicado acercarse más. No sabía que era hoy la fiesta del *prau*. Menos mal que he reservado.

Peña no entendía nada. Hizo caso y aparcó donde le había indicado. Sacó el móvil, activó la ubicación que tenía apagada por costumbre y le pidió el trayecto que debía seguir a pie para llegar al restaurante. El teléfono le devolvió una raya serpenteante de puntos que hablaba de una caminata de más de un kilómetro por una carretera perdida. Cuando la enfiló, se sorprendió al ver que no era el único que transitaba por allí. «La fiesta», se dijo. También lo sorprendió ver que los que se cruzaba iban con chaleco reflectante y linterna. Quizá tendría que haber pensado en ello;

la noche estaba cayendo y aquel camino estaba ya bastante oscuro. Unos metros más adelante comenzó a ver coches aparcados de cualquier forma en los arcenes que no eran arcenes y más gente que iba y venía, y comenzó a oír gentío y música de verbena. Se aseguró con el mapa de no haberse perdido y siguió no del todo convencido. Giró en una curva que salvaba la entrada de una casa con dos lucecitas que señalizaban el muro y se quedó atónito al ver el fiestón que había montado en aquel prado. No pudo evitar quedarse contemplando la escena unos minutos. El escenario era enorme, la gente iba y venía cargando con bolsas de bebidas. Había los típicos camiones de hamburguesas y otra suerte de bares sobre ruedas que le recordaban a las ferias del sur, algunas atracciones... Aquella fiesta estaba en mitad de la nada, una nada que quedaba muy cerca del sitio en el que hacía más de diez años se había celebrado otra; esa en la que Amador Braña plantó un tejo después de haber recreado a la Santa Compaña asturiana. Los testimonios del alcalde y de Montes Pereira, y algunas averiguaciones que habían hecho, les habían servido para armar una teoría más o menos sólida sobre lo que aconteció aquel 1 de noviembre del año 2005. Como si él mismo fuera un alma en pena, continuó vagando por el camino, dejó atrás el ambiente del *prau* y, solo unos metros después, vio el restaurante en el que Sara ya lo estaba esperando. Le había costado reconocerla. Ya no iba vestida de montañera, sino más arreglada, y el pelo que recordaba recogido en una coleta lo llevaba ahora al aire y peinado con estilo. Casi no parecía bióloga, mucho menos ecologista. Al verla, haciéndole señas con la mano como si fuera una cría que saluda al padre en la puerta del colegio, se sintió un completo gilipollas; y entendió que había algo que debía hacer antes de sentarse con ella. No es que pensara que había seducido a esa chica, ni en sus mejores sueños. En realidad, ni lo pretendía ni confiaba tanto en su encanto, pero supo que no podría disfrutar de aquella cena sin antes hacer una llamada. A distancia, le hizo un gesto de disculpa y le indicó llevándose el teléfono a la oreja que tenía que hablar con alguien. Llamó a su mujer, se pusieron brevemente al día y le resumió la relación de investigador e informante que mantenía con una joven bióloga especialista en botánica asturiana, como pretexto para anunciarle que estaba a punto de compartir con ella una cena inofensiva en un sitio perdido. Clara, haciendo gala de su fino e irónico sentido del humor, le dio el beneplácito, haciéndole sentir con su reacción entre entrañable, un poco ridículo y casi un imbécil. Como lo conocía bien y seguramente porque quiso aliviarle el bochorno para que pudiera disfrutar de aquella cena, le hizo prometer que también saldría a cenar con ella tan pronto como volviera a casa si no quería que se pusiera celosa de verdad. Él se lo prometió, claro, y le dio las gracias a su mujer por seguir soportándolo, a pesar de sus episodios de patetismo.

—Perdona por haberte hecho esperar, Sara. Tenía que llamar a mi mujer y asegurarme de que ella, mis hijas y mi nieta estuvieran bien —dijo como saludo, por si acaso.

—Nada, teniente. ¡Yo sí que lo siento! No me mate. ¿Le ha costado mucho llegar?

—Teniendo en cuenta que no me gusta conducir ni andar por los caminos de noche... —bromeó—. ¡Qué manía la tuya de citarme en lugares recónditos!

—Lo de la fiesta ha sido un contratiempo, pero quería que viniera aquí. ¿No se ha fijado en el nombre del sitio?

Sara le había enviado la ubicación valiéndose de las coordenadas. Y él, que había llegado más bien trastornado, ni siquiera había reparado en el rótulo de madera. Nada más llegar la había localizado sentada en una de las mesas de la terraza, hechas también con maderas de tronco, bien integradas en el entorno como lo estaba el sitio entero. Y con el trajín de la conciencia y la llamada no se había fijado.

—Pues está usted en El Texu. ¿Le suena de algo?

—¿Me has traído a comer a un sitio que se llama El Tejo? Pero ¿qué broma es esta? Sabes que ni siquiera hemos resuelto el caso.

Peña encajó la broma, pero aún tenía, además de demasiadas cosas en la cabeza, a dos personas en los calabozos y muchas preguntas por responder. Con todo, no se olvidaba de por qué estaba allí. Y el nombre del restaurante venía oportunamente a recordárselo.

—Por eso, teniente. Están a punto de resolverlo, lo presiento. Por si acaso, quiero que se lleve un buen recuerdo del tejo. Y este es el mejor lugar. La gente suele pedir cachopo, pero yo le recomiendo los tortos y la picaña.

Compartieron la comida, que no era apta para un solo estómago, y dos botellas de sidra. A Peña no le hizo mucha gracia que usaran un dispensador más o menos automático; le gustaba más cuando la escanciaban los camareros. Pero en los días que llevaba por allí, ya había comprobado que cada vez era más difícil encontrar alguno que prodigara esa habilidad. Por un momento recordó a su hermano tratando de sorprenderlo con el arte y a los dos riendo porque despilfarraba más sidra de la que acababa en el vaso. Le habló de él a Sara, a medias. Durante la cena también repasaron todas las averiguaciones que habían hecho y a las que la bióloga había contribuido, lo que aprovechó para agradecerle, y estuvieron de acuerdo en dar un paseo para bajar el alcohol antes de ponerse al volante.

—¿No va a contarme eso por lo que me preguntó? Ya sabe, lo de la Güestia. Me sorprendió que lo mencionara.
—Sara se lo dijo mientras caminaban por la carretera con la

ayuda de las linternas de los teléfonos. De no ser por ella, Juan Peña no hubiera caído en que llevaba dos encima, las de los dos teléfonos con los que estaba obligado a cargar, uno en cada uno de sus bolsillos.

Mientras le contaba lo que sabían y habían dado por bueno, casi le parecía estar viéndolo.

En Trasgu ya no se celebraba, como sí ocurría aún en otros pueblos de Asturias, pero ese año, 2005, el Ayuntamiento aprovechó la noche de Halloween para recrearla con el objetivo de reivindicar las tradiciones asturianas, que eran de origen celta. Fue la última vez que se hizo. Desde la iglesia salió una comitiva formada por ocho hombres vestidos con túnica blanca, sudario y capucha, que encarnaban a ocho almas en pena vagando para liberarse y expiar sus pecados. Iban en filas de a dos. Los que encabezaban la procesión ese día eran Amador Braña y su amigo Pablo Montes Pereira. La leyenda decía que los espíritus portaban huesos prendidos; ellos llevaban en su lugar antorchas hechas con palos de madera. Las campanas de la iglesia sonaban para anunciar el paso del cortejo. La comitiva recorrió el puerto hasta subir a lo alto de la ermita, después bajó sobre sus pasos y continuó varios kilómetros para salir del pueblo y adentrarse en los caminos que llevaban a la aldea en la que vivía Braña, que ese año fue el final de la procesión. La leyenda decía que la Güestia daba tres vueltas alrededor de la casa en la que vivía algún enfermo. Esa parte se la ahorraron.

Peña caminaba con Sara a su lado entregada al relato del teniente. Casi podía ver venir a lo lejos el resplandor de las antorchas levitando sobre el terreno y percibir el olor a cera.

—Algunos vecinos, los más supersticiosos, trataban de protegerse de la Güestia como si fuera real y actuaban como siempre habían sabido que debían hacerlo si un día se la cruzaban. ¿Sabes cómo es?

—Tengo entendido que hay que hacer un círculo en el suelo —dijo ella.

—El círculo de Salomón, con una estrella de seis puntas en su interior. Lo hacían y se metían dentro. Alguno incluso llegó a lanzar un gato negro al paso de la comitiva.

—¡No! —Ambos rieron.

Peña continúo contándole que, según había confesado el alcalde, hubo gente que los días siguientes se empezaba a sentir mal, que perdía el apetito y las fuerzas por los efectos de aquella procesión.

—Como si de verdad hubieran visto a la Güestia —resolvió Sara.

—Así es. No continuaron recreándola, a pesar de que se cerrara con un banquete público de orujo y huesos de santo para todos los vecinos.

—Uy, yo por los huesos de santo me arriesgo a cruzarme con la Güestia —bromeó ella—. Además, no me da miedo, igual soy *vedoria*.

—¿Que eres qué?

—*Vedoria*. Se supone hay personas inmunes a la Güestia porque fueron bautizadas con aceite de ungir a los muertos. Mi abuela decía que ella era *vedoria* y que eso se heredaba. —Encogió los hombros.

—Pero, entonces, ¿tú crees que lo eres?

—No tengo ni idea, teniente; nunca me la he cruzado. —Se sonrieron cómplices y el teniente continuó con el relato en el punto en que lo había dejado, al final de la procesión.

Como ese año tocaba que finalizara en la aldea de Braña, a Amador se le ocurrió unos días antes que podían continuar la fiesta en su casa. Lo decidió cuando supo que su mujer, que no era ni su mujer aún, pues todavía no estaban casados, estaría ese fin de semana en Madrid. Estuvo varios días organizándola a sus espaldas y pidiendo a los amigos que se preparasen para lo que iba a ser un fiestón inolvidable. Braña no reparó en gastos ni en detalles para los preparativos. Adquirió numerosos objetos para decorar su maravilloso jardín: velas de todos los tipos, vasijas, jarrones, luces de colores... Todo eso lo sabían por las fotos, que también dejaban claro que fotógrafo no había contratado, de malas que eran. Había dispuesto enormes mesas repletas de comida que regaron con la sidra de su propia producción. Y de postre, ofreció un bufé libre con un variado de sustancias de blandas a muy duras con las que agasajó a los presentes. Entre ellos solo habían logrado identificar a un político y a un hostelero. También sabían que entre los asistentes debía de haber algún empresario con el suficiente poder como para conseguir que la prensa, más de diez años después, no hablara del extraño asesinato de un concejal, a pesar de que hubiera sido un tema fantástico para cubrir el vacío informativo habitual del período estival.

Peña le dijo que entre los que salían en las fotos solo había hombres, aunque también daban por hecho que habían asistido mujeres, contratadas estas por Braña para agradar a sus amigos. Este tema y el de las drogas fue el detonante de un conato de discusión en la fiesta. Y ese fue otro de los errores de Braña: invitar por su cuenta a personas que no eran habituales a esa reunión, lo que hizo que algunos, como el alcalde, acabaran desvinculándose de Los Eburones.

Lo de Los Eburones sí lo sabía Sara, que había ayudado a León a relacionarlos con las leyendas celtas vinculadas con los tejos. Peña le contó que esa fue otra sorpresa que Amador Braña había preparado para ese día: ponerle nombre a su extraña asociación y regalar a los presentes unas camisetas con la inscripción. Él mismo se desprendió de la túnica blanca para enfundársela. Tuvo que ser antes de retirar los biombos que se veían iluminados en el centro del jardín, y tras los que Braña escondía el colofón que tenía preparado para terminar de convertirse en el puto amo de los recién bautizados Eburones: el tejo sin taxina en miniatura que había plantado en su casa. Años después, entonces no la tenía, colocó una valla a su alrededor para enseñar a su hijo que los tejos podían ser peligrosos. Seguro que no se hacía una ligera idea de hasta qué punto iban a ser peligrosos para él.

Peña no lo podía confirmar, pero tenía razones para pensar que el grupo se valía de esos encuentros y de las relaciones que hacían para pedirse y hacerse favores. Montes Pereira aseguraba que el alcalde lo fue, en parte, gracias a ellos. El alcalde sospechaba que la integridad de Braña flaqueaba cuando uno de sus amigos del tejo era objeto de sus decisiones políticas, incluso años después; cuando el primero se había apartado y el segundo, que seguía dentro, era ya concejal de Urbanismo y Vivienda del *conceyu* de Trasgu, cargo que ostentaba el día que lo mataron. Esto último Peña se lo reveló a Sara de otra manera, cuando se despedía de ella mientras se subía a su coche para marcharse:

—Creo que tenías razón desde el principio. Esa gente tenía otros intereses, pero no sé si vamos a ser capaces de llegar a entenderlo todo. Igual eso ni siquiera tiene que ver con su muerte.

—Tampoco hace falta entenderlo todo siempre, teniente, para encontrar respuestas.

—Es curioso que lo digas tú, que eres científica.

—No olvide que estamos en Trasgu.

Se lo dijo con una sonrisa esplendorosa. Casi parecía tener más fe en esas leyendas que en el rigor de las informaciones que les había aportado.

—Bueno, Sara, toca despedirse. Muchas gracias. Tu colaboración ha sido trascendental y además ha sido un placer conocerte. Espero que te vaya bien en Londres.

—Yo también quería darle las gracias, esto ha sido muy importante para mí. Quiero que lo sepa, teniente. —Peña no la interrumpió—. ¿Sabe? Llevo ya casi seis años con mi tesis. Estoy atravesando uno de esos períodos de vacío existencial que a veces experimentamos los investigadores; los científicos, quiero decir —matizó—. Digamos que cuando usted apareció yo no veía nada clara la utilidad de todo esto. Me sucede a veces, la duda de si lo que hago sirve para algo. Y estos días, colaborando con ustedes, me han hecho pensar que igual sí que puede ser útil y que este trabajo puede merecer la pena.

—¡Vaya! Esto sí que no me lo esperaba. No sé si soy merecedor de ese reconocimiento, pero si en algo te hemos servido, acepto el agradecimiento. Te confieso que a los otros investigadores también nos asaltan esas dudas, esas y otras, incluso a mí, todavía a estas alturas.

Se despidieron con un abrazo junto al coche de Sara, aparcado en uno de los miniarcenes del camino oscuro. Peña aguardó para asegurarse de que salía sana y salva de allí. Era una costumbre que aún mantenía con sus hijas, incluso con Clara: quedarse pegado al coche supervisando como se acomodaban en el vehículo, como se abrochaban el cinturón, arrancaban y se alejaban de él; mirándolas vigilante hasta que desaparecían de su vista y lamentando no poder protegerlas donde ya no alcanzaba a verlas.

—Oye, Sara, no me has dicho sobre qué estás investigando. ¿No serán tejos? —bromeó.

—¡Qué va! Tubérculos. Quién sabe, igual un día aparece un muerto por solanina y puedo ayudarlo.

—Uf, espero que no. —Rieron—. Cuídate mucho.

25

RUIDO

Ya era miércoles y se acababa el tiempo. A pesar de todo lo que habían averiguado sobre la fiesta del tejo, aún no tenían una teoría sólida que relacionara a ninguno de los asistentes al evento con la muerte de Braña. No es que tuvieran un reloj de arena que marcara los suspiros que les quedaban para poner nombre a la fechoría; lo que tenían era a un chico asustado en el calabozo, el gasolinero Eduardo Mera, al que debían poner antes de mediodía en la calle o delante de la jueza sin más dilación.

Se reunió con Rubio para repasar otra vez lo que tenían relacionado con él. Las huellas que había dejado en el DNI cuando agarró la tarjeta del concejal para pasarla por el datáfono, pago que habían confirmado con el extracto bancario, y las llamadas hechas desde su gasolinera aún no sabían por quién, pero que se habían producido en sus días de permiso. Y nada más. Rubio y él estaban de acuerdo en que había llegado el momento de bajar y darle una alegría. Se miraban cómplices, dudando de si lo habían gestionado bien y si las ya casi setenta horas que habían corrido desde la detención no habrían sido innecesarias.

—Peña, tienes una llamada del puesto de Trasgu. Según el compañero, es importante. No he querido insistir —anunció Soto asomándose al dintel de la puerta.

—A sus órdenes, teniente. Cabo primero Arias —dijo la voz al otro lado. Peña le devolvió el saludo—. Tengo aquí a un ciudadano que insiste en hablar con usted. Me dice que ya se conocen y que es muy importante que hablen personalmente, ¿se lo paso?

—¿Quién es?

—Es Manuel Vega, teniente, un vecino de... ¿Cómo?

«Golondru, dile que soy el Golondru», oyó de fondo.

—Me dice...

—¡Golondru!, lo he oído. Pásamelo —cortó Peña al guardia.

—Teniente, el Pitu. ¡La hostia! ¡Ese era!

—Ese era, ¿quién? —preguntó Peña impaciente.

—Con quien discutía el guaje últimamente por teléfono, se lo oí un par de veces. Era un tal Pitu. «Pitu, deja de llamarme», le decía él un día. Lo he recordado hace rato entrando al puerto. ¡Qué cabeza, teniente! —Peña se lo imaginó llevándose la mano derecha a la frente, casi golpeándose, en señal de autorreprimenda por su mala memoria.

—Pero ¿está seguro?

—Que sí, hombre. Usted y su compañero me dijeron lo del pollo y yo no caí. Pero esta mañana, cuando iba al puerto y he pasado frente al restaurante de ese, el que estaba en la foto, me ha venido a la cabeza el jodido pollo. Y entonces lo he recordado. «¡Pitu, deja de llamarme!». Ahora, no me pregunte quién es el tal Pitu, porque no tengo la menor idea. Se lo juro.

Bingo. Aún no sabían quién hacía las insistentes llamadas desde la gasolinera de Caldas, pero ya no podía dejar de pensar en la coincidencia: Braña discutía con alguien que lo molestaba por teléfono, a quien le pedía que dejara de hacerle llamadas, Braña recibía llamadas del teléfono de la gasolinera en la que trabajaba Eduardo Mera, una gasolinera en la que el concejal había estado dos veces como mínimo en sus últimas semanas de vida y que tenía un bar al lado, y el bar tenía un letrero en el que ponía: El Pitu. Braña discutía con un tal Pitu. Y, ahora, Braña estaba muerto.

Juan Peña odiaba las casualidades. No es que pensara, como su jefe, que había que ir a buscarlas, por más que le gustara la frase; sencillamente trataba de encontrar una secuencia lógica que explicara el hecho y, en último caso, la atribuía a la estupidez y la imprevisibilidad de la condición humana. Casualidad o no, Montes Pereira les había recomendado el plato que le había refrescado la mente al pescador: el jodido pollo.

—¡Cava!, el bar de la gasolinera, El Pitu —gritó el nombre del cabo primero en cuanto colgó el teléfono porque fue al que vio más cerca—. Las veces que hemos ido allí nos ha atendido un chico, el que no quiso cobrarnos, ya sabes, y puede que alguien más trabaje en el bar. Averiguad todo lo que podáis: quiénes son, cuántos, en qué postura duermen... Dejad lo que estéis haciendo y poneos con eso. Ah, y llama a la puta empresa de las cámaras. ¡Las necesitamos ya!

Cuando el teniente Juan Peña lo veía claro era como si fuera otra persona. Si los puntos muertos de la investigación le envejecían la mirada y le minaban el espíritu, ese punto en el que olía que el final estaba cerca lo rejuvenecía diez o quince años de un plumazo. Su cuerpo adquiría fluidez en los movimientos y recuperaba la agilidad y la fortaleza de otras décadas. Su mente reflexiva y su carácter pausado se volvían ávidos, inquietos, y su tono de voz tornaba en más autoritario, más determinante, más grave, más firme. Era una firmeza que no molestaba a sus subordinados, sino que más bien les hacía sentir admiración y respeto por su jefe. Él era consciente de todo eso, de cómo ese estado mental que bien podía llamarse, para él, «a punto de encontrar al culpable», era generador de juventud. Para Juan Peña, la juventud siempre ha sido un estado mental.

—¡Otra cosa! Tráeme todas las fotos de Montes Pereira que tengamos. Vamos a entrarle a Mera por ahí. Ah, y sácame un café de la máquina, calentito y bien de azúcar, que le voy a bajar el desayuno a Eduardo. Quiero asegurarme de que lo estén tratando bien.

Cava sabía que era el momento de acatar sin rechistar todas las peticiones de su jefe, por más que estas se le agolparan. Y este, en el mismo estado de agitación en el que había pedido viandas para el detenido inocente, volvió a la oficina en la que había dejado al sargento:

—¡Rubio!, agárrate. Ha llamado el Golondru y ha acusado de las llamadas a alguien llamado Pitu. Era un tal Pitu con quien discutía.

—No jodas...

Comprar aquella caja de cigarrillos el día que nació su nieta fue una de esas estupideces que firmaba personalmente. Encender el primero después de tres años limpio unos minutos antes de subir la cuesta de Bermiego casi le hace echar el pulmón por la boca. Tanto le afectó que fue el único que se fumó. Sin embargo, ahora le venía bien. Había visto a Eduardo Mera apagar un cigarro disimuladamente en la gasolinera justo antes de que lo detuvieran. Por las horas que el chico llevaba en el calabozo, alguien que fuma a escondidas en un lugar en el que eso es lo último que se recomienda, estaba seguro de que el gasolinero daría lo que fuera por un pitillo.

Salió al aparcamiento y abrió la guantera del coche con la esperanza de que Rubio no se hubiera deshecho de la cajetilla que había dejado allí unos días antes; la encontró y sonrió orgulloso de saber que la había comprado por una buena razón, y que quizá no era un guardia carca y desfasado que vuelve a fumar para sentirse menos viejo; o sí, pero no solo eso.

El dependiente de la gasolinera esta vez no se quejó, seguramente porque vio al teniente de lejos con el paquete de tabaco en la mano y, como él pensaba, daba lo que fuera por fumarse uno. Después de unos diez minutos, quince quizá, en los que el chico y Peña compartieron café y humo sin mucha conversación en el calabozo, se atrevió a desplegar sobre el banco en el que se sentaban las fotos de Pablo Montes Pereira: las de la fiesta de la casa de Braña, cuando tenía más pelo, más kilos y menos años; las capturas de la cámara de la otra gasolinera, la de la entrada de Trasgu, en las que se le veía poniendo combustible en su todoterreno negro. Y un par que Soto le había hecho en el restaurante disimuladamente.

—Conozco a este tío. Es cliente del Pitu y a veces aprovecha para echar gasolina. Este es su coche —afirmó seguro Eduardo Mera.

—¿Va mucho por allí?

—No mucho, pero ese cochazo no pasa desapercibido. Y eso que yo no suelo fijarme.

—¿Cuándo fue la última vez que lo viste?

—No estoy seguro, pero hace tiempo que no lo veo.

—Cuando dices que es cliente del Pitu, ¿te refieres al bar o a alguien que trabaja en el bar?

—Yo me refería al Pitu, al dueño del bar, pero vamos, que también se puede entender como el bar. Se llaman los dos igual. —Rio su propia ocurrencia—. ¡Un segundo! —gritó—. La foto del muerto, déjeme ver la foto del muerto, creo que iba con este y con los amigos de este a veces.

Bien podía Peña haber escrito que el detenido, de manera libre y espontánea cuando bajó a interesarse por su estado, le había contado todo aquello, pero sabía que sería difícil justificar que casualmente hubiera bajado con las fotos y que se arriesgaba a no poder utilizar de forma legal nada de lo que le había dicho. De modo que, abusando de la inocencia del joven y de sus ganas de salir de allí y volver a casa sin dar un disgusto mayor a su madre, le recordó que podía prestar declaración voluntariamente, a lo que accedió. Y así fue como Eduardo Mera, delante de su abogado, contó que un grupo de individuos entre los que se encontraban Pablo Montes Pereira y Amador Braña solían reunirse, de tarde en tarde, en el bar del Pitu. Y que esas quedadas eran, a veces, el punto de encuentro para una excursión de algún tipo, a juzgar por las vestimentas y por el acopio de productos como hielo, botellas de agua, cerveza, patatas fritas y similares que hacían en la tienda de su gasolinera.

Rubio y él se habían sentado frente a Eduardo Mera, el gasolinero de Caldas, y su abogado, aparentando que no tenían prisa.

—Eduardo, quiero dejarte marchar, pero hay un par de flecos sueltos que tendríamos que resolver. Podemos hacerlo aquí o, si lo prefieres, nos vamos directos al juzgado. —Era Peña quien hablaba.

Volvió a poner sobre la mesa una fotografía de Montes Pereira, la primera que había cogido al azar:

—Iré al grano. Dices que es cliente del Pitu. ¿El chico que atiende la barra es el dueño del bar, entonces?

—En realidad la dueña es su madre, lo heredó hace unos años, pero el Pitu trabaja desde niño allí con el abuelo y hace años que se hizo cargo; cuando el abuelo cayó enfermo ya se quedó él.

—Conoces bien a esa familia, por lo que veo.

—A ver..., de siempre —asintió.

—Teniente, disculpe, ¿puede salir un momento? —León interrumpió el interrogatorio.

Las capturas de la cámara de la gasolinera en la que trabajaba Eduardo Mera que la guardia llevaba en la mano, y que acababan de llegar por fin, mostraban utilizando el teléfono al chico que los había atendido en el bar y que no quiso cobrarles. El mismo con el que Rubio tuvo un encontronazo al día siguiente por una broma desafortunada.

—Coincide con el día y la hora de una de las llamadas a Braña. Se llama Fernando Avilés Ortiz, vive con su madre y su hermano en Caldas. Se las he impreso por si se las quiere enseñar a Eduardo —propuso con su habitual diplomacia.

—Gracias, León. ¿Se ve el bar en las cámaras de la gasolinera?

—No directamente. En las de fuera se ve de forma parcial el aparcamiento y algunas de las mesas, pero no la puerta.

—Pide también las del fin de semana en el que mataron a Braña. El objetivo es reproducir los movimientos del tal Pitu. Las necesitamos echando leches.

—A la orden.

Peña volvió a la sala y puso la foto que acababa de entregarle la guardia ante los ojos de Eduardo Mera, que confirmó que era su amigo Nando, el Pitu.

—¿Qué puedes contarme de él?

—¿No creerán que el Pitu...?

—Lo que creamos no importa —lo cortó—. ¿Por qué lo llaman Pitu?

—Ya lo llamaban así al abuelo, porque era un buscavidas, creo. El Pitu era igual, iba siempre con él, se lo llevaba el abuelo a cazar desde chico. De niño estaba todo el día corriendo de un sitio para otro como los pollos, siempre inventando y a ver qué pillaba por ahí. Nando siempre andaba defendiendo al hermano, y eso que es más pequeño. Y al Nando todo el mundo le decía: «Este es un pitu, como el abuelo». Y después empezó a trabajar en el bar, así que ya se le quedó el Pitu.

—Además de su madre y su hermano, ¿tiene más familia?

—El abuelo, pero se murió.

—¿Y el padre?

—El padre se murió hace poco también, pero nunca vivió con ellos. Estaba casado, no era del pueblo. Tuvo los dos hijos con la madre del Pitu fuera del matrimonio. Cuando chicos venía a verlos a veces, les daba dinero y eso. Al hermano le pagó los estudios, creo. Pero un día dejó de verse venir por el pueblo. Era de dinero, empresario, creo, pero a saber.

—¿Cómo sabes que ha muerto? ¿Te lo dijo él?

—Yo no sé si está bien que les cuente todo esto, esa familia...

—Sí, está muy bien que lo hagas, Eduardo. De hecho, es lo mejor que puedes hacer. Continúa, por favor —volvió a cortarlo Peña.

—Al Pitu no le gustaba hablar del padre, desde que dejó de ir por el pueblo no se le podía mentar. Pero un día, hace ya una temporada, vino diciendo que había ido a verlo porque se estaba muriendo, y que iba a dejarles a él y a su hermano unas tierras.

—¿En el pueblo?

—¿Las tierras? No, no, ya le digo que el padre no era del pueblo. Creo que eran por Trasgu.

—¿Y qué más? —La última revelación de Eduardo había dejado a Peña sin recursos para formular una pregunta más acertada. El chico no atinó a responder.

—¿Sabes si finalmente les dejó las tierras en herencia? —lo ayudó Rubio.

—Él decía que sí, que se las había dejado, estaba pletórico el tío. Decía que iba a montar una bodega, y que iba a vender *sidre*, y no sé cuántas cosas más. Hasta pidió un crédito y todo, pero no sé qué problema tuvo que aún no ha podido hacer nada, y hasta ahora sigue con la historia esa.

—¿Problemas? ¿Qué clase de problemas?

—Eso ya no lo sé, se lo juro. A mí me cuenta a veces, pero yo es que de esos temas no entiendo y no me entero bien. Lo he visto medio discutir con el hermano a cuenta de eso. El otro le dice que se olvide ya del tema y al Pitu se lo llevan los demonios.

—Ya, no te preocupes, no tienes por qué saberlo. Eduardo, en un rato te vamos a llevar a declarar ante la jueza, para que le cuentes a ella todo lo que nos has contado a nosotros. Y, después, podrás irte a casa. Estate tranquilo, no tenemos nada contra ti —concluyó Peña.

Salió de la sala de interrogatorios, se dirigió a la oficina, cogió una silla y la situó junto a la de Sanchís, que seguía trasteando en el ordenador.

—Escucha. Eso que dijiste de las licencias. El amigo Pitu heredó unas tierras en Trasgu y quería montar una bodega, pero tuvo algún inconveniente, según ha declarado Eduardo Mera. No será una de esas licencias que están por ahí sin aprobar la del Pitu, ¿no?

—Joder, teniente. ¿Se imagina?

—¿No puedes buscar por nombre?

—Ahora mismo no puedo buscar por nada. Hace más de media hora que se cayó la VPN y estoy esperando que el informático del Ayuntamiento la levante.

—¿La qué? —Peña no entendió la expresión—. Da igual. Vamos a ir por la vía rápida.

En el rato siguiente hizo tres llamadas. La primera, al alcalde de Trasgu, para pedirle que consultara personalmente si se había cursado alguna solicitud de licencia para una bodega por alguien llamado Fernando Avilés Ortiz.

—Eso es fácil, lo tenemos todo informatizado. Puedo consultarlo en lo que hablo con usted, aunque su compañera también puede verlo —lo informó el alcalde. Peña se ahorró contarle lo de la VPN, entre otras cosas porque no habría sabido explicarlo, y le dijo que lo mirase con calma y que volvería a llamarlo en unos minutos.

La segunda llamada fue a su jefe, a quien le hizo un resumen muy rápido de la situación y se centró en lo que sabía que más le interesaba: el nombre y los dos apellidos del principal sospechoso de la muerte de Amador Braña. Después, llamó a la jueza Amaya para informarla de que en las próximas horas o días iban a detener a Fernando Avilés y pedirle las órdenes de intervención telefónica y de registro del bar y de la casa de la familia. La jueza accedió a todo y, además, lo felicitó; aunque no tuvo más remedio que reprenderlo por lo que, a su juicio, había sido un error del teniente y su equipo: la detención apresurada de Eduardo Mera, a quien habían tenido casi los tres días de plazo máximo legal que permite la ley en el calabozo. Peña tuvo que soportar el «se lo dije» de su señoría y excusarse lo mejor que pudo, aun sin estar del todo de acuerdo con ella. Quizá hubieran llegado a obtener lo mismo del chico sin hacerle pasar ese mal trago, que seguramente le habría hecho revivir episodios poco agradables de su vida, pero quién podía asegurar que con Mera en la calle el Pitu no hubiera terminado de confirmar que estaba en el punto de mira. A Eduardo le dejó muy claro que, ya que se había librado, lo mejor que podía hacer era pedirse unos días de permiso en el trabajo y mantenerse alejado del Pitu. «Además, el Pitu desde este instante está bajo vigilancia en todas las maneras que te puedas imaginar», le dijo después, cuando lo acompañó hasta el coche en el que lo llevarían a cubrir el trámite ante la jueza.

Peña se tomó unos minutos para reponerse del mal sabor de boca que le había dejado la charla con la jueza y se obligó a levantar la cabeza como si su orgullo no hubiera sido herido. Volvió a comunicarse con el alcalde de Trasgu, que le confirmó que hacía siete meses que se había cursado una solicitud para comenzar las obras de una bodega por un tal Fernando Avilés Ortiz, pero que había sido denegada en sucesivas ocasiones.

—Era la concesión de esa licencia competencia de Amador Braña, ¿verdad?

—Claro, teniente, tanto las licencias de obra como las de actividad en el *conceyu* lo eran.

Quién, cómo, por qué. Juan Peña, que en sus juegos intelectuales lo mismo se creía creativo que periodista, trataba de encontrar una respuesta lógica y demostrable a cada una de esas preguntas. Una a una, en la soledad de su oficina prestada y en su silencio de ávido investigador que viene de vuelta, trataba de formular una teoría sólida que despejara sin lugar a duda todas esas cuestiones elementales. A él no le bastaba con que fuera verosímil, no se contentaba con poner fin a la investigación con un nombre creíble, con un hombre condenable. Buscaba que fuera indudable, indiscutible, no suficiente; incuestionable. Que fuera verdad. Sabía quién era, lo sabía, tenía una suerte de móvil, un motivo, y una aproximación al *modus operandi*, pero le faltaba lo más potente, lo importante: poder probarlo. Y eso también era cosa suya, y no lo único que le quedaba. Le faltaba entenderlo. Comprender qué clase de ruido había en su cabeza para que un chico que pasó la infancia correteando de un sitio para otro como un pollo de camino y defendiendo a su hermano mayor, y que dedicó su juventud a ayudar a su abuelo en el bar del pueblo, pudiera llegar a convertirse en un asesino de padres. Siempre tiene que haber una razón, la maldad no puede ser tan arbitraria, no; por muy imprevisible que pueda ser un individuo, siempre hay un motivo para que, llegado el momento, apriete el gatillo, en la forma que sea. Una razón, lo suficientemente sólida para su mente trastornada, que a la hora de la verdad no le haga dar un paso atrás, decirse: «¿Qué estás haciendo, Pitu? Tú no eres un asesino».

A pesar de los años de servicio, de los casos enfrentados, de lo que había visto, Peña no estaba dispuesto a asumir que la inquina pueda ser simplemente caprichosa. Necesitaba sentarse frente a él, mirarlo a los ojos y desplegar todos sus recursos de perfilador agudo para llegar a entender por qué Nando no se había hecho esa pregunta. Pero no podía hacerlo, no todavía, no podía ir a por él y liberarlo de lo que seguramente lo estaba atormentando desde que supo que se habían llevado a Eduardo Mera detenido: la incertidumbre, el miedo de sentir que estaban cerca. O quizá desde aquel día, el de la primera casualidad que hizo que fueran a parar a su bar buscando un café, en el que el Pitu, que, a pesar de su altanería, seguramente se cagaba encima cada vez que veía a un picoleto, decidió invitarlos. Y se remontó al principio, a Bermiego. ¿Por qué allí? ¿Y qué pintaba el teatro del tejo en todo esto?

Cuando se dio cuenta, habían pasado casi tres horas, las que él llevaba aislado dándole vueltas a toda esa amalgama de datos y dudas.

—Peña, ¿puedo? —Cava lo sacó del trance.

—Pasa.

—Fernando Avilés Ortiz. —Se sentó a su lado y le extendió sobre la mesa varias instantáneas de la cámara de la gasolinera—. Veintiséis años, natural de Caldas. Regenta el bar que ya conocemos, que era de su abuelo y ahora está registrado a nombre de su madre. Los apellidos, ambos maternos. Se ve que el padre no lo reconoció, cuadrando con lo que os ha contado Eduardo Mera. Sin embargo, es verdad que el padre antes de morir los había incluido en el testamento, a él y a su hermano. Las tierras a las que se ha referido el gasolinero están ya registradas a nombre de los dos: Fernando y Mauricio, al cincuenta por ciento. Son lo único que tienen a su nombre en el registro; ellos, porque la madre tiene el bar, la casa en la que viven, ambas propiedades de escaso valor, y una hipoteca de la vivienda. Al parecer, Fernando pidió un préstamo cuando heredó las tierras y la madre lo avaló con la casa.

—Quería montar una bodega, pero la Concejalía de Braña le denegó la licencia —dijo Peña.

—Cuadra. Esas tierras ya venían con una plantación de manzanos. Pero hay algo más. Prepárate.

Seguramente, ese «prepárate» del cabo primero era más para sí mismo que para su jefe. Cava llevaba en la mirada la excusa dispuesta, la determinación del «yo se lo digo». «Prepárate». Como si no hiciera ya una vida que Juan Peña estaba preparado para oír lo que tuviera que oír. Hacía demasiado que cualquier revelación había dejado de sorprenderlo. Por macabro que fuera el descubrimiento, por innecesario que fuera el dolor causado, no podría más que reforzar lo que ya sabía: cuando de un individuo se trata, puedes esperar cualquier cosa, o casi. Por el ánimo de su subordinado, que no era precisamente amigo de la trascendencia, esta vez se olía una de las gordas. Una de las que eliminaban de un plumazo el «casi» de la ecuación de las maldades.

«Prepárate». Peña respiró sonoramente con la nariz como invitación a que lo soltara.

—Eran hermanos, Peña.

—¿Cómo?

—Amador Braña y el tal Pitu, eran hermanos —repitió.

—¿Qué me estás contando?

—El padre de Amador Braña era también el padre de Fernando Avilés Ortiz.

—No jodas... No puede ser, Cava.

—Las tierras que el padre les dejó en herencia son parte de la plantación de manzanos de la familia de Braña.

—Por eso le denegó la licencia —supuso el teniente lo que era obvio—, ¡joder!

A Peña se lo llevaban los demonios. En menos de medio minuto pasó del estupor inicial al más absoluto estado de cólera. Fuera de sí, volvió a llamar al alcalde:

—¿Pero usted cree que yo soy gilipollas?

—¿Cómo dice, teniente?

—Lo he llamado antes para preguntarle por la licencia. ¿No se ha dado cuenta de qué finca es?

—Teniente, entienda que por una referencia catastral no puedo saber de qué finca estamos hablando. Le ruego que se explique.

—¿Que me explique? Explíquese usted. ¡Vuelva a hacer la consulta! Y, dígame, ¿dónde están esas tierras?

—Deme un minuto. —Se quedó callado—. Lo estoy mirando. ¡La hostia! Es aledaña a la pomarada de la familia de Braña. Por eso le denegó la licencia —reprodujo el razonamiento que instantes antes se había hecho el teniente.

—Sí, seguro que fue por eso, para evitar la competencia, fijo —dijo en su perfecto andaluz Peña—. Tengo que dejarlo, alcalde.

Peña colgó el teléfono de un golpe en la mesa, como si en lugar de un móvil fuera uno de esos teléfonos antiguos en los que podía interrumpirse la llamada pisando un trozo de plástico, haciendo sonar el desplante al interlocutor como si se diera un portazo. Y lo siguió pagando con su cabo Cava:

—¡Su hermano! ¡Su puto hermano! ¿Cómo cojones se nos ha podido pasar por alto? ¿Cómo ha podido matar a su hermano por unas putas tierras? Dime, Cava, explícame cómo es posible que llevemos más de una semana sin dormir obsesionados con esto y no nos hayamos coscado de que la víctima tenía dos jodidos hermanos bastardos.

—Coño, Peña, pues por eso, porque son bastardos. No consta en ningún sitio.

—¡Consta en el testamento de su santo padre! —gritó, aporreó de nuevo la mesa con un manotazo que era más de enfado consigo mismo que con nadie. O de enfado con todo en general, con la posibilidad que parecía cierta de que aquel chico pudiera haber hecho lo que hizo, sin importar quién era el contrario.

Cava optó por hacer lo mejor que pudo, quedarse callado y aguantar el chaparrón.

—Déjame solo un momento y vete preparando para acompañarme al juzgado. Después nos vamos a Bermiego, a ver a la capellana. A ver si nos enteramos de qué va esto de una puta vez.

Cuando Peña llegó al juzgado, Rubio ya estaba allí con Montes Pereira esperando para declarar ante la jueza Amaya. El teniente entró primero para hablar con su señoría y le facilitó el guion con la propuesta de temas para la declaración del hostelero. Pablo Montes Pereira salió sin cargos de ningún tipo, puesto que no tenían nada que lo vinculara ni directa ni indirectamente con la muerte de Braña, que era lo que se investigaba y por lo que no veían indicios para procesarlo. Si la causa hubiese sido la moral, la integridad, o hasta la dignidad, hubiera sido otra cosa, pero nada de eso les correspondía. Tenía que esforzarse por sacar de su cabeza a Montes Pereira lo antes posible, por su propio bien. Y tenía la necesidad de encontrar respuesta a sus todavía demasiadas preguntas, como, por ejemplo, a la razón por la que el Pitu había abandonado el cuerpo muerto de Braña debajo del tejo de Bermiego. El cuerpo muerto de quien, ahora lo sabía, era su hermano.

26

SABERES

Hay lugares que tienen el poder de parar el tiempo y hasta de congelar la vida. Uno cree saber que esos lugares existen, cree poder imaginarlos por lo que torpemente ha leído o le han contado en los documentales, pero no sabe, en realidad, cuán extrema puede ser la naturaleza y de primaria la existencia, a pocos kilómetros incluso del mundo conocido, hasta que no va a parar a uno de ellos, por la razón que sea; y entonces descubre un orden natural que siendo tan primigenio le resulta tan nuevo y tan distinto al que le es frecuente que, necesariamente, se plantea que se puede vivir de otra manera. Y que de haber sido esa la aceptada por la mayoría, quizá, quién sabe, no fueran tan necesarios los protocolos, los procedimientos ni el aparato burocrático del que él mismo no dejaba de ser un mero representante. Bermiego era a sus ojos uno de esos sitios con magia, que parecían no entender de diligencias, de órdenes de registro ni de plazos legales para retener a alguien.

Cuando Peña, llevado por Cava, recorría de nuevo los cuatro kilómetros de interminables curvas que a buen seguro mantenían aquel paraíso lejos de los curiosos, y se aproximaba al pueblo que le parecía sacado de un portal de Belén de los que ponían en su pueblo por Navidad, no pudo evitar pensar en la pena que le suponía que aquello hubiera ocurrido precisamente allí. Por otro lado, se reconfortó entendiendo que también debía de ser uno de esos sitios que sabrían hacer borrón y cuenta nueva. Forjado a golpe de historia y de leyenda, como buena parte de la Asturias profunda, se consoló convencido de que ese Macondo bien podría achacar aquello a las *coruxas* y seguir resistiendo sobre roca firme, escondido entre la niebla, hasta la eternidad y más allá.

Si el Bermiego de la mañana le había parecido un paraíso, el del anochecer con unas cuantas lumbres se le suponía de otro planeta, o de otro tiempo; un tiempo mejor. Tenía alumbrado público, sí, pero sus haces eran tan medidos y cálidos como el de una lámpara de lectura; tenía vida, sí, pero no era bulliciosa y agitada como la de la ciudad que lo veía contar los días hasta su jubilación. Allí el ritmo de la vida era saludable, parsimonioso, lo suficientemente lento como para recordarle a uno que desplazarse es más que ir de un sitio a otro, y que en el camino puede detenerse a contar estrellas sin miedo a llegar tarde adonde sea.

—Oye, Cava, perdóname por lo de antes. Hoy he estado más nervioso de la cuenta.

—No digas chorradas. Teníamos que haberlo visto —respondió el cabo primero.

—No. No podíais hacerlo. Lo que se nos haya pasado, es culpa mía.

—No seas negativo, tan mal no lo hemos hecho. Pero hay que rematarlo, teniente.

Cava le rodeó el cuello con su brazo y le dio un beso en la sien a su viejo jefe, que respondió apartándolo divertido:

—Échate para allá, tierno, que eres un tierno.

Más relajados, contagiados seguramente por el ambiente del lugar a pesar de la que tenían encima, llegaron a casa de la capellana, que no los esperaba. Aunque Cava la había avisado de que irían, la mujer no tenía motivos para esperarlos a esas horas.

—Señora Lucía, soy el cabo primero Cava; vengo con mi jefe. Disculpe la hora. —Cava se lo dijo a la mujer a través de la ventana abierta, desde fuera; ella andaba trasteando en su cocina a nivel de calle.

—Pero, hijo, a estas horas...

—Ya, ya, lo siento. ¿Podemos pasar?

La capellana tenía la casa llena de velas. Pudieron verlo porque esta vez los sentó en la pequeña sala de estar de la casa de piedra. La más grande y que prendía la llama más viva iluminaba el rostro de una virgen tallada sobre un lienzo de madera.

—¿Las enciende a diario? —preguntó curioso el cabo primero.

—Todos los días.

—Señora, este es mi jefe, el teniente Juan Peña. Como comprenderá, tuve que contarle todo lo que hablamos, por lo del hombre que encontró; seguimos trabajando en el caso. Se ha empeñado en conocerla y en hablar en persona con usted —dijo con gesto de resignación, para excusarse.

—Ya, ya, comprendo. No te apures —respondió ella.

—Señora, en primer lugar, quiero agradecerle lo mucho que nos ha ayudado y pedirle disculpas por presentarnos tan tarde. No lo habríamos hecho si no fuera de suma importancia. Soy el absoluto responsable —reconoció Peña para ganársela.

—No te preocupes, hijo. —Trataba a todos de hijos, bien podía ser la madre de todos—. Estaba preparando una infusión, ¿queréis?

—¿No será de tejo? —se le escapó a Cava. Peña le dio una patada en el tobillo.

—¿Cómo dijiste? —dijo la capellana.

—No le haga caso —intercedió Peña—. Yo sí que tomaría con mucho gusto esa infusión.

—Yo también, si no es molestia —se apuntó el cabo primero—. ¿Quiere que la ayude?

La capellana declinó el ofrecimiento de Cava y volvió en minutos con una jarra metálica con tapa humeante y tres tazas como sacadas de una casa de muñecas.

—Té del puerto, *tráenmelo* de Cantabria. Yo lo tomo sin azúcar, pero aquí traigo, por si es fuerte. —Se sentó con ellos.

—¿Tiene usted un perro? —preguntó Cava extrañado, viendo la cama de animal que había en la sala.

—Ya no, hace unas semanas *llevóselo* el veterinario para dormirlo. *Probino*, todavía no he podido guardar sus cosas.

—Vaya, lo siento mucho.

—Es tarde, a ver qué queréis preguntarme.

—Sí, no queremos molestar más de la cuenta —acortó Peña—. Lo que voy a decirle es muy confidencial, no puede hablar de esto con nadie, se lo ruego.

—Descuida.

—Sabemos quién es el autor de la muerte del hombre que encontró. —La mujer se santiguó tres veces—. Tranquila. Pero hay algo que no entendemos. No llegamos a saber por qué lo dejó así, debajo del tejo; creemos que tiene algún significado. Usted dijo que no era la primera vez que veía algo como aquello. Por más que hemos investigado en los archivos no hemos hallado nada parecido. ¿A qué se refería exactamente, señora?

—¿Qué archivos, hijo? Hace muchos años, muchos, de eso. No creo que eso esté en los archivos que dices.

—Pero, si usted se acuerda, no puede hacer tantos años —insistió Peña.

—Uy, ¿cuántos me calculas? —Rio divertida—. No son recuerdos, hijo, son saberes. Cosas que pasaron, yo no sé si en este tiempo o en este mundo, pero que son reales, lo son.

—Disculpe, pero no termino de entenderla.

—El tejo mató a mucha gente aquí, salvó a muchos. Nuestros antepasados echaban mano del veneno cuando no había más remedio. —Peña se transportó a la guerra de las Galias oyéndola, su mente se retrotrajo al Imperio romano, a la Antigüedad, quizá a la Edad Media, o al Paleolítico—. La vida eterna fue para muchos. Por eso *ye* el árbol de la eternidad, un árbol sagrado. A los *neñus* de antes esas historias nos embobaban. Y mi abuela, que era muy *bruxa*, *contábame* que vio a mucha gente morir debajo de ese mismo árbol.

—Pero me dijo que no era la primera vez que lo veía —le recordó Cava.

—Vi a mucha gente muerta. Antes se llevaba a los *neñus* a ver a los muertos y a presentar respetos a la familia. No como ahora, que se les oculta todo para protegerlos. Y así salen, medio bobos.

—¿Y lo que vio exactamente?

—Ese pobre chico ahí plantado como un árbol.

—¿Plantado como un árbol? —insistió una vez más Peña.

—Sí, como un árbol. Tieso como un tronco, con las piernas y las manos clavadas, como las ramas cuando echan raíces. Como remedando al tejo.

Cava y Peña la miraban boquiabiertos.

—¿Y la matraca? ¿El sonido?

—Eso *ye* otro saber. En tiempos se usaba para espantar a la gente. Ese ruido que hace que te escondes con tal de librarte de él; y en la época corrió que algo malo ocurría cuando sonaba. Sonaba la matraca y pasaba alguna desgracia. Y esa noche sonó la matraca, más de una *díjomelo* al día siguiente, que había sonado.

—¿Usted la oyó? —preguntó Peña.

—No, hijo, yo no la oí, no te mentiré. Pero que sonó, sonó.

Casi se lo creyó, que sonó. ¿Y por qué no? ¿Y si era posible que hubiera sonado?

—Y, dígame, Lucía, ¿esas enseñanzas son solo de su pueblo o las conocen en otros lugares de Asturias?

—Uy, eso por aquí *sábelo* todo el mundo. Hasta en *Uviéu sábenlo*.

—Hablando de sonidos —aprovechó para preguntarle Cava—, ¿usted sabe algo de las *coruxas*?

—De las *curuxas*, decimos aquí. Pero ¿dices las *bruxas* o los pájaros?

—Los pájaros, creo. Mi compañera dice que también son señal de mal augurio, ¿es verdad? —Peña no estaba al tanto de esa averiguación que seguramente era de León. Y lo entendía, considerando que casi los había puesto en ridículo a cuenta del tema cuando le contaron el encuentro con la extraña anciana en el río de la braña de Villa de Vilma.

—Desde luego que lo son. Más de uno fue para el otro barrio después de oírlas. Si es que parece que dicen que vayas preparando tú mismo el agujero: cavar, cavar... —susurró la capellana. A Cava le brillaron los ojos—. Pero las *curuxas* no son malas; *cómense* a los ratones. Lo que pasa que tienen mala prensa, por esto que te cuento, que te cortan el cuerpo.

—No las escucharía usted también aquella noche, ¿no?

—¿Quién dijo que las escuchó?

—Nadie, no se preocupe —intercedió Peña, que no quería atormentar más a la mujer, consciente de que no estaban sacando nada en claro, o al menos lo suficientemente verosímil como para que él mismo se atreviera a incluirlo en un informe que tuviera que rubricar, por muy romántico que pudiera llegar a sonar.

—Yo a las *curuxas* las escucho muchas veces, pero si después no suenan las campanas me quedo tranquila. Eso también lo aprendí de mi abuela. Cuando se oían, ella se quedaba callada esperando a ver si sonaban las campanas, porque si sonaban, entonces es que a alguien *tocábale* pasar a mejor vida. Y cuando veía que no sonaban, decía: «Menos mal, porque con todas las *curuxas* que cantaron...».

—Vaya, espero no oírlas nunca —deseó Cava en voz alta.

—Bueno, no pienses en esas cosas. Yo te las he contado por si os podía ayudar a averiguar algo y porque ya no tengo remedio, pero tú eres de otra época.

—Así es, señora, sí que nos ha ayudado usted. Creo que va siendo hora de que la dejemos descansar —dijo Peña comenzando la despedida.

—Sí, ya es hora, pero, hijo, una pregunta que te quiero hacer a ti, que eres mayor.

—Cómo no —accedió.

—Entonces, ¿al chico ese *matole* un hombre? ¿No fue otra cosa?

—Me temo que sí, que fue obra de la mano del hombre.

—No sé qué es peor. —Volvió a persignarse tres veces.

—¿Sabe, Lucía?, creo que tiene usted mucha razón. Yo tampoco sé qué es peor, pero quédese tranquila, le prometo que haremos todo lo posible para que se haga justicia.

—Eso no es posible, hijo. Ya no hay justicia para ninguno, ni para el muerto ni para el vivo. Solo queda rezar por ellos. Y por vosotros, rezo también por vosotros, para que podáis vivir en paz con todo lo que tenéis que ver.

—No sabe cuánto se lo agradezco. Buenas noches, señora, que descanse.

«El hechizo se ha acabado», pensó Peña, que no había pronunciado palabra desde que salieron de Bermiego, cuando rebasado Ubiñas se adentraron en la autovía y el timbre de su teléfono rompió el silencio como una sirena en mitad de la noche estrellada. Era Rubio.

—Peña, ¿estás sentado?

—Dame buenas noticias, por tus muertos, Rubio.

—La empresa de seguridad se ha puesto las pilas con las cámaras. Nos hemos repartido los archivos y las hemos visionado avanzando rápido.

—¿Tenemos algo?

—El sábado, poca cosa. Las cámaras no apuntan a la puerta del bar. Se ve por la mañana al Pitu entrando y saliendo varias veces y recogiendo las mesas; por la tarde ya no vuelve a aparecer. Pero el domingo muy temprano se lo ve llegar y bajarse de una furgoneta que entra y sale de plano. La misma furgoneta lo recoge por la noche. Esta vez su conductor se baja y entra en el bar; después ambos salen y se marchan en el mismo vehículo. El propietario de la furgoneta es su hermano, Mauricio Avilés Ortiz.

—Bingo. Llamaré a la jueza.

—Y es veterinario.

—No jodas. ¿El hermano del Pitu es veterinario?

—Así es. Y hay otra cosa, Peña —advirtió el sargento—. La furgoneta. Es una de esas adaptadas como autocaravana. Los neumáticos parecen compatibles con los que encontramos.

—¿Lo habéis confirmado?

—Estamos en ello. Está transformada; pueden no ser los de serie.

—Vale, vamos de camino.

—Sanchís ha localizado al tipo en Instagram. Está revisando el perfil.

—¿Y el Pitu?

—Cerró el bar hace un par de horas y se fue directo a casa. Sigue dentro, con su madre. Lo tenemos bajo control.

—Mantenedlo vigilado. Que Soto coordine la búsqueda de la furgoneta. Tú vete a por el hermano de Braña, el reconocido. Invítalo a acompañarte a la comandancia. Lo sacas de la cama a rastras si hace falta.

El hermano mayor de Amador Braña llegó a Oviedo con Rubio hora y media después. Peña lo hizo esperar un buen rato antes de entrar en la sala de interrogatorios para agradecerle que se prestara a declarar voluntariamente. Tuvo que hacer un ejercicio de contención importante para tratar de evadirse de lo que Sanchís le acababa de contar atropelladamente:

—Teniente, el hermano de Fernando Avilés tiene fotos de la furgo en Instagram.

—El muy gilipollas publicó una foto el sábado en cuestión en el puerto de San Lorenzo, Somiedo —intervino Rubio.

—No jodas...

—Se ve a alguien por detrás que parece ser el Pitu.

—El hermano no sabía a lo que iba... —supuso Peña.

—Es muy posible —reafirmó Rubio.

—Es una historia, teniente —le explicó Sanchís—, pero fue tan capullo que la marcó como destacada. Fíjese, es San Lorenzo.

Claramente, el individuo que se veía a lo lejos era el Pitu.

—¿Qué es una historia? Me pierdo, Sanchís.

—Una publicación que desaparece a las veinticuatro horas; hace poco que salieron. Pero este fue tan capullo que la destacó, por eso podemos seguir viéndola. Está fijada, para que usted me entienda.

—Joder, lo intento, pero es imposible estar al día con tanto cambio. Así no hay manera —se lamentó Peña.

—He encontrado algo más, teniente.

El Pitu no había podido hacerlo solo. Se remontaba al

principio, al Bermiego que acababa de dejar atrás. Otra vez a Bermiego. Visualizaba el trayecto desde donde no se puede avanzar con vehículo alguno hasta la puerta de la iglesia y veía el cuerpo rígido de Braña avanzando por el camino en cuesta. No pudo hacerlo solo. ¿Con quién? Tuvo que contar con ayuda.

—Aparece en una plataforma web de urgencias veterinarias. Fíjese en esto —le tendió el móvil en cuya pantalla se veía una foto de la furgoneta—. La pegatina. Esta es la web y el teléfono de las urgencias. Según pone en la página, atienden veinticuatro horas.

—¿Habéis llamado?

—Sí. Hay una centralita automática que deriva la llamada al veterinario de guardia en la zona. Ahora nos ha salido una chica.

—Hay que contactar como sea con los responsables de esa plataforma. Tendré que volver a llamar a la jueza, por si acaso. Rubio, vamos a hablar con Fernando Braña. Vosotros —se dirigió a Cava y a Sanchís—, seguid con esto. Si descubrís algo más, me avisáis.

Eran casi las tres de la mañana cuando se sentaron con Fernando Braña hijo. El hombre sobrellevaba como podía, junto a la incertidumbre, una cara de sueño interrumpido que al teniente le hubiera conmovido de no ser por la repugnancia que le producía que aquel individuo hubiera ocultado esa información que necesariamente debía de conocer, a pesar de que le había costado la vida a su hermano.

—Buenas noches, Fernando. Soy el teniente Juan Peña. A mi compañero ya lo conoce —refiriéndose a Rubio, que se sentaba a su lado.

—Buenas serán para usted, teniente. —Peña no entró al trapo.

—Quiero aclararle antes de nada que su declaración es de suma importancia y agradecerle personalmente su colaboración. Además, es lo mejor que puede hacer para evitar que todo este lío termine ocasionándole más problemas —dejó caer la advertencia—, porque se pueda interpretar que incurre en un presunto delito de falso testimonio. Además, imagino que intuye que no sacamos a nadie de la cama en mitad de la noche si no tenemos una buena razón.

—Si usted lo dice...

—Lo digo. ¿Cuándo supo que su padre tenía otros dos hijos?

El hermano de Braña recibió la pregunta como si la estuviera esperando, sin mostrar ni un ápice de sorpresa.

—Cuando se abrió el testamento.

—Le ruego que se explique mejor. ¿O es que tengo que recordarle que estamos tratando de averiguar quién acabó con la vida de su hermano?

—Teniente, yo no sabía nada de la licencia, nunca se me pasó por la cabeza que estuvieran en contacto con mi hermano y mucho menos que eso pudiera tener algo que ver con su muerte. Le aseguro que, de saberlo, lo habría contado. Ya teníamos asumido que habíamos perdido parte de las tierras de mi padre, no me podía imaginar...

—Ya llegaremos a ese punto —lo cortó Peña—. Responda a mi pregunta. ¿Cómo se enteraron de que su padre tenía dos hijos, digamos, ilegítimos?

—Cuando mi padre estaba ya muy mal, un día que mi hermana y yo llegamos al hospital, había un chico en su habitación. Estaba sentado junto a su cama y le tenía la mano agarrada. —Peña y Rubio escuchaban el relato con atención; Fernando Braña narraba sin levantar la vista de la mesa—. Al llegar nosotros, se despidió de forma apresurada y se marchó. Nos pareció muy raro, pero mi padre le quitó importancia, nos dijo que era el hijo de un viejo amigo que trabajaba allí y que había pasado a verlo y hacerle compañía. Mi padre murió al poco tiempo. Por suerte, ni mi hermana ni mi madre fueron a la apertura del testamento; mi madre es mayor y estaba muy afectada. Ellas no han llegado a enterarse, no saben nada.

—¿Qué más? Continúe.

—No contábamos con que hubiera nadie más en la notaría. Mi hermano y yo íbamos convencidos de que aquello era un trámite. Yo mismo había acompañado a mi padre a hacer su testamento unos años antes. La sorpresa fue que ese no había sido su último testamento. —Sonrió dolorosamente—. Allí estaban ellos, los dos hijos fuera del matrimonio, lo ponía tal cual, a los que les dejaba dos quintas partes de las tierras de cultivo: Fernando y Mauricio. Había tenido la desfachatez hasta de ponerle nuestro nombre a uno de ellos.

—¿Nunca sospecharon nada?

—Puedo jurárselo.

—Imagino que la situación se pondría tensa.

—Mucho. Casi salimos a hostias. Amador estaba fuera de sí. Amaba el campo más que ninguno de nosotros. No podía soportar la idea de que mi padre nos hubiera arrebatado un trozo de esas tierras para dárselo a ellos. Casi le dolió más eso que la mentira de nuestro padre: que hubiera tenido una doble vida a nuestras espaldas.

—¿Y qué hicieron?

—No podíamos hacer nada. Hablamos con nuestro abogado, pero nos dijo que aquello era perfectamente legal, así que tuvimos que conformarnos. Además, no queríamos que mi madre se enterara. Le dijimos que íbamos a vender una parte de las tierras. Otro drama; no lo entendía, claro, cómo iba a entenderlo.

—¿Y a su hermana? ¿También le mintieron?

—Lo hicimos por protegerlas. Para que no sufrieran.

—Antes ha dicho que no sabía nada de la licencia. Fernando Avilés Ortiz había solicitado una licencia al concejo de Trasgu para comenzar las obras de una bodega.

—Y mi hermano se la había denegado. —Sonrió ahora como orgulloso—. Tiene gracia, yo le achacaba que desatendía la pomarada y él estaba tratando de protegerla como podía.

—Entonces, ¿lo sabía o no? ¿En qué quedamos?

—Me lo ha contado esta misma noche el alcalde. No tenía ni puta idea, pero ¿sabe una cosa? No puedo evitar sentir cierto orgullo por eso.

—Señor Braña, su hermano está muerto.

—No hace falta que me lo recuerde, teniente. Espero que ese cabrón se pudra en el infierno.

—Todavía no podemos dar por seguro quién es el autor de su muerte.

—Pues claro que ha sido él. Son unos muertos de hambre, lo han sido toda su vida, por lo que averiguamos cuando supimos que existían. Cuando mi padre les dejó las tierras, el Pitu se creía que le había cambiado la suerte, el muy desgraciado. No tiene ni puta idea de lo difícil que es sacar adelante una producción pequeña. Creía que se iba a hacer rico, el muy gilipollas.

—No lo tenía tan claro hace unos días, cuando habló con mi compañero aquí presente. ¿O es que le mintió?

—Ni mentí entonces ni lo estoy haciendo ahora. Hace unos días no tenía ni puta idea, como ustedes. —Peña encajó el golpe, como verdad que era—. Ahora yo tampoco tengo la menor duda.

—¿Tuvieron contacto directo con ellos después de la lectura del testamento? —cambió de tercio.

—Solo una vez. Cuando el abogado nos dijo que no había nada que hacer, Amador y yo fuimos al bar ese que tiene y le ofrecimos comprarle su parte de las tierras. Suya, por decir algo, porque no era moral, desde luego. Esas tierras nos pertenecen.

—¿Y no accedieron?

—No. No accedió. Fue con el Pitu con el que hablamos; el otro no pinta nada. El muy cabrón dijo que no era el dinero lo que le importaba, sino cumplir la voluntad de su padre. Hijo de puta, qué sabrá él.

—¿Cómo supieron dónde buscarlo?

—Amador sabía dónde tenía el bar. Casualmente, iba por allí a veces con unos amigos suyos. Claro que no podía imaginarse que era nuestro medio hermano. Cuando lo vio en el notario, lo reconoció.

—Bien, Fernando. Voy a pedir que lo lleven a casa. Descanse. Le ruego que no hable con nadie más de esto ni haga ningún movimiento extraño. Vamos a hacer nuestro trabajo. Las próximas horas van a ser intensas. Necesitamos discreción, se lo ruego.

Intensas era poco decir. Los que se habían marchado a descansar habían vuelto a la comandancia en vista de los acontecimientos. Soto seguía coordinando la búsqueda de la furgoneta. Nadie diría que estuvieran en plena noche a juzgar por el ritmo frenético al que hacían gestiones, llamadas, comprobaciones... Los observó. Eran como un cuerpo humano y ellos como cada célula que sabe exactamente cómo proceder para que el organismo funcione, aun cuando duerme.

—Peña, confirmado —anunció Rubio—. Por las fotos de Instagram, los neumáticos parecen compatibles con las rodaduras de Bermiego.

No pudo hacerlo solo.

—Y también confirmado que estuvieron en Villa de Vilma —informó Cava.

—¿También lo habéis visto en Instagram? —le preguntó Peña.

—No exactamente. Te lo cuento si prometes no ponerme de cara a la pared.

—¿Qué has hecho, Cava?

—Le acabo de enviar la foto al Brazo de Somiedo —confesó.

—¿Que has hecho qué? —Peña se lo preguntó a voz en grito—. ¡A veces eres como un grano en el culo, Cava! ¡Ellos son las células y tú el puto grano en el culo!

—¡Cállate y escucha, coño! No entiendo nada de lo que dices, pero espera que termine de contarte —se rebeló Cava.

—Son las cinco de la mañana, Cava. Mira que intento entenderte, coño. ¿Cómo se te ocurre?

—Tranquilo, escucha, ha sido un impulso. He probado y estaba despierto. Además, he desenfocado la matrícula.

—Ah, bueno, pues ya con eso nos podemos justificar con la jueza —dijo irónico.

—¡Teniente! —trató de imponerse el cabo primero—. El Brazo me ha asegurado que vio la furgoneta en Villa de Vilma esa tarde. Lo que significa que tenemos un testigo directo que confirma que los hermanitos estuvieron en el pueblo.

—Joder con el Brazo —asumió Peña, viniéndose a menos. Llegado el momento vería cómo justificarlo—. También está aquella señora que os cruzasteis en el camino. Ya que estamos, habría que intentar localizarla y enseñarle la foto de la furgoneta, por si acaso. A una hora prudente, claro está.

—Bueno, de eso también quería hablarte. Cuando he hablado por teléfono con él, le he preguntado por ella.

—¿A quién? ¿Al Brazo?

—Sí, ya sé que no he debido, pero este es de fiar, hazme caso. —Peña lo miró con escepticismo—. Me ha dicho algo muy extraño. Verás. Le he preguntado que si podía ayudarme a localizar a una vecina del pueblo con la que hablamos el otro día en la braña y, cuando se la he descrito, me ha dicho algo muy raro.

—Suéltalo ya, Cava.

—Me ha dicho: «Ah, ¿tú también viste a la Xana? Pues no la busques, que no la vas a encontrar; esa sale cuando quiere» —reprodujo.

—¡La madre que os parió, Cava, a ti y al Brazo! Me temo que va a tener que declarar. A ver cómo le explico esto a su señoría. ¡Soto! —gritó dirigiéndose al brigada al verlo acercarse—. ¿Qué hay de la furgoneta?

—A eso venía. Nos han dado aviso de que han localizado la furgoneta de Mauricio Avilés. Está pasando la noche con una chica en el *parking* del cabo de Peñas.

—Bien, que no se acerque nadie hasta que yo lo diga, pero que no lo pierdan de vista. —«Ya la hemos cagado bastante», pensó—. ¡Joder con los hermanitos!

27
REVENTAR LA OPERACIÓN

La familia y el entorno cercano suelen ser los primeros en el punto de mira en homicidios y desapariciones. Primero, porque suele ser lo único de donde tirar y hay que empezar por algún sitio; segundo, porque dicen las estadísticas que entre ellos se encuentra en muchas ocasiones el responsable. Con todo, el teniente Peña nunca se había enfrentado a un caso que hubiera concluido en que un hermano hubiese matado a otro; le iba a costar asimilarlo. Tampoco podía entender la postura de Fernando Braña. Juan Peña nunca se habría sentido orgulloso de un hecho que le hubiera costado la vida a su hermano. Podía afirmarlo porque sabía lo que era perder uno, el único que tenía.

Pensaba en ello mientras conducía casi en estado de trance por la autovía del Cantábrico dirección Cudillero. Se había escurrido de la comandancia en el coche de la flota que Perla le había conseguido. «Cúbreme, Perla; es un asunto personal». Perla le dio las llaves y lo saludó llevándose la mano a la sien.

Comenzaban a intuirse los primeros rayos de sol desde el mar. «Aquí el sol va al revés. La puesta no es como la de Sanlúcar, pero también está bien. Tienes que venir, picoleto», le había dicho Andrés en una de las primeras llamadas que hizo a su casa unos días después de marcharse.

Él aún no había ingresado en la academia cuando su hermano se marchó, pero ya hacía años que Andrés lo llamaba picoleto por ese empeño suyo en llevar tricornio, que no entendía. Eran hijos de guardia, pero también eran demasiado pequeños cuando su padre murió. Juan casi no tenía recuerdos de él; Andrés alguno más, pero a la Guardia Civil siempre le tuvo más aversión que otra cosa. Y es que su hermano había sido lo que en su pueblo llamaban «un prenda» y, para no llegar a buscarse problemas mayores, aceptó el ofrecimiento de unos vecinos que se habían marchado al norte años antes y que eran como de la familia. Fueron ellos los que lo acogieron al principio y le buscaron el primer barco en el que faenar, hasta que pudo ahorrar lo suficiente para alquilarse la diminuta casa en la que se alojaban Clara y él cuando iban a visitarlo. Andrés tenía un talento innato para la pesca, los barcos y todo lo que tuviera que ver con el mar. Al poco de estar allí se lo rifaban. Pero era un bala sin remedio en todos los sentidos; su mayor problema era que no veía el peligro. Para él la mar siempre estaba buena.

El teniente Juan Peña, por él, habría detenido esa misma madrugada al Pitu y a su hermano Mauricio mientras este dormía en su furgoneta junto al cabo de Peñas. Pensaba si no habría sido lo más sensato mientras rebasaba las señales que indicaban idéntico destino en los paneles aún azules de la autovía del Cantábrico, pero sentía que ya había cometido más de una cagada en el caso. No podía permitirse más licencias en un asunto que, además, tenía componentes políticos. Por muy claro que lo viera, no tenía la certeza de que aquello no fuera aún más oscuro de lo que parecía y que su incontinencia pudiera terminar costándole el puesto a alguien, incluso a él. No sería la primera vez. Eso y que, quizá llevado por un arrebato de egoísmo poco habitual, decidió que debía cerrar antes el asunto de los otros hermanos: el del suyo consigo mismo. Pero tampoco quería dejar margen de maniobra, siendo ya varias las personas que sabían de la identidad de los presuntos culpables de la muerte de Amador Braña. Así que el servidor de la ley que era hizo lo que le estaba mandado.

Se salió de la autovía de una forma tan decidida que pareciera tenerlo planeado cuando vio la indicación de Muros de Nalón. Como si no hiciera más de treinta años desde la última vez que fue por allí, condujo resuelto hasta la plaza de la iglesia que tan contrariados recuerdos le traía, se sentó en el único bar que a esa hora ya estaba abierto y pidió un café con la esperanza de que lo ayudara a despejar la nebulosa mental que la noche en vela y los recuerdos le provocaban. Poco quedaba ya de la energía del joven guardia que había estado en ese sitio exacto tres décadas atrás con Clara y Andrés, devorando ellos zamburiñas y botellas de sidra hasta perder la vergüenza. Y, desde luego, empalmar dos días sin dormir era algo que no estaba seguro de poder seguir permitiéndose. Fue allí donde mucho antes comenzaron sus noches en vela.

Las vigilias habían sido su rutina durante mucho tiempo, o quizá no tanto, pero a la edad que tenía entonces el tiempo no era el compañero implacable y efímero en el que se termina convirtiendo. Hasta aquel momento no había tenido motivos que le hicieran perder el sueño, pero desde que supo que iba a ser padre el miedo se apoderó de él. Clara le dio la noticia delante de su hermano, en el establecimiento en el que ahora estaba tomando café solo, que era como le gustaba; y sin compañía, que también le gustaba, pero menos.

Echó mano de su móvil personal y le envió a su mujer una foto de la perspectiva.

¿Te acuerdas de esto?

Dios. Me acuerdo del plato de zamburiñas
que no pude probar por las náuseas.

Fueron ellas, las zamburiñas, y la fiesta que las hormonas se habían montado en su mujer, las que la llevaron a compartir la enhorabuena con él y con Andrés a la vez. Acababan de casarse.

¿Qué haces ahí tan temprano? ¿Estás bien?

¿Te llamo?

Le dijo lo de siempre, que no se preocupara.

Todo en orden.

Fue la retahíla de cada noche que estaba en casa hasta que su hija cumplió dos años y dejó de llorar. Primero fue el miedo a que algo saliera mal o a hacerlo mal. Después los días de trabajo intenso que lo apartaban de su familia de día, y también de noche; y lo culpable que esas ausencias lo hacían sentirse, la razón por la que cuando estaba se empeñaba en encargarse de la niña para que ella descansara. Y entre medias, lo de su hermano, que no llegó a conocer a Paula. Y después, y todo mezclado, los primeros homicidios. Y el llanto incesante de su hija en mitad de la noche. Y las escenas de los muertos que no conocía que lo perseguían y en los que se recreaba quizá para no pensar en el que había conocido tanto. Y su hermano ahogándose en sus sueños sin sentido en la misma orilla mientras él no reaccionaba, aturdido por el ruido del agua en las piedras. Dos años le costó recuperar el sueño, los mismos que a su hija dejar de llorar por la noche, hasta que hicieron un trato: «Si tú te duermes, yo también».

Apurado el café y algo más despierto, Juan cambió su móvil por el de la Empresa, y el teniente Peña procedió a cumplir con lo que tenía que hacer: los trámites burocráticos. Llamó al coronel para que comunicara a las altas instancias del Ministerio del Interior la explotación de la OP. Bacata. Al día siguiente, a primera hora, se procedería a reventar la operación. O lo que era lo mismo, a la detención de los hermanos Fernando y Mauricio Avilés Ortiz como presuntos autores o partícipes en la muerte del concejal de Trasgu Amador Braña, hijo del mismo padre que ellos.

Después llamó a Rubio, lo puso al día del plan que tenían que acometer en menos de veinticuatro horas y le pidió que se encargara de organizarlo y que mirase en su correo si estaban las órdenes de la jueza para la plataforma web. Él iba a tomarse unas horas de descanso. Quedaron en verse a la hora de comer en la comandancia, una vez que hubiera resuelto un asunto personal. Eso último no se lo dijo al sargento.

«Cuando junte el dinero suficiente me compraré mi propio barco. Será el barco más gaditano del Cantábrico. ¿Sabes cómo se va a llamar, picoleto? Se va a llamar La Carnavalera». La última vez que Juan Peña visitó a su hermano vivo cenaron juntos en un buen restaurante del puerto de Cudillero para celebrar que había conseguido entrar en el Servicio de Policía Judicial. A pesar de las dudas de Andrés de que eso fuera motivo de celebración, de que incluso ser guardia lo fuera, Juan sentía el orgullo de su hermano mayor hacia él. Aquella noche Clara no se encontraba bien y no los había acompañado. Fue la última ocasión que tuvieron los hermanos para estar a solas, compartiendo sueños y confidencias sentados en la misma defensa del puerto desde la cual él ahora miraba los barcos; donde debía haber estado atracada la barca de pesca que Andrés nunca pudo bautizar con manzanilla de Sanlúcar. Era una mañana espléndida y soleada, aunque sabía que allí el tiempo podía cambiar en un suspiro, que fue lo que ocurrió aquel día.

Se sobresaltó por el timbrazo del móvil corporativo. Estuvo tentado de no cogerlo, pero sabía que Rubio no lo llamaba sin una buena razón, después de haberle dicho que se encargara.

—Peña, tenemos novedades. ¿Puedes hablar?

—Claro. ¿Qué pasa?

—El móvil del Pitu estuvo apagado desde el mediodía del sábado hasta el martes. En ese intervalo de tiempo no se conectó a ningún repetidor. El del hermano deja de dar señales la madrugada del domingo hasta el mismo martes. Ambos vuelven a localizarse ese día en un punto que puede ser cercano al bar, por la triangulación.

—Parece confirmarse que el hermano no supo en lo que estaban metidos hasta que se vio allí.

—Eso parece. Recuerda la publicación en el puerto de San Lorenzo.

—Lo recuerdo: la historia de Instagram.

—Te sigo contando. Hemos podido hablar con los de la plataforma. Nos han llamado en cuanto han visto la orden de la jueza.

—¿Y bien?

—Según me han dicho, son intermediarios. Los veterinarios se dan de alta y fijan un horario de atención de urgencias. Ellos les suministran un teléfono en el que reciben directamente los avisos el día que están de turno.

—Y además de explicarte su modelo de negocio, ¿te han contado algo relevante?

—Ese domingo, Mauricio Avilés estaba de guardia. Para pedir el rastreo del teléfono hay que elevar la orden a la compañía, pero les consta que tuvo tres avisos en el día y que los atendió. Me van a enviar por *mail* los detalles.

—O sea, que estuvo trabajando ese día. El sábado antes por la tarde estaba en Somiedo. Y el domingo, durante la noche, según nuestros cálculos, dispusieron el cadáver de Braña debajo del tejo de Bermiego. ¿No es raro que entre medias estuviera haciendo de veterinario a domicilio?

—Es lo que puedo decirte.

—Cosas más raras hemos visto. ¿Algo más?

—No, es todo. Oye, por cierto, ¿dónde estás? —preguntó Rubio extrañado—. Aquí se está poniendo el día feísimo, parece que va a llover. ¿Quieres que te recoja en algún sitio?

—No hace falta. Te veo en un rato.

Colgó y volvió a concentrarse en los barcos. Elevó la vista y no le pareció que las pocas nubes blancas amenazaran tormenta, aunque allí nunca se sabía.

El último día que Andrés salió a faenar auguraban galerna. Los partes meteorológicos y las predicciones del mar no eran los que hoy conocemos, pero ya se sabe de ese don innato de la gente del campo y del mar para verlas venir. Fueron muchos los faeneros que ese día no se habían fiado de salir, según le contaron después, a pesar de que eso supusiera perder el jornal del día. Pero su hermano no veía el peligro y el Noelia se echó a la mar. Y el mar se volvió loco y se lo tragó. «Mira, ese es el mío. El Noelia. Se llama así por la hija del patrón, tiene cojones. Si por lo menos la Noelia estuviera buena, pero no. Tendrías que verla: un choco». Juan Peña no pudo evitar la sonrisa recordando la ocurrencia de su hermano. Era la primera vez en mucho tiempo que rememoraba aquella.

—Tiene cojones, Andrés. Tiene cojones que fueras a naufragar en un puto barco llamado Noelia —se dijo en voz alta, riéndose solo.

Reconfortado tras el reencuentro con su hermano, paseó por el pueblo marinero. Recorrió varias de sus empinadas calles y agradeció que el progreso no hubiera acabado con el encanto de aquella villa, que seguía sobreviviendo contra las leyes de la gravedad, con sus casas de colores pastel colgando de la ladera de la montaña, haciendo equilibrios y mirando al mar. Bajó por la calle en la que había estado la casa de su hermano, que ya no existía. No fue capaz de terminar de ubicar el espacio que ocupó en aquella amalgama de construcciones más recientes. Y, por último, fue a la capilla del Humilladero. Allí estaba el Cristo al que solían ir los marineros a rogar amparo, especialmente en los días de galerna. Nunca supo si su hermano era de los que iban, aunque no le pegaba; más bien estaba convencido de que pasaría por su lado burlándose de ellos. Estuvo tentado de hacer lo mismo y pasar de largo, pero pensó en su madre y en la foto de Andrés sobre el aparador del salón de su casa del Barrio Alto. Le pidió permiso a la anciana que reconoció como capellana, sacó dos fotos de la imagen con su móvil personal y dejó un billete de veinte euros en la caja del cepillo. Miró su reloj: se le estaba haciendo tarde, y aún tenía una última parada pendiente.

Tomó la nacional para salir de la villa en dirección a la playa por el mismo camino que, de haber tenido valor, hubiera tomado treinta años antes, después de recoger las pertenencias de casa de su hermano; y se dirigió a la Concha de Artedo. El mar casi siempre devuelve los cuerpos; una semana tardó en devolver el de Andrés desde la galerna hasta que una ola lo dejara sobre las piedras en la orilla de aquella playa. La del ruido del agua en pleamar retirándose sobre las piedras de cantos rodados que nunca había logrado sacar de su cabeza. Ese que le había parecido tan mágico la vez que estuvo allí y que tan insoportable se le hacía en sus sueños y sus desvelos. La belleza siempre está en los ojos del que mira. Y en cómo la realidad hace sentir al dueño de la mirada.

Andar sobre las piedras era ahora más fácil sobre el sendero de madera. Lo abandonó para sentarse en la orilla de minerales y sintió la brisa fresca en la cara. El sol no era de justicia, como seguramente lo sería ya a esa hora de ese día de verano en su pueblo. Comenzaban a llegar los primeros grupos de bañistas cargados con el mismo arsenal de bártulos que suelen llevar las familias a cualquier playa del sur. Dos niños de poca diferencia de edad con bañadores idénticos llamaron su atención. Uno se adentraba decidido y seguro en el agua.

—¡Me da miedo! —gritaba el pequeño.

—¡Vamos, no seas cagado!, ¡no pasa nada! —lo animaba el mayor.

—¡Ve tú! Yo te espero aquí.

Absorto en los dos pequeños, casi le pasaba desapercibido el sonido del agua, que era mucho más suave en la bajamar. Era un sonido embriagador, acompasado, relajante, que lo hacía sentir en paz. Ya no era ruido; era música.

Antes de arrancar el coche para volver a la comandancia, y esta vez le fue más fácil, llamó a su madre.

Seguirles la pista a los ilegítimos la tarde antes de la detención no fue difícil. Nando, el Pitu, la pasó entera donde solía, atendiendo la barra del bar que se llamaba como él; el veterinario, que continuaba de ruta por la costa acompañado de su amiga, se dedicaba a publicar en redes sociales fotografías con ubicación incluida de cada sitio en el que paraban, por lo que el discreto seguimiento que le pisaba los talones casi era innecesario. Sanchís iba informando puntualmente al teniente de cada nueva localización del mayor de los Avilés, sin necesidad de salir de la oficina y solo con la ayuda de un teléfono móvil. Era de esas cosas que a Peña le hacían sentirse inútil. Se le debía de notar en la cara, a juzgar por el comentario de la cabo primero:

—Bien podría decir él que está en Honolulu desde el sofá de su casa, teniente. Pero los compañeros que le pisan los talones están confirmando la información. Ahora se encuentra en Perlora.

—¡Anda! Ahí es donde van los pijos de veraneo, ¿no? —preguntó Cava, ocupado junto a León en grabar todo lo que tenían en la base de datos.

—Lo fue en algún momento, algo así como una ciudad de vacaciones; ahora es un cementerio de elefantes, casi un pueblo fantasma.

—Muy simbólico —opinó Peña, un poco superado ya por tanto misticismo.

Las horas transcurrían en la comandancia envueltas en una atmósfera de calma tensa, entre trámites, recapitulaciones y reuniones preparatorias de la operación que llevarían a cabo a la mañana siguiente. Para la ocasión, Peña, a pesar de que había accedido a incorporar al caso a los agentes locales, se rodeó de su gente de confianza. Lo acompañaban en la oficina el sargento Rubio, Cava, los guardias Velázquez y León y la cabo primero Sanchís, la única extraña que lo había cautivado desde el principio; Perla se había unido a Soto en la vigilancia del veterinario. Con los que estaban en la oficina, trazó el plan que seguirían cuando estuviera a punto de volver a amanecer.

—Sabes que no tenemos nada concluyente, ¿verdad? Sé que lo sabes, solo te lo recuerdo. —Rubio era el único que podía atreverse a hacerle esas apreciaciones.

—Espero que terminemos de encontrarlo en los registros. Su señoría ya ha firmado las órdenes —informó Peña—. Nos está esperando para tomar declaración al Golondru y al Brazo de Somiedo.

—El Brazo ya va para el juzgado. Salió hace un rato de Villa de Vilma —informó Cava, sin molestarse en disimular que tenía la antena puesta en la conversación de sus superiores.

—Acompáñame. Voy a estar en la declaración. A ver si acabamos rápido con ellos y nos da tiempo a descansar algo esta noche —le pidió al cabo primero.

De camino al juzgado, aprovechó para telefonear desde el coche al capitán Muñoz, el jefe de la Unidad de Delincuencia Organizada, para hacerle un resumen del informe que le enviaría acerca de las novedades, por si veía indicios para abrir de oficio una investigación paralela sobre Los Eburones, basada en las averiguaciones de su equipo, en las declaraciones de Montes Pereira y del alcalde y en las confidencias del periodista. Era su obligación, pero no ya su problema.

Lo que sí era su obligación, porque así se lo había pedido ella educadamente, era asistir a su señoría esa tarde en la declaración de los dos testigos. Ambos habían sido elementos clave en las pesquisas: uno para apuntar a los posibles responsables y otro para confirmar que eran ellos. El Golondru y el Brazo de Somiedo eran dos especímenes curiosos, dos solitarios con vidas paralelas que quizá no hubieran compartido espacio de no ser por la mala suerte de Braña. Uno, un hombre de mar; el otro, un pastor de montaña. Bien podían representar la esencia y las dos caras de esa tierra de contrastes. Le resultaba curiosa la manera en la que cada uno de sus chicos, Rubio y Cava, respectivamente, habían conectado con ellos. Al sargento le había servido su pasión por la pesca y por los barcos para entablar conversación con el marinero. A Cava, por su parte, le había bastado con ser como era para ganarse la complicidad del Brazo.

El primero en hablar con la jueza fue el viejo amigo pescador de Amador Braña, el Golondru, que, además de tener mote de pez roncador, tenía nombre y apellido. Manuel Vega llegó al juzgado acompañado por los dos guardias del puesto de Trasgu que habían recogido en su día la denuncia de la desaparición del concejal. A regañadientes, según supo, lo habían sacado de casa cuando fueron a recogerlo para acercarlo hasta Oviedo. El hombre había permanecido todo el camino desde Trasgu sin abrir la boca, como si estuviera en huelga de silencio. E incluso delante de la jueza se quejó cada vez que ella le hacía las preguntas que, a su entender, ya había respondido demasiadas veces. Aun así, se comportó y se reafirmó en su testimonio sin incoherencias ni contradicciones. Después se enfadó de nuevo cuando le insinuaron que seguramente lo citarían para volver a declarar cuando llegara la hora del juicio. A eso respondió que iría si es que seguía vivo y que esperaba, en ese caso, no haber perdido del todo la cabeza para entonces. A Peña le parecía, en realidad, que la cabeza del Golondru estaba y había estado en todo momento mucho mejor de lo que decía, y que seguramente empleaba aquel recurso cuando le interesaba hacerse el olvidadizo.

Salió a despedirlo y lo acompañó hasta el coche que lo llevaría de regreso a su casa en la orilla del río. El Golondru le dio recuerdos para su compañero, el sargento Rubio, y también el encargo de transmitirle la invitación a pescar en su barco si alguna vez volvía por Trasgu. Peña pensó que seguramente había perdido a la única persona que sacaba tiempo para salir de pesca de cuando en cuando con él, y que probablemente ese era el verdadero motivo del enfado del viejo roncador. La muerte de Braña parecía haber acabado con los pocos ratos de compañía de aquel hombre solitario.

—Se lo diré —respondió Peña—. Y yo, ¿no estoy invitado?

—¿Usted?, ¿pero usted no le tenía miedo al mar? —respondió entre sorprendido y cómplice el Golondru, mientras se acomodaba en el asiento trasero del coche.

Peña, inclinado hacia el vehículo, con la mano izquierda

sobre la puerta abierta y la derecha apoyada en el techo, se agachó para que solo el viejo oyese su respuesta:

—Creo que he superado eso —le reconoció—. No creo que podamos ir, ya sabe, pero gracias por la invitación.

El Golondru, parco en palabras, se despidió con una mirada que Peña no supo descifrar, pero que le resultó tan familiar como si de verdad lo fuera.

Muy poco rato después, el Brazo de Somiedo asintió cuando la jueza le enseñó la foto de la furgoneta de los hermanos Avilés Ortiz. Estaba seguro de que había visto el vehículo aquel fin de semana en Villa de Vilma. No le pasó desapercibido porque vio que subió a la braña y no eran muchos, según dijo, los que se atrevían a subir hasta allí en coche. Él mismo había subido a la montaña, como cada día, a ver a sus vacas, que pastaban en la braña, y había visto también al grupo del concejal haciendo cosas raras debajo del tejo de arriba. Habló de cánticos, de bailes.

—Era como si estuvieran rezando o haciendo espiritismo —dijo con desparpajo.

El Brazo de Somiedo reconoció las camisetas serigrafiadas que le enseñaron en las fotos y confirmó que ese día los del grupo llevaban la indumentaria de Los Eburones.

—Estuve hasta tarde charlando con los turistas en la terraza del bar del hotel. Los fines de semana aprovecho para alternar con ellos, para una vez que hay caras nuevas en el pueblo... Por eso vi la furgoneta. Era ya muy tarde cuando subieron a la braña.

—¿Está usted completamente seguro de que era la misma furgoneta? —le preguntó varias veces su señoría.

—Pues claro, jueza. Menuda iban formando entre las casas. Iban dos dentro. Les cogí la matrícula por si hacían algún destrozo a algún vecino. Aquí la tiene.

Y le tendió a la jueza Amaya la servilleta de bar en la que había anotado los cuatro números y las tres letras de la placa de la furgoneta adaptada de Mauricio Avilés Ortiz, el hermano del Pitu.

Cava esperaba fuera a que terminase la declaración del Brazo de Somiedo para despedirse de él y volverse al hotel con Peña, que salió de la sala unos metros por detrás del testigo. Vio como el hombre se acercaba al cabo primero:

—Pues nada, joven, hasta otra. Un gusto. —Por lo que conocía al cabo Cava, sabía que la sonrisa que le devolvió era de afecto.

—Oye, Brazo, una cosa que te quiero preguntar —oyó que le decía—. Eso de la Xana que me dijiste, ¿qué pasa, que no existe o qué? —El Brazo se rio.

—Pues claro que existe, lo que pasa es que no es como tú y como yo. Además, tú la viste, ¿o no?

—Y mis compañeros. Si solo la hubiera visto yo...

—Olvida eso. Esas solo quieren llevarte al río.

—Pero es que nos dijo una cosa... Nos dijo que había oído a las *coruxas*. Mi compañera, que es muy lista, dice que eso es como un mal augurio o algo así. ¿Es verdad eso?

—Si lo dijo la Xana... Bien sabe entender la *bruxa* el cantar de la *coruxa*, amigo mío. —Cava pareció entender, o conformarse con eso—. Ah, por cierto. Supe que eras guardia desde el principio. ¿O es que pensaste que ibas a engañar al Brazo de Somiedo? —El hombre acompañó la broma elevando el brazo derecho en señal de fuerza.

La confianza, esa virtud de la que él no podía presumir y que a su cabo Cava, disfrazada de espontaneidad, de descaro o de aparente falta de sentido común, le servía para ganarse a la gente, como se había ganado a ese hombre rudo de montaña y como había conquistado a la capellana, no era algo que se pudiera aprender, que pudiera cultivarse como un tejo sin veneno, o que se pudiera recuperar cuando uno ya arrastraba heridas que le habían hecho perderla. Cava tenía ese algo innato que hacía que conectaran con él, sin pretensiones, sin darse importancia. Así es como la gente se hace imprescindible.

—No pasa nada, Cava —le dijo Peña cuando estuvo a su lado—. Creo que nos vamos a ir de aquí sin entenderlo todo, pero igual tampoco es necesario. Es parte de la magia.

Se dejó llevar por él de vuelta al hotel en silencio. Tenían por delante una noche corta y en pocas horas un día duro. No podía evitar tensionarse en la víspera de la vorágine, y lo que los aguardaba era el momento más difícil de todos. Sin embargo, esa noche se sentía más sereno de lo normal. Casi no hablaron durante el trayecto más que para evitar que el cabo primero se quedara dormido al volante. Cuando llegaron al destino, le dijo que se subiera a descansar; él iba a aprovechar un rato al fresco para llamar a casa, cosa que hacía sin excusas la noche antes con especial interés, porque nunca se sabe cómo de feas pueden ponerse las cosas. Habló con su mujer y con sus dos hijas, y después llamó a su madre por segunda vez ese día.

28

ORBAYU

A Peña le sonó el despertador a las cuatro de la mañana con la sensación de casi no haber pegado ojo. Después de más de media vida de trabajo sin horario fijo, poco quedaba del niño al que se le pegaban las sábanas y al que su abuela despertaba a grito pelado, cuando entraba en la habitación que compartía con Andrés y subía de un tirón la persiana hasta arriba para que el sol del sur los ayudara a salir del letargo. Dormir cada vez menos, y no por falta de oportunidad sino de ganas, era de esas cosas que le hacían sentirse viejo. Esa noche no fueron las pesadillas, que no aparecieron; fueron los nervios por lo que deparaba el plan para el día siguiente.

Inquieto por la incertidumbre que le provocaba la jornada que se le venía encima, se asomó a comprobar si había cesado la llovizna que ya caía cuando se retiró a intentar descansar algo unas pocas horas antes. Viendo que persistía, pensó en Mauricio Avilés durmiendo bajo aquella cortinilla de agua al resguardo de su furgoneta; y en el Pitu soñando al calor de las sábanas en la habitación contigua a la de su madre. Estuvo seguro de que, hacía muchos menos años, también debieron de ser niños que dormían alegres y despreocupados, cuando aún no habían matado a nadie. Se vio a sí mismo levantando las persianas de los dos hermanos esa mañana y deseó que dejara de llover para que, al menos, no se les calaran los huesos cuando los detuvieran.

A las siete y un minuto, el brigada Soto y el sargento Perla, apoyados por varias patrullas de los puestos de Luanco y Candás, detuvieron a Mauricio Avilés Ortiz mientras pernoctaba en su furgoneta en un aparcamiento de Perlora. Al tiempo que al veterinario lo trasladaban a la comandancia de Oviedo, Peña, Rubio, Cava y León iban camino de Caldas. Amanecía cuando llamaron a la puerta de la casa en la que el Pitu aún dormía con su madre. La mujer abrió sobresaltada intentando cubrir como podía con una bata su cuerpo menudo envuelto en un camisón de dormir, con cara de desconcierto y de no entender por qué la Guardia Civil aporreaba su puerta. Su hijo no tardó ni diez segundos en sacarla de dudas:

—Vienen a por mí, *ma*.

Fernando Avilés Ortiz contempló impasible cómo los agentes ponían patas arriba su casa y, poco después, su bar. El bar que habían heredado de su abuelo y en el que había tenido como cliente ocasional a Amador Braña, sin que este supiera que el chico que le servía los cafés era, en realidad, su hermano; cosa que no supo hasta que lo vio en la notaría el día que abrieron el testamento de su padre. El mismo que le arrebataría parte de lo que más le importaba en su vida y que acabaría por arrancarle todo lo que tenía: la propia existencia.

No encontraron nada significativo en la vivienda. En el bar, en una habitación que quedaba frente al baño de la clientela, al fondo a la derecha, un armario en el que guardaba la escopeta de caza de su abuelo y parte de su colección de periódicos. Entre ellos, unos cuantos números de *La Voz de Asturias* de los días en los que se discutía la aprobación del nuevo Plan General de Ordenación de Trasgu y en los que se mencionaba al concejal de Urbanismo, Amador Braña; otros tantos números que recogían algunas noticias sobre tejos, entre las que hallaron la del caso de Cantabria, y un par de libros sobre botánica de montaña, dispuestos en un armario junto con algunos otros de mitología asturiana. Peña, convenientemente ataviado con un par de guantes de nitrilo, ojeó los manuales antes de depositarlos en bolsas de polietileno. No lo sorprendió encontrar entre sus páginas referencias a ritos y extraños ceremoniales. Sin embargo, las evidencias más determinantes y que supondrían el soporte más empírico para su hipótesis, además de la coincidencia del calzado de ambos con las huellas de pisadas recogidas, estaban en la furgoneta adaptada, mitad autocaravana mitad consulta móvil de Mauricio, el hermano veterinario. Entre ellas, la unidad de Criminalística, apoyada por un agente y un perro del Servicio Cinológico, halló restos biológicos cuyo posterior examen confirmó que eran compatibles con el ADN de Amador Braña. Y, en un baúl repleto de instrumental médico, una matraca, en la que no hubieran reparado de no ser por las alusiones al artilugio de la capellana. Así de torpes eran.

El Pitu lo sabía, sabía que allí, bajo el olor a lejía y entre los restos de sangre limpiados a conciencia de todas las especies de bichos que su hermano atendía en sus consultas a domicilio, podían encontrar también el ADN de su medio hermano, un ADN que en parte debía de coincidir con el de él y con el de Mauricio. Y tal vez esa fue la razón por la que el Pitu no lo dudó y, en cuanto supo que su hermano Mauricio estaba detenido, dijo que quería confesar. No dijo declarar, no dijo hablar con ustedes, no dijo contar la verdad; dijo que él había matado a Amador Braña. Y que su hermano, al que llevaba toda la vida defendiendo, no había tenido nada que ver, que si le prestó algo de ayuda fue porque se vio en una encerrona orquestada por él. Así de diferente era la estima que les tenía el Pitu a sus dos hermanos. Por uno parecía estar dispuesto a todo, aunque al otro le hubiera arrebatado la vida. Igual lo que tira no es la sangre, sino la vida compartida, y por eso hay quien quiere a un amigo como a un hermano y quien puede llegar a matar al suyo.

Fernando Avilés Ortiz, el Pitu, confesó que fantaseó durante meses con la idea de matar a su medio hermano Amador Braña, y que hubiera dado marcha atrás si Amador hubiera entrado en razón, cosa que no había conseguido. Lo relató en presencia del abogado de oficio asignado, no tenía ni para pagarse uno propio, ante la mirada aséptica forzada de Peña y Rubio, al otro lado de la mesa:

—Se lo advertí. Lo llamé muchas veces para hacerle entender que íbamos a acabar mal si seguía tocándome los huevos con las tierras que nos dejó mi padre —hablaba con la vista fija en la pared del fondo, situando su mirada hierática en el espacio que quedaba entre los rostros de los dos guardias—. Aunque a ellos les joda, también era mi padre. Y lo será siempre, incluso después de muerto.

Peña, que ya había tenido que frenar las ganas de hablar del Pitu hasta que llegara el abogado, estuvo tentado a recomendarle que no declarase en sede policial y que lo hiciera ante la jueza. Temía un cambio de versión después del desahogo inicial. Pero necesitaba algún dato más, algo que le permitiera asegurarse de que la conclusión a la que habían llegado era sólida. Eso y que el Pitu había decidido contarlo y no parecía dispuesto a cambiar de opinión, a pesar del consejo del letrado, que volvió a interrumpirlo para recordarle que no tenía por qué hacerlo.

—¡Cállate! —dirigió el imperativo al abogado—. Venga, pregúntenme. ¿Qué quieren saber? ¿Cómo lo maté?

—Tranquilízate. Si quieres hablar con nosotros, deja que seamos quienes hagamos las preguntas —trató de imponerse Peña—. ¿Cuándo supiste que Amador Braña era tu hermano?

El Pitu tomó aire antes de hablar, seguro:

—Yo siempre he sabido que tenía hermanos; mi padre nunca nos lo ocultó. Amador hacía años que venía de tarde en tarde por el bar con sus amigos, esos locos. Y cuando empezó a salir en televisión, por lo del puesto ese que tenía en el Ayuntamiento de Trasgu, lo tuve claro. Era igual que mi padre y llevaba su apellido, estaba seguro de que era él. Cuando me lo olí fui a ver a mi padre; hacía años que no lo veía. Me presenté en la pomarada y le conté a lo que se dedicaba su hijito.

—¿A qué se dedicaba?

—Iba con ese grupo de pirados a ponerse hasta arriba de todo. Si fuera solo lo de beberse el tejo... —Se sonrió—. Hierba, coca, alcohol..., menudas fiestas se pegaban los cabrones. Iban de ecologistas y de intelectuales, pero no engañaban a nadie.

—¿Por qué frecuentaban el bar?

—Venían a veces como punto de encuentro para salir adonde fueran, cuando bajaban a Somiedo o para Ubiñas. Algunas veces venían también solo a reunirse. Y yo los oía hablar de sus movidas raras. Pensarían que yo era tonto y no me coscaba, pero, cuando me di cuenta de que era él, un día los seguí y entonces vi lo que hacían. Era como un campamento de viciosos, puf —dijo con gesto de asco.

—¿Y fuiste a contárselo a su padre?

—También era el mío, ya se lo he dicho. Y sí, fui a contárselo. Porque a nosotros nunca nos trató como a ellos, éramos los hijos de segunda. Y menos a mí; a mi hermano al menos le pagó los estudios. Cuando chicos, venía cuando le daba la gana a buscar a mi madre y a hacer como que se preocupaba por nosotros, pero los que vivían bien eran ellos. Y nosotros, mientras, buscándonos la vida.

—¿Qué pasó en ese encuentro con tu padre?

—Pues que lo amenacé. Le dije que iba a contarlo y que todo el mundo se iba a enterar de lo que hacía el politiquillo. Y entonces él me contó que estaba enfermo, que se estaba muriendo, que no le hiciera eso para lo que le quedaba. Y me prometió que si mantenía la boca cerrada nos dejaría las tierras.

—¿Y lo hiciste? ¿Mantuviste la boca cerrada?

—Sí, pero no por las tierras, sino porque mi padre se estaba muriendo y, a pesar de todo, yo lo quería de verdad.

—Tu padre cumplió su palabra y os dejó las tierras en herencia.

—Sí, una herencia envenenada. Me dijo que había cambiado el testamento y que nos había dejado bien servidos. Al final yo iba a visitarlo al hospital y a estar con él, pero no por la herencia, sino porque era mi padre. Y cuando se murió, las tierras eran una mierda que no nos servían de nada. Él tenía que aprobar las licencias; yo no contaba con eso.

—Según Fernando Braña, él y Amador intentaron compraros vuestra parte de las tierras.

—Otro carapijo. Primero intentaron que nos las quitaran, con sus abogados y sus presiones. Y, cuando vieron que eso no podía ser, vinieron a mi bar ofreciendo limosna para quedarse con nuestra parte. Casi salen de allí hostiados. El mayor, al final, se conformó, pero él siguió puteándome con la licencia.

—¿Cuándo decidiste hacerlo, matar a Amador Braña? —preguntó Peña como si se negara a pronunciar las palabras «matar a tu hermano».

—No tienes que responder a eso —intervino para apuntar el abogado. El Pitu ni siquiera lo miró.

—La segunda vez que me denegó la licencia, pero yo no quería matarlo. O puede que sí, no lo sé. Me tuve que gastar lo que no tenía en uno de estos —dijo señalando al letrado que se sentaba a su lado— para que me hiciera la reclamación. Y me juré que si me la volvía a echar para atrás lo iba a pagar. Cada vez que lo llamaba el muy cabrón me daba largas, me decía que dejara de molestarlo, que no sabía de lo que le hablaba. Se reía de mí.

—¿Por qué lo hiciste de esa forma, con el veneno?

Peña tenía la confesión. El Pitu contó con todo detalle cómo convenció a su hermano Mauricio para que consiguiera la sustancia con la excusa de que iba a saldar cuentas con un vecino con el que había tenido algún problema. «Le dije que consiguiera dosis para tumbar a dos vacas», reconoció. No quiso saber cómo, pero la había conseguido. Por las conversaciones que oía en su bar, sabía que ese sábado el grupo de Braña iría a Somiedo. Le contó la segunda mentira a su hermano: lo llevó allí engañado con la trola de pasar un fin de semana fraternal. Y cuando estuvieron en Villa de Vilma le dijo la verdad a medias, que en realidad iban a darle un susto a Braña para presionarlo con lo de las tierras.

—Mi hermano no sabía nada, no sabía a qué íbamos. Nos quedamos por allí escondidos y esperamos a que el grupo se dispersara. Aprovechamos que él —refiriéndose a Braña— se apartó a mear para asaltarlo.

—¿No gritó?

—Sí que dio un grito, se asustó, pero los demás estaban lejos y ya cada uno a lo suyo. Además, en cuanto me reconoció se acercó él mismo. Creo que no quería que los otros nos vieran y se hizo el valiente. En cuanto lo tuve cerca le clavé la jeringa, dos veces. Mi hermano no sabía lo que yo iba a hacer, cuando se dio cuenta se quedó pálido, casi se caga encima. Él no tuvo nada que ver, se lo juro.

El Pitu mantuvo la inocencia de su hermano Mauricio durante toda la declaración. Seguro, sereno y con rapidez mental, fue respondiendo una a una a todas las preguntas de

Peña, hasta que hubo un momento en que sus respuestas comenzaron a volverse más torpes.

—¿Por qué le amputaste las piernas?

Fue ahí donde empezó a pensar antes de responder.

—No lo sé, se me ocurrió.

—¿Fuiste tú o fue Mauricio quien lo hizo?

—Fui yo —respondió ahora más rápido—. Mi hermano no sería capaz de hacer algo así, siempre ha sido un blando. Me sorprende hasta que sea capaz de ponerle inyecciones a un perro, con la poca sangre que ha tenido siempre. Aunque últimamente está espabilando —apuntó.

—¿Por qué trasladasteis el cadáver a Bermiego? —El teniente le hacía preguntas aleatorias intencionadamente.

El Pitu volvió a dudar antes de responder:

—Para llevarlo al árbol. Para que pareciera algo relacionado con el tejo.

Peña entendió por su cambio de actitud que el tiempo de las verdades del Pitu se había terminado y dio por finalizada la declaración. Mandó imprimir el acta, que fue firmada por el detenido y por el abogado, quien la leyó con aparente atención antes de rubricarla.

Ya en el refugio de su oficina, Rubio se le acercó interrumpiendo el estado de trance en el que Peña miraba la lluvia fina que continuaba resbalando en la cristalera:

—¿Sabes cómo llaman aquí al chirimiri? *Orbayu.* Lo he aprendido hoy. —Peña se volvió para sonreír entre amistosa y amargamente al sargento—. ¿Cómo lo ves?

—Igual que tú, supongo. Ya sabes, hay quien nace destinado a desgraciarse la vida, solo que este se ha llevado a los dos hermanos por delante, al que ha matado y al que trata de proteger.

—¿Te crees que el hermano sea tan lerdo como dice?

—Me creo que tiene todas las respuestas que a este le

bailan. Súbelo, el abogado ya ha hablado con él y va a declarar. Por cierto —llamó la atención de Rubio cuando este se había vuelto para salir a buscar al detenido—, el Golondru me dio recuerdos para ti. Dice que estás invitado a su barco.

—¿De verdad? Creo que no va a poder ser —respondió el sargento—. No iba a decírtelo todavía, pero acabo de hablar con mi mujer. Tiene contracciones.

—¿Ya? Pero ¿cuándo sale de cuentas? Y tú, ¿qué haces aquí?

—Tranquilo, parece que todavía no son de parto.

—Rubio, tú sabrás lo que tienes que hacer y cuándo. Pero lo primero es lo primero, ¿oído?

—Oído. Y gracias. Bajo a por el veterinario.

Antes de salir del despacho para interrogar a Mauricio Avilés, Peña se detuvo y se acercó al puesto en el que se encontraba Soto, al que llevaba viendo allí desde hacía un rato en silencio, mirando como sin prestar atención la pantalla del ordenador. Cuando estuvo a su lado, le dio una suave palmada en el hombro, sobre el que dejó apoyada su mano, casi como en un metafórico abrazo.

—¿Qué?, ¿con qué estás?

—Aquí, divirtiéndome con la base de datos. Ya no hay duda de que han sido ellos, ¿no?

—Aún tenemos que interrogar al otro, pero sí, eso parece. Hemos hecho un buen trabajo al final, todos.

—Me equivoqué, Peña. Llegué a estar convencido de que tenía que ver con aquello —refiriéndose al caso de Cantabria con el que tanto se había empeñado en relacionarlo—. Igual hasta me puse más pesado de la cuenta. Soy gilipollas.

—No te tortures. Además, no fuiste el único en ver la relación. El Pitu tenía recortes de la noticia de tu caso.

—Tú lo has dicho, mi caso. Fue mi primer caso importante y todavía no he salido de él. Igual es que no sirvo para esto.

—Puede ser. Si te sirve de consuelo, yo me voy a jubilar con la misma duda.

—Bueno, en ese caso me quedo más tranquilo.

Ninguno necesitó decir nada más para entenderse.

Peña y Rubio hicieron esperar un rato al mayor de los Avilés en la sala de interrogatorios antes de sentarse con él. Mauricio parecía realmente el hermano pequeño: más menudo, de cara aniñada, con los ojos hinchados de llorar. El sargento le acercó una caja de pañuelos y una botella de agua y le dijo que estuviese tranquilo, que no estaba obligado a responder a sus preguntas si no quería, como ya le habría informado el abogado, que asintió y dijo que su cliente quería declarar.

—Mauricio, tu hermano Fernando ya nos ha contado lo que pasó, pero nos gustaría que tú también nos lo contaras. —La introducción de Peña provocó un amago de queja en el abogado—. Tranquilo, letrado, como ya le hemos indicado a su cliente, puede dar por terminada la declaración cuando quiera. Le estamos dando la oportunidad de explicarse.

—Fue cosa del Pitu, yo no sabía lo que iba a hacer. —El chico, que se refería a su hermano por el mote, hablaba sin dejar de llorar aparatosamente.

—Lo sabemos, eso nos ha dicho él. Pero cuéntanos desde el principio. Tranquilízate.

Peña trataba de confrontar las versiones de los dos hermanos, que coincidían en casi todo. Que el Pitu llevó a Mauricio a Somiedo engañado, que le dijo que la sustancia era para darles un susto a las vacas de un vecino, que después le reveló que, en realidad, el susto se lo iban a dar a Braña, y que le clavó la jeringa con el veneno para sorpresa del propio Mauricio, que constató que, efectivamente, a punto estuvo de cagarse encima de la impresión de ver a su hermano hacer aquello. Y entonces llegaron al punto en el que habían comenzado las dudas del Pitu: ¿qué hicieron con el cuerpo en el tiempo que tardaron en deshacerse de él?, ¿por qué lo llevaron a Bermiego?, ¿quién le amputó las piernas?, ¿por qué lo hicieron? Preguntas que el teniente, buscando la confusión mental del detenido, le iba formulando de manera desordenada.

—Fue mi hermano.

—¿Cómo conseguiste la solución?, ¿el veneno?

—Compré el principio activo. Se usa para algunos tratamientos; los veterinarios tenemos acceso a ese tipo de sustancias. En animales pesados hay que administrar dosis elevadas y su fin puede estar justificado. —El chico se iba tranquilizando a medida que se desahogaba—. Si llego a saber para lo que quería el taxol, no lo hubiera hecho.

—Mauricio, tú no estabas tan enfadado con Amador como Fernando, ¿verdad?

—Sí que lo estaba, no era justo lo que nos estaba haciendo, pero nunca habría llegado tan lejos, teniente. Mi hermano Pitu, a veces, es un bestia, pero no se merecía eso. Estaba muy ilusionado con lo de la bodega.

—¿De quién fue la idea del teatro del tejo?

—Del Pitu, todo fue idea del Pitu. Lo tenía planeado.

—¿Tenía planeado amputarle las piernas, llevarlo a Bermiego y todo eso?

—No, eso no. Él quería dejarlo bajo los tejos de la carretera de Villa, pero no pudo, había gente por allí cuando pasamos, así que yo me acordé del árbol de la iglesia de Bermiego y le dije que podíamos llevarlo allí.

—¿A qué hora fue eso?

—No me acuerdo. Era tarde, casi estaba amaneciendo ya.

—¿Cuánto tardó en morir Braña?

Mauricio rompió de nuevo a llorar profundamente tras la última pregunta de Peña. Contó que cuando recibió los pinchazos se encaró con el Pitu y que iniciaron una discusión verbal, sin llegar en ningún momento a las manos. Que estuvieron un rato discutiendo y echándose cosas en cara. Y que Braña, que ya iba un poco pasado de antes, empezó a sentirse mal, que vomitó apoyado en un árbol y se sentó mareado en el suelo, se recostó sobre el tronco y pareció quedarse dormido. Que el Pitu y él se quedaron mirándolo un rato, que el Pitu se arrimó y dijo que estaba muerto. Mauricio relató cómo él entró en estado de pánico y no fue capaz de acercarse, que su hermano le dijo que ya no había marcha atrás y que tenían que sacarlo de allí. Entre los dos, lo llevaron a cuestas hasta donde habían dejado la furgoneta, abrieron la cama plegable y lo tumbaron envuelto en una sábana con la idea de dejar el cuerpo bajo uno de los tejos de la carretera de acceso a Villa de Vilma, pero cuando se iban aproximando vieron movimiento de gente y de vehículos por la zona; casi estaba amaneciendo y pasaron de largo. Si Mauricio, el veterinario, se hubiera acercado, quizá hubiera percibido que Braña solo estaba inconsciente; y que seguramente fue en la furgoneta, tumbado, donde dejó de respirar. El Pitu, según narró Mauricio, enfureció por el contratiempo. Su plan se iba al garete. Y a Mauricio le dio miedo el estado de cólera de su propio hermano, que había sido capaz de matar a un hombre.

—Estaba desesperado. Entonces, me acordé de lo que me había contado mi clienta de Bermiego y le dije cómo podía hacerlo. —Mauricio lloraba desconsolado. Parecía como si, por primera vez, estuviera siendo consciente de que había tenido más que ver de lo que creía.

Peña tuvo que hacer un gran esfuerzo para no agarrarlo por el cuello con las dos manos y sacarle a hostias quién era su clienta de Bermiego. Se contuvo.

—¿Cómo podíais hacerlo, según lo que te contaron? —le preguntó.

—La dueña de Lucas, un perrín de Bermiego que tuve que llevarme a sacrificar hace cosa de un mes, me había hablado a veces de las leyendas del pueblo. Me había contado que allí había aparecido gente muerta debajo del tejo, que parecían espantapájaros.

—¿Cuándo dejasteis el cadáver debajo del tejo?

—La noche siguiente. Tuvimos que esperar a que se hiciera de noche para que no nos vieran.

—¿Fuisteis vosotros los que hicisteis sonar la matraca?

—Sí —reconoció, sin dejar de llorar—. Se lo dije yo al Pitu. Yo siempre llevaba una matraca en la furgo, a veces me hacía falta para espantar a las bestias en los caminos. Fue por lo que la señora me contó todo eso, el día aquel que vio la matraca. Le dije al Pitu que debíamos hacerla sonar para que todos se escondieran.

Mauricio se derrumbó. El abogado propuso dar por concluida la declaración ante el estado del chico y Peña accedió, con la petición de que firmara el acta de su declaración antes de dejarlo descansar. Peña salió de la sala buscando a Cava como si le faltara el aire. Cuando lo vio andando por el pasillo hacia la calle, adelantó el paso para alcanzarlo, lo agarró del brazo y le dijo al oído que se fuera echando hostias a Bermiego a por la capellana y se la trajera.

—¿Aquí? Pero si ella no sale del pueblo.

—Pues ya es hora de que descubra mundo. Convéncela.

—Está bien, lo intentaré.

La mañana, que había comenzado con las detenciones de los hermanos Avilés Ortiz, había sido frenética. Era casi mediodía cuando Peña llamó a la jueza para convenir con ella la entrega de los detenidos, cosa que hicieron solo unas horas después, la que sería la última vez que el teniente Juan Peña coincidiría en persona con la jueza de instrucción Adela Amaya. Después de eso mantuvieron alguna conversación por teléfono e intercambiaron varios *mails*, antes de que se cerrara la instrucción y el caso pasara a manos de otro operador jurídico, al que le tocaría —dentro de más tiempo del prudencial, a tenor de lo improcedentemente lenta que es la justicia para sus rutinas— interpretar la ley y valorar si las pruebas y evidencias que se habían recopilado durante la investigación tenían el peso suficiente como para imponer un castigo a los hijos ilegítimos del difunto Fernando Braña, el de la doble vida. Pero ese sería otro capítulo en el que el teniente Juan Peña ya no sería sino testigo. En cuanto a los hermanos, ambos ratificaron ese día sus declaraciones y fueron enviados a prisión preventiva sin fianza, cosa que el teniente tuvo la delicadeza de comunicarle en persona a la madre de los detenidos, para lo que se desplazó hasta su casa, donde aprovechó para hablar con la mujer, que aseguró, y pareció sincera, no tener la menor idea de lo que habían hecho sus hijos ni casi del enfrentamiento que habían mantenido con los Braña por las tierras, pero que maldijo, primero en algo que Peña interpretó como bable y después en un perfecto castellano, la hora en la que se cruzó en la vida con el padre de las criaturas.

Cava esperaba en la puerta del domicilio de Caldas al teniente para llevarlo a Trasgu. Casi una hora después, Peña se plantó en la puerta de Mela sofocado, a pesar de la llovizna que no cesaba y que provocaba de nuevo un calor húmedo y agobiante a esa hora de la tarde asturiana. Los sudores le caían por el cuello de una forma inusual para los veinticuatro grados que acababa de ver en el termómetro del coche. Pensó en fumar antes de entrar para recomponerse, pero la sensación de falta de aire le hizo desechar la idea. Como no se le ocurrió nada más para justificar su demora, se armó de valor y se enfrentó a eso que siempre le era tan difícil. Habrá quien no entienda que el investigador jefe no saboree el momento de comunicarle a la familia de la víctima que han cogido al culpable de su desgracia; nada que se aleje más de la realidad. Peña había estado más de una vez en ese lugar y en el instante en el que percibes el «y ahora qué» en el rostro de los que se quedan. Ese instante en el que el vacío y la soledad inundan los corazones de miedo a seguir adelante. La joven Mela, notablemente hinchada por los efectos de la recta final del embarazo, a punto de dar a luz a su hijo sin padre, hizo gala de la inteligencia que ya conocía el teniente, quien no necesitó decir nada para que lo entendiera.

—Los han cogido, ¿verdad?

—¿Cómo supo que eran más de uno?

—Un solo hombre no habría podido con el padre de mis hijos. ¿Quiere un vaso de agua?

Peña supo, y eso sí lo tranquilizó, que aquella mujer saldría adelante, que aprendería a vivir con ello. No le quedaba más remedio.

29
MAREA LLENA

Rubio se perdió al final los coletazos de aquella investigación. Aunque el sargento había sabido disimular que parte de sus preocupaciones estaban en Madrid y había aguantado el tipo como si no estuviera a punto de convertirse en padre, la naturaleza decidió apartarlo del epílogo de aquella historia: su mujer dio a la luz la misma noche que los hermanos Avilés Ortiz durmieron por primera vez en prisión.

Juan Rubio les envió la foto de su hija cuando el equipo al completo cenaba en un bar cercano a la comandancia, que era punto de reunión habitual de los guardias locales. Cuando llegó al materno de Vallecas, el mismo hospital en el que hacía solo unos días Peña le había dado la bienvenida a la vida a su nieta, su mujer estaba entrando en el paritorio.

Perla se había encargado de organizar la cena. Peña se negaba a llamar celebración a aquellos encuentros. Habían resuelto el caso, cumplido con su deber, puesto nombre a unos verdugos verosímiles, reunido los indicios para firmar los informes que los incluían sin perder el sueño; pero había un muerto y dos familias —que en realidad era una— rotas. Mucha gente que tenía que aprender a vivir con ello: unos sin padre, sin hermano, sin hijo, sin marido; otros sin libertad. No podía ser aquello una celebración. Así que brindaron por el recién estrenado padre. Siempre encontraban algo permisible por lo que brindar para que el gesto no resultara tan inadecuado incluso ante ellos mismos.

Pero aquella cena no fue lo único que se perdió el sargento.

Peña llegó a Trasgu antes de las ocho. Le había dado el día libre a su gente para que descansaran de la vorágine de la víspera y repusieran fuerzas antes de retomar las últimas diligencias que, esperaba, terminaran de atar los cabos que aún quedaban sueltos: los últimos informes de laboratorio, las reconstrucciones de los hechos y una última visita a Bermiego, entre otros pormenores de menor calado. El teniente quería volver a Trasgu liberado de la presión de la observación y la alerta permanente, quizá desviarse y atreverse a subir al Fitu conduciendo él mismo entre aquel mar de curvas que la primera vez se los había puesto de corbata, subir hasta lo alto de la ermita y recrear el paseo de la Güestia. Por qué no.

No hizo nada de eso.

A la mañana siguiente, sin saber muy bien por qué razón, dejándose llevar por la fuerza de la impremeditación, condujo directo a casa del Golondru. Se bajó del coche, se acercó y llamó a la puerta sin nada preparado que decir. Tocó una segunda vez. Nada. Volvió al coche y puso rumbo a no sabía dónde. Condujo junto al último tramo del río paralelo a la calzada. Bajó el volumen de la radio buscando el sonido del agua. Lo siguió hasta el mar, y llegó al puerto.

Lo vio de lejos. Fue como el primer día, trasteando en su barco con los hombros caídos y el gesto cansado pero seguro. Como si lo conociera.

—Vaya, veo que al final se ha animado. Estaba a punto de salir. —Peña no supo si era una broma o solo una forma de saludarlo, pero le dijo que sí—. ¿Y el compañero? ¿Dónde lo ha dejado? —preguntó el Golondru.

—Me temo que se lo va a perder. Su mujer se ha puesto de parto antes de lo previsto.

—Las mujeres, siempre tan oportunas. Por eso yo no tengo —bromeó el pescador.

Peña no pudo contradecirlo. No pensaba, desde luego, que fuera culpa de la mujer de su compañero, pero estaba de acuerdo en que el sargento tenía por delante unos cuantos años de declinar planes si quería mantenerse en un nivel aceptable de padre. Cosa nada fácil para un investigador de homicidios. Pensaba en ello y en su propia experiencia mientras veía al Golondru preparándose para soltar amarras. «Usted espere ahí mejor, a ver si se marea antes de salir», le había dicho. Marearse era una posibilidad que, en su torpeza, no había contemplado. Claro que tampoco había previsto que su plan para esa mañana fuera estar a punto de salir a navegar sintiéndose mal por hacerlo sin su compañero ausente.

Él lo había tenido más fácil. Cuando su primera hija nació, Clara y él eran bastante más jóvenes de lo que suelen serlo hoy los padres primerizos. Acababa como quien dice de entrar en el Cuerpo y estrenaba su primer destino en Sevilla. Su cuñada, la hermana pequeña de Clara, que estudiaba en la universidad, vivía con ellos durante el curso y les echaba una mano con la niña. Y además era otra época, en la que, justamente o no, se esperaba menos de los padres en lo que a implicación en el cuidado de los vástagos se refiere.

—¡Teniente!, ¿en qué piensa, hombre? Se ha quedado muy serio.

—Sí, perdone. Es por eso que ha dicho de las mujeres. La verdad es que la mía ha sido siempre una santa. Yo no me puedo quejar. Y, ahora que caigo, debería avisarla de que voy a ir en barco, ¿no?

—No se preocupe, no tardaremos en volver. Y hoy la mar está buena. Tranquilícese, hombre. ¡Déjese llevar!

Es curioso. Lo fácil que es sentirse inútil cuando uno no domina el medio. Fue en el instante mismo en el que el Golondru le dijo «Hala, a bordo», y Juan Peña posó primero una pierna, después la otra, hasta quedar oficialmente subido por primera vez a un barco por gusto. Antes lo había hecho en tres ocasiones: dos por obligaciones de la instrucción y otra para contentar a su hermano Andrés, una de las veces que subió a visitarlo. Todas ellas hasta las cejas de fármacos para controlar las náuseas. Así que le iba a tocar poner a prueba su estómago.

—Porque usted una pastilla de esas antimareo no tendrá, ¿verdad? —preguntó como continuando sus pensamientos previos y como si el Golondru los hubiera oído, ante la carcajada del viejo—. Nada, nada, olvídelo. A ver qué pasa.

La semicabinada del Golondru salió del puerto de Trasgu muy despacio. Peña no sabía calcular en nudos la velocidad a la que se desplaza una embarcación, pero le pareció que debía de ser muy baja. No era para tanto; si eso era ir en barco resultaba bastante agradable. Miraba al frente disfrutando entusiasmado de la brisa en contra acariciando su cara. Después a la izquierda. La hilera de casas indianas perfectamente acicaladas le eran familiares: del pueblo del occidente asturiano en el que había vivido su hermano, también de las mejores casas de la Calzada de su pueblo del sur. Y después a la derecha: la ermita en lo más alto de aquella colina. La misma desde la que bajó la comitiva de la Güestia abanderada por Braña en su última procesión.

Al llegar al final de la bocana, justo antes del punto en el que el río desemboca finalmente en agua salada, oyó el grito del viejo:

—¡Agárrese, teniente! No quiero que se caiga por la borda.

Lo oyó solo a medias desde el pequeño asiento de la parte trasera del barco.

—¿Cómo ha dicho? —gritó él.

—¡Que se agarre! —El Golondru acompañó la advertencia con un gesto de velocidad, como el que hacen los conductores un segundo antes de cambiar de marcha y pisar a fondo el acelerador.

Peña fue consciente de la fuerza que hacían sus manos. No podía agarrarse más a los asideros de lo que ya lo hacía. Así que contrajo su abdomen y tensó su cuerpo para fijarlo con más firmeza a la nave, que de manera brusca aumentó la velocidad para enfilar la rompiente de las olas que debían atravesar para salir a mar abierto. Fueron tres, la primera fue la peor. La cogieron justo cuando rompía y Peña sintió bajo sus pies un golpe tan fuerte y seco que le hizo imaginarse a sí mismo flotando agarrado a una tabla. La segunda fue más alta, más ondulada. No fue consciente de cuánto se habían elevado de proa hasta que unos instantes después, que le parecieron eternos, cayeron bruscamente sobre la superficie para recuperar el equilibrio. Vio como el Golondru se volvía como para comprobar que seguía allí sentado. La tercera fue más suave, como de una atracción de feria.

—Ya está. Es lo malo de este puerto, la salida es divertida. —Lo había dicho con cierta ironía—. Dese la vuelta y mírelo desde aquí.

Se desubicó. Vio Trasgu desde el mar. ¿Cuánto se habían alejado de la costa?, ¿una milla? No, eso no debía de ser ni una milla. Pero de repente cada cosa en ese pueblo parecía haberse desordenado, como si las hubieran movido de sitio. Y lo que pasó fue que terminó de entenderlo todo. No hay nada como ver la realidad desde otro punto de vista. Lo entendió todo, al mismo tiempo. La atracción que Andrés sentía por el mar. La decisión de su hija pequeña de alejarse de Madrid para vivir en una ciudad que le ofrecía menos posibilidades, pero que quedaba más cerca de la playa. La negativa de su madre a salir de Sanlúcar si no era estrictamente inevitable. Que Braña no hubiera perdido del todo el gusto de acompañar al Golondru de vez en cuando en su barco. El enfado permanente de Rubio por vivir a quinientos kilómetros del océano... Fue como evadirse. Como buscar en un mapa el punto en el que te encuentras para saber qué lugar ocupas en el universo.

Se relajó y se dejó llevar.

—¿Qué? ¿Le gusta? Ahora voy a enseñarle los acantilados. Son los más altos de Asturias, los del *Infiernu*. Le sonarán de haberlos visto en las películas. Al guaje le gustaba caminar por ahí, por la senda. Y verlos desde el mar, ¡cómo le gustaba verlos desde el mar!

Varios segundos permaneció en el rostro del Golondru la sonrisa de orgullo con la que había acompañado el dato, sintiéndose seguramente reconfortado por haberle concedido tantas veces a su joven amigo aquella vista. A Juan Peña le había costado más, muchos años más esa sonrisa.

—Ahí los tiene —anunció ufano.

Los precipicios eran imponentes, inmensas paredes de roca vertical de caprichosas formas entre las que podía ver pequeñas cuevas talladas por el agua. Algunos peñascos se alejaban unos metros de la línea de tierra formando islotes, con sus bases erosionadas por la fuerza de la corriente. Parecía que iban a moverse como esos icebergs de los documentales. A Braña le gustaban esos acantilados, según el Golondru.

—¿Cómo era? —se atrevió a preguntarle.

—¿Quién? ¿El guaje?

Juan Peña no quería saber demasiado; o no más de lo imprescindible para hallar la respuesta que le pagaban por encontrar. Escarbar en las intimidades de los que corrían la mala suerte de terminar convirtiéndose en su asunto no le parecía bien más allá de lo necesario. Entendía que era someterlos a un doble escarnio con mucha probabilidad de sacar a la luz detalles que nada tenían que ver con la razón del desenlace. Todo el mundo oculta una parte de sí, ¿acaso tienen menos derecho a esa intimidad los que acaban siendo víctimas de una muerte violenta?

—Sí, Amador, ¿cómo era? —volvió a preguntarlo. Lo hizo, aunque era consciente de que lo mejor era no saber mucho más.

Ahora lo tenía claro, aunque no siempre había sido así.

La primera vez que se enfrentó a un caso de homicidio su hermano ya no estaba. Y su muerte era demasiado reciente aún. Él y Clara acababan de trasladarse a Madrid; ella ya estaba embarazada de su hija pequeña. Era un joven actor que apareció muerto en los baños de una discoteca. Después de él se sucedieron otros muchos, pero la imagen de aquel chico cosido a puñaladas, hecho un guiñapo junto al retrete, lo acompañó durante años. Fue el primero y quiso saberlo todo de él. Después vinieron más, pero no llegó a conocerlos tanto. Conocer a la gente demasiado lo complica todo, le hace a uno imaginar en lo que habrían llegado a convertirse.

El Golondru soltó el timón. Dejó el barco a la deriva con seguridad de patrón experimentado y se giró para mirar de frente a Juan Peña:

—Era un buen compañero de pesca, el mejor. Le gustaba ser el mejor en todo. Se sentaba ahí, donde usted está ahora, a contemplar la inmensidad del mar; se quedaba muy quieto mirando al horizonte y parecía que el mundo se le quedara pequeño. No sé si me entiende. —El Golondru buscó más profundo los ojos de Peña. No supo responderle, pero sí, sabía de lo que hablaba. Podía ver a su hermano mirando al mar y hablando de sus sueños—. Entonces decía cualquier cosa que tuviera en la cabeza. Que iba a construirse la casa más grande de Trasgu, que quería ampliar la bodega..., qué se yo, cada día era algo distinto. «¿Por qué no te compras el barco más grande de Trasgu y dejas pescar tranquilo a este pobre viejo? ¡Que me espantas a los peces!», le decía yo para que se callara y dejara de fantasear.

—Creo que le gustaba este barco. A mí también me gusta. A mi hermano le habría encantado su barco. —El Golondru encajó la confesión con notable silencio.

—Sí, le gustaba tanto que siempre me pedía que se lo dejara en el testamento. Como si yo tuviera uno de esos. —Rio, se volvió de nuevo y agarró su palanca de mando—. Siéntese a mi lado, teniente, voy a llevarlo hasta los bufones. A él le encantaba ir allí. Hay que ir con marea llena. Estamos de suerte.

«Hay marea llena. Estamos de suerte, hermano». Todos en su pueblo sabían que para bañarse hasta que cubriera la marea tenía que estar llena. Más de una vez habían tenido que ayudarse el uno al otro para sacar las piernas hasta las rodillas del fango cuando hacían lo que se hacía en la playa de su pueblo en bajamar: coger muergos y gusanas enterrados en el cieno. Hasta hacía poco, la alusión a la marea llena lo habría llevado a la playa de cantos rodados con la que se había reconciliado, pero ese día lo llevó a otro tiempo. Se vio caminando unos metros detrás de su hermano, a saltitos para alcanzar su ritmo, los dos llegando a la playa en una mañana de verano. Andrés por delante, desvelándole cuál era *grosso modo* el coeficiente de marea que decidía el pasatiempo de la jornada.

—No podremos acercarnos mucho, es peligroso, pero creo que podrá hacerse una idea. Amador lo llamaba la respiración del mar, o algo así. A veces decía esas tonterías.

No lo sorprendían las profundidades de Braña. Puede que incluso el Golondru no llegara a saber cómo de místico y profundo había sido su malogrado joven amigo. Pudo hacerlo: ahondar en ese comentario, escarbar en la apreciación del Golondru sobre las reflexiones y percepciones de Amador Braña. Seguía teniendo un caso y él seguía siendo el jefe de la investigación. La nebulosa mental en la que se encontraba inmerso, fruto del paseo en barco, y la mezcla de emociones que experimentaba no eran suficientes para anular sus reflejos. Pero no lo hizo. El hombre que tenía a su lado ayudándolo a reconciliarse con sus fobias y con su suerte no lo hacía en calidad ni de testigo ni de informante; quería enseñarle un lugar digno de visitarse en marea llena. Juan Peña no era un traidor ni un oportunista.

Muy de lejos pudo hacerse una idea. Desde donde estaban no alcanzaba a ver las profundas chimeneas en la roca que el Golondru le describió, pero podía ver los chupinazos de agua salir disparados como explosiones cuando entraba la ola, casi como si fueran géiseres. Realmente se oían como fuertes exhalaciones de un pulmón gigante.

—Impresionante. A mi hermano lo habría fascinado. Se llamaba Andrés, era mi hermano mayor. Amaba el mar. Se lo tragó una galerna. Navegar con usted ha sido como hacerlo con él. Por eso he subido a su barco. Lo siento mucho —lo dijo todo de corrido.

—¿Devolvió el mar su cuerpo?

Solo alguien que sabía de lo que hablaba podía hacer esa pregunta.

—Sí, lo hizo.

—Bien, me alegro. ¿Volvemos al puerto?

Lo hicieron en silencio. El Golondru llevaba esa sonrisa de orgullo que Peña ya había visto antes. Y él no podía dejar de mirarlo, como si lo conociera.

30

EL RUIDO DE LA *CORUXA*

A los hermanos Avilés Ortiz los llevaron en vehículos distintos a Somiedo un par de días después para reconstruir los hechos acontecidos en Villa de Vilma y en las horas posteriores. De allí los condujeron a Bermiego para concluir el relato de cómo trasladaron y dispusieron el cuerpo de Amador Braña bajo el Tejo de la Iglesia. Una vez terminaron con ellos, Peña y Cava, con dos coches, se quedaron en el pueblo para hablar con la capellana, que finalmente no había consentido en acompañar al cabo primero a la comandancia. No quisieron detenerla ni llevarla a la fuerza. Contar historias, inventarlas incluso, no era ningún delito, por más que sirviera a dos descerebrados para componer la escena de un crimen.

La capellana reconoció que le había contado todas esas leyendas al veterinario de su perrín, que igual las había exagerado un poco y que puede que hasta llegara a acordarse de esos detalles los días siguientes a la aparición del cadáver. Que a ella misma le pareció mucha casualidad, claro que tampoco era la primera vez que lo contaba a alguien, y que nunca podría llegar a imaginar que el joven veterinario que se llevó a su Lucas llorando el día que decidieron sacrificarlo pudiera matar a una mosca. Su relato sirvió para terminar de entender los movimientos y las decisiones de los hijos ilegítimos de Fernando Braña que le costaron la vida al concejal de Trasgu.

Hacía más de un año que Mauricio iba una vez al mes a

Bermiego a revisar a Lucas, el anciano perro de la señora Lucía, que seguía un tratamiento de larga duración que requería supervisión. A ella, que se negaba a salir de su pueblo si no era cuestión de vida o muerte, le venía muy bien que el joven veterinario pasara consulta a domicilio y, además, las visitas periódicas del chico, tan amable, tan educado, tan cariñoso, le alegraban la mañana. Con la confianza, había tomado la costumbre de ponerle el desayuno o una sidra, según la hora a la que fuera a su casa, ratos que aprovechaba para contarle historias de la zona. De modo que en más de una ocasión le había hablado del tejo, de las *coruxas* y de todas esas leyendas que eran para ella tan reales. Lucía no solía meter el hocico en la furgoneta del veterinario, que el joven acostumbraba a dejar aparcada en la entrada del pueblo. Pero ese día, el día que se llevó al perrín, la acercó hasta la puerta porque el animal era pesado y casi no podía ya caminar. Ella subió al vehículo para despedirse de su fiel amigo y se sorprendió al ver allí la matraca. Mauricio le explicó que la llevaba por si se encontraba *vaques* o caballos salvajes en los caminos, para espantarlos, pero a Lucía la matraca le cortó el cuerpo. «Siempre que aparece una es que algo malo pasa, y mira, te estás llevando a mi Lucas», le había dicho. Ante la curiosidad del joven, le habló de los sonidos del artilugio como preludio de desgracias. El chico se quedó con aquello sin darle mucha importancia y, al parecer, lo recordó cuando tuvo que deshacerse de un cadáver.

El Pitu, con el cuerpo de Amador Braña cargado en la furgoneta, encolerizó cuando el trasiego de paseantes madrugadores truncó sus planes de abandonarlo bajo uno de los tejos de la carretera a Villa de Vilma. Se había quedado sin recursos. Momento en que a Mauricio, desesperado por el miedo que le produjo ver a su hermano como una bestia, le vinieron a la cabeza todas las historias que Lucía le había contado en las visitas mensuales a su perro. «Tranquilo, hermano. Lo arreglaremos. Déjame conducir a mí». El veterinario se sentó al volante y tomó las riendas. Por primera vez en su vida, iba a sacar de un apuro a su hermano pequeño, o eso pretendía. Cruzaron Somiedo y subieron por Proaza hasta Caldas, dejó al Pitu en el bar y encendió el móvil que le suministraba la plataforma de urgencias veterinarias. Como si no llevara un cadáver en la furgoneta, con el aire acondicionado a tope, a pesar de que ese fin de semana el calor de los días siguientes aún no había llegado a Asturias en ese final de julio que parecía todavía otoño, atendió los tres avisos que recibió ese domingo.

La respuesta de la empresa de telefonía que proporcionaba las líneas a la plataforma web de urgencias veterinarias había confirmado la localización del teléfono en su ruta de esa jornada. La primera asistencia fue por un ataque de lobo a un potrillo en la parroquia de Muriellos. Las otras, ya después de mediodía, lo habían llevado de vuelta a Somiedo: un perro atropellado por un turista en la carretera a Valle de Lago y la asistencia en el parto de una vaca en Bandujo.

Quizá si ese día no se hubiera mantenido ocupado habría tomado otras decisiones, dado marcha atrás. Braña ya estaba muerto, pero mediaron demasiadas horas sin que Mauricio cambiara de idea. Y, cuando el sol cayó, volvió a la gasolinera de Caldas a recoger al Pitu en su bar. Deshicieron el camino que habían hecho esa mañana para adentrarse en Ubiñas dirección a Bermiego. Tomaron la salida que señalaba el cartel marrón indicativo de «lugar de interés», desde el sentido contrario en el que lo habían hecho Peña y los suyos el día que llegaron a Asturias: «Monumentos naturales de El Roble y Teixu de Bermiego, cuatro kilómetros».

Cuando rebasaron la primera curva a la izquierda, pararon en un llano junto a la carretera apenas sin arcén. Mauricio conducía, el Pitu miraba absorto su propio rostro ido en el espejo lateral del vehículo. «Ya estamos aquí. ¿Qué hacemos ahora?», preguntó el Pitu, que no era ya sino una marioneta. Su hermano, el tibio, al que había tenido que defender toda su vida, se había convertido en el autor intelectual del desprendimiento del cadáver de Amador Braña. «Las piernas. Hay que cortarle las piernas y clavarlo como un espantapájaros debajo del tejo. Y enterrarle las manos, como si fueran ramas que estuvieran echando raíces». El Pitu lo miró aterrado, según relató Mauricio ante la jueza, como si no pudiera creer que tanta inquina saliera de la boca de su hermano, que no había tenido nunca valor ni para enfrentársele. «Quédate aquí. Yo me encargo. Conduce tú lo que queda». Mauricio bajó de la furgoneta para volver a subir en la parte trasera y el Pitu oyó los golpes secos del hacha cortando las piernas muertas de Braña. Al día siguiente, los hermanos, según afirmaron ambos, lanzaron el arma homicida junto a las piernas y las pertenencias de Amador Braña al Cantábrico desde los acantilados del *Infiernu*, cerca de Trasgu, muy cerca de la aldea en la que el edil vivía con su familia.

Continuaron con la furgoneta hasta el pueblo. Pararon en el aparcamiento de la entrada y Mauricio indicó a su hermano que debía atravesarlo para acercarse todo lo posible a la cuesta que bajaba al tejo. Pero le dijo que aguardara un instante, que iba a asegurarse de que nadie los viera. Bajó otra vez del vehículo y volvió a subir con la matraca en la mano. «¡Estás loco! Deja eso, vas a despertar a todo el pueblo», le dijo el Pitu susurrando en gritos. «Al contrario, meterán la cabeza debajo de la cama al escucharla», respondió Mauricio, que seguía poseído por el instinto de supervivencia y la adrenalina, o quizá, quién sabe, movido por el demonio que siempre había escondido tras su cara de bueno. Avanzaron hasta donde pudieron y el Pitu se puso un par de guantes de veterinario de su hermano para retomar la parte del plan inicial que aún le servía. Sacó de su mochila una camisa nueva que llevaba para la ocasión, se la puso a Braña y metió el DNI del concejal en el bolsillo del pecho —tal y como había leído en la noticia de Cantabria— e intentó cargar solo el cuerpo, sin éxito; no pudo ni bajarlo del coche. Estaba rígido. Mauricio había contado con ello por el tiempo que llevaba muerto. «Perfecto, así se quedará de pie —dijo como si fuera otra persona—. Te ayudo». Y lo ayudó. Ayudó al Pitu a colocar en la pose perfecta que momentos antes había representado en su cabeza el cuerpo sin vida de su hermano Amador. «Al final, nos quedó *guapu*, Pitu».

Se marcharon. Y pocas horas después, cuando Lucía bajó a la iglesia, como hacía cada mañana para airearla y encender las velas, encontró aquello que no era la primera vez que veía, aquello que era tal y como ella lo recordaba. Tal y como lo había contado.

Cuando salieron de casa de la capellana, Peña le pidió a Cava que se marchara a Oviedo y le dejara el coche pequeño para volverse él. Se armó con un palo de madera que le sirviera de apoyo, como el primer día, como si fuera un caminante o un habitante más, y se dejó llevar por las empedradas y empinadas calles, buscando anárquicamente el camino al tejo sin seguir esta vez las señales. Era un día gris, pero era un gris agradable, de esos que bañan con su mejor luz el paisaje norteño, en los que uno no acierta a distinguir si son nubes o es solo niebla lo que cubre como un velo la montaña, aun cuando la cortina húmeda se desplaza entre sus pasos. Oyó el ruido del agua caer en las fuentes naturales que servían de abrevadero, bebió, estaba fresca; y al tiempo otro más intenso que anunciaba el reguero que caía ladera abajo. Continuó hasta el cartel del rebollo que ya no existía. Gracias al esquema pudo imaginarlo, también debió de ser imponente. A la derecha del extinto árbol, un camino asfaltado marcado con una de esas señales rojas y blancas que anuncian rutas largas; la pronunciada rampa advertía que, además, debía de ser dura. Pero aún había algunas casas allí arriba. Apoyado en el improvisado bastón, se atrevió a ascender unos metros. Si ya hubiera caído la noche quizá no se hubiera aventurado. Llegó jadeante, tuvo que detenerse a respirar y calmar el ritmo cardíaco. No había nadie arriba, tan solo se oían algunos ruidos animales que no llegó a identificar. Pudo sentir en carne propia el temor que provocaban todos esos sonidos de los que les habían hablado, como campanas que tocan a muerto. Pero aquello no le pareció un pueblo fantasma; le pareció un pueblo de cuento. Nunca antes había llegado a pie a una vista como aquella. No sabría precisar cuánto tiempo estuvo allí parado, contemplando las montañas que alcanzaba a ver detrás de otras montañas. Cerró los ojos para asegurarse de haber procesado la imagen. Volvió a abrirlos y se dijo algo en voz alta sobre el momento para obligarse a experimentarlo, a dejarlo bien fijado. Cuando se sintió listo, encaró la bajada y reemprendió su solitaria peregrinación al tejo.

Mientras Juan Peña recorría solo el sendero hasta la iglesia, viendo de lejos el gigante con sus enormes ramas que parecían brazos, creyó sentir la atracción de la particular atmósfera que lo rodeaba. Era grandioso. Quitó con sus manos el precinto que ya había cumplido su función. Se acercó al árbol, lo rodeó y le dio la espalda para contemplar las nubes sobre el valle de Quirós en todo el esplendor del atardecer que comenzaba a caer sobre la montaña verde. Se sobresaltó por el jadeo de algo que se aproximaba a su posición y vio un enorme perro blanco que corría hacia él, se paraba a husmear el tronco hueco y se marchaba a la misma velocidad por donde había venido hasta desaparecer. Sin que lo esperara, si es que podía no esperarse allí, volvió a llover fino y delicado. Se resguardó en el pórtico de la capilla, primero, para pronto regresar y arrimarse de nuevo al tejo, más cerca ahora, y protegerse del *orbayu* bajo las ramas de aquel gigante milenario. Sentado en sus entrañas, se sintió en un micromundo. No pudo evitar fantasear con la idea de envenenarse a su abrigo.

A solas con el tejo pensó en Amador Braña. Mirando el socavón aún evidente, no pudo evitar recrear la escena de su cuerpo rígido clavado en la tierra. Estrujó las puntas de sus dedos en el terreno y dejó que su imaginación situara allí a los dos hermanos bastardos. Los veía, torpes y excitados, manipulando el cadáver, como dos extraños; mirándose el uno al otro como si nunca se hubieran visto antes. Como si no hubieran respirado el mismo aire cada noche desde sus camas gemelas. Como si uno no se hubiera duchado mientras el otro se lavaba los dientes. Como si no hubieran compartido penas y alegrías. Como si acabaran de conocerse. Uno, movido por el trauma de una infancia desgraciada y un futuro que llegó a ponerle la miel de la abundancia en los labios, pero que se le esfumó cuando lo tocaba con la punta de los dedos, cuando ya podía saborearlo, como seguramente se le habrían desvanecido todas las ilusiones que había tenido en su vida de barman de carretera; otro, dejándose llevar por primera vez por la inquina que siempre debía de haber llevado dentro para que aquel fin de semana actuara con la demoníaca sagacidad con que lo hizo.

También aparecieron los Braña legítimos, Fernando y el malogrado Amador, que les negaron a los que eran también sus hermanos la posibilidad de vivir una vida mejor, cegados por la codicia y el interés, lo que le terminó costando la vida al segundo para orgullo del primero. Juan Peña se preguntó si, quizá, había algo en aquella sangre que engendraba individuos crueles y despiadados, a pesar de haber corrido suertes tan dispares. Quizá si Amador Braña no se hubiera metido en política, si hubiera seguido los consejos de su viejo y sabio amigo pescador, si no hubiera tenido el poder de denegar aquella licencia a su hermano bastardo, seguiría vivo. Quizá entonces hubiera tenido que aceptar la voluntad de su padre y ahora estarían compartiendo las tierras en una suerte de cooperativa agraria con los otros. Influido por el embrujo del tejo, tan confuso como si hubiera bebido su jugo, vio a su propio hermano, levitando sonriente sobre el agua con los brazos en cruz y las piernas abiertas para mantenerse a flote. Y se vio a él mismo, empujando su cuerpo cubierto de flores.

Viendo aún como se alejaba mecido por las olas, pensó en Clara, su mujer. Se dijo que tenía que volver a llevarla allí, ahora que él mismo podía volver. Y de nuevo contempló a todos los personajes de aquella triste historia, que pudo tener un final más feliz. Los vio reunidos en torno a una mesa, brindando con su sidra artesanal por el reencuentro y la comunión de todo el árbol genealógico, con la anciana madre de Braña aceptando que su marido había tenido otra familia, a la que su difunto visitó de vez en cuando y por la que veló económicamente hasta que pudo o hasta que le interesó. Y por qué no, fantaseó. Rio tristemente de lo fácil que le parecía. «¿Acaso hubiera sido menos soportable?», se preguntó en voz alta Juan Peña.

AGRADECIMIENTOS

La ficción que encierran estas páginas no hubiera sido posible sin los lugares, las experiencias y las personas a los que debo y quiero agradecer que esta historia haya llegado a los lectores.

A los profesores del Máster en Escritura Creativa de la Universidad de Sevilla por sus primeros consejos.

Al equipo de IMC Agencia Literaria primero, y al de NdeNovela después, por confiar, acompañar y enriquecer este proyecto con sus aportaciones y su entusiasmo.

A los amigos y amigas que durante el tiempo en el que se ha gestado me han prestado su ayuda, de una u otra forma, en la ficción y en la realidad.

A mi compañero de viajes, por tantas carreteras de curvas imposibles, de esas que llevan a lugares que pueden inspirar palabras. Por ver lo que yo no veo y recordar lo que olvido.

Al gran caimán, por mirar con ojos de cocodrilo cada detalle.

A mi familia, por confiar siempre en mis posibilidades.

A quienes me crucé y han sido fuente de inspiración anónima para algunos pasajes de esta historia.

Y a ti, que has llegado a estas páginas, por leerlas, entre todo lo que hay por leer.

ÍNDICE